Devon Drake, Cornerback

Jean C. Joachim

Moonlight Books

Grazie per aver acquistato questo e-book. L'acquisto non rimborsabile, di questo e-book garantisce UNA SOLA copia legale a testa da essere utilizzata su un solo pc o dispositivo di lettura. **Questo e-book non potrà essere in alcun modo oggetto di scambio, commercio, prestito, rivendita, acquisto rateale o altrimenti diffuso senza il permesso scritto dell'editore e dell'autore.** Qualsiasi distribuzione o fruizione non autorizzata, totale o parziale, online oppure offline, su carta o con qualsiasi altro strumento già esistente o che deve ancora essere inventato, costituisce una violazione dei diritti d'autore e come tale è perseguibile penalmente. Chiunque non desiderasse più possedere questo e-book deve cancellarlo dal proprio pc.

AVVERTENZE:

La riproduzione o distribuzione non autorizzata di questo prodotto, protetto dal diritto d'autore è illegale.

Devon Drake, Cornerback"

Dedica

Al mio buon amico Mike Gleason e al suo meraviglioso carlino
Brodie.

Ringraziamenti
GRAZIE MILLE ALLA MIA squadra di supporto, ovvero Larry
Joachim, David Joachim, Steve Joachim, Marilyn Lee, Patty Hammond, la mia editor Tabitha Bower, la mia proofreader Renee Waring,
i miei revisori Ariana Gaynor e Sandy Sullivan. Un grazie di cuore ai
miei lettori.

Capitolo Uno

Le parole di Jackie gli riecheggiarono nella testa. *Mi dispiace, ho perso l'ultimo volo e arriverò domani. Settimana prossima. Lunedì, di sicuro.* Quelle scuse le scivolavano dalla lingua tutte le settimane.

Devon Drake, il cornerback dei Connecticut Kings, si rigirò tra le dita la lunga scatolina ricoperta di velluto che aveva in tasca. *Smeraldi dello stesso colore dei suoi occhi.* La collana era composta da tre gemme fissate in una catenella d'oro e doveva essere il regalo di Natale per la sua fidanzata, ma lei aveva passato le vacanze a mille miglia da lì. Jackie Lawrence era una stupenda supermodella, ma non c'era mai.

Si tratta d'affari. Sto cercando di diventare un'attrice, ne abbiamo già parlato. Sì, devo per forza uscire con loro. Sono solo foto promozionali. Solo altre scuse, una per ogni fotografia apparsa su *Celebs 'R Us* in cui si teneva per mano con qualche attore sexy.

Una settimana prima del Super Bowl, Dev era seduto accanto alla finestra e guardava la neve che cadeva. I Kings erano arrivati in finale. Quello non era il suo primo Super Bowl, ne aveva già giocato uno quando stava con i St. Louis Sidewinders e avevano vinto.

Stavolta, però, Devon non era in splendida forma. Era troppo pesante, una dieta sregolata e la mancanza d'esercizio fisico l'avevano rallentato. Era preoccupato per la sua performance e non sapeva se i Kings l'avrebbe tenuto in squadra, ceduto a un altro team o addirittura sospeso, se non fosse più riuscito a giocare come una volta.

Aveva bisogno di Jackie, aveva bisogno che la sua ragazza gli offrisse un conforto sia fisico che emotivo, ma lei dov'era? *Probabilmente si starà scopando un regista per ottenere la possibilità di recitare in un film.*

Scosse la testa, giocherellò con le chiavi e osservò le brevi spruzzate di neve all'esterno. Sembrava che il tempo fosse incerto quanto lui.

Corrugò le sopracciglia e posò una mano sulla finestra. Aveva intenzione di migliorare la sua performance sportiva, ma la solitudine lo tormentava e lo distraeva. Sua sorella Samantha lo aiutava come poteva, ma aveva bisogno di Jackie e lei non sarebbe certo saltata sul primo aereo in partenza.

«Stormy viene a cena da noi,» disse Samantha mentre gli passava accanto. «Mi devi promettere che non le farai nessuna domanda,» aggiunse, poi aprì un cassetto e prese delle tovagliette.

«Va bene, come vuoi.» Devon non riusciva a scrollarsi di dosso il cattivo umore.

«Si gela qui dentro. Perché non accendi il camino?»

«Ordini! Mi dai ordini come se fossi la tua puttanella. Portami un po' di rispetto, questa è casa mia. Non dirmi cosa devo fare.» Devon si ficcò in tasca la scatolina e corse fuori dalla stanza.

Salì le scale due gradini alla volta e sbatté la porta della camera da letto, poi la sua attenzione venne attirata dal trillo che annunciava l'arrivo di un messaggio.

Dev, caro...

Sono bloccata a Los Angeles ancora per due settimane, ma ho ricevuto ottime notizie riguardo a quella parte in tv.

Sono anche in finale per quei nuovi spot degli orologi di lusso. Mi manchi.

Mi farò perdonare. Occhiolino, occhiolino.

Jacks

Devon considerò l'idea di lanciare il telefono dall'altra parte della stanza, ma poi cambiò idea. *Cazzo.* Usciva con quella bionda con le gambe che non finivano più ormai da più di tre mesi, e anche se a volte la sua ossessione per il suo aspetto fisico lo faceva impazzire, sopportava pazientemente. Dovunque andassi, se eri con Jackie, la gente ti notava: le macchine fotografiche scattavano, i maître ti davano il tavolo migliore, la gente le chiedeva l'autografo. Nessuno riconosceva mai Dev, quand'erano insieme.

A lui non dispiaceva rimanere nella sua ombra. Jackie era fissata con la fama, certamente, ma Devon lo trovava divertente, anche se talvolta si stancava delle sue costanti chiacchiere e pettegolezzi. Jackie non leggeva mai libri o giornali, non guardava mai film che facessero riflettere. Era sempre alla ricerca di un modo per farsi pubblicità, cercava sempre di attirare l'attenzione ed era ossessionata dalla propria immagine.

Perfino quand'erano a letto insieme, si assicurava sempre che i suoi capelli e il suo trucco fossero perfetti, prima di fare sesso. Devon amava farlo di mattina e la pignoleria di Jackie gli impediva di trovare la spontaneità che bramava. Ma lei sarebbe potuta stare con mille, anzi, un milione di altri uomini, e aveva comunque scelto lui, e questo lo faceva sentire incredibilmente lusingato. A volte, Devon si guardava allo specchio, scuoteva la testa e si chiedeva come un ragazzino venuto dal nulla fosse riuscito a diventare una star del football e l'accompagnatore di una top model. Non riusciva mai a credere ai folti capelli scuri, ai luminosi occhi azzurri, al naso perfetto e al fisico fantastico che vedeva riflessi nel vetro.

Capiva l'ambizione della sua ragazza e la determinazione con cui si dedicava al suo lavoro da modella, poiché entrambi condividevano la consapevolezza che le loro carriere sarebbero durate poco. Se Jackie Lawrence voleva sfondare come modella e come attrice, doveva darsi da fare. Non c'erano orologi d'oro come regalo per il venticinquesimo anno d'attività, per i cornerback e le supermodelle: le loro carriere potevano andare in rovina in un istante. Quindi, Devon la lasciava fare.

Aveva passato molte domeniche pomeriggio leggendo un libro mentre Jackie chiacchierava con la gente che contava al telefono, o faceva *networking,* come diceva lei. Quando lei non c'era stata per Natale e per Capodanno, però, aveva oltrepassato ogni limite.

Le dita di Dev si chiusero attorno alla scatolina coperta di velluto. Sperava di trovare sotto l'albero almeno un regalino di circostanza da parte della sua ragazza, e per questo aveva tenuto la collana, ma non aveva avuto fortuna.

Il messaggio di Jackie gli fece ribollire il sangue nelle vene e scagliò la scatola dall'altra parte della stanza. Non appena la lasciò andare, però, si pentì di quel gesto. *Merda! Mi è costata cinquemila dollari!* Devon non aveva mai speso tanto per una donna. Corse verso la scatolina, la raccolse con delicatezza, la aprì e si lasciò sfuggire un sospiro di sollievo, quando vide che i gioielli erano intatti.

Un profumo meraviglioso che proveniva dalla cucina attirò la sua attenzione. *Sembrano lasagne.* Devon amava la cucina di sua sorella, gli venne l'acquolina in bocca e gli brontolò lo stomaco all'idea del manicaretto che avrebbe trovato in tavola.

Compose il numero di Jackie ma gli rispose la segreteria telefonica, il che non migliorò il suo umore. Mise da parte i dubbi che lo tormentavano e decise di annegare le sue sofferenze in una birra e una bella porzione di pasta. Andò in cucina, dove Samantha si stava occupando degli ultimi dettagli della cena. Sua sorella gli porse una bottiglia di Cabernet Sauvignon e un cavatappi.

«Perché non mi hai detto che Stormy era venuta a vivere in questa zona?» le chiese Devon.

«Perché sta al rifugio e questa è un'informazione riservata. Lasciala in pace, Dev.»

I pensieri di Devon Drake si concentrarono sulla ragazzina, ora diventata donna, che era stata l'ombra della sua sorellina alle superiori. Devon, che era più grande di loro di due anni, a quei tempi le considerava delle bambine. Ora, aveva trent'anni e sapeva riconoscere una bella donna quando ne vedeva una, anche se aveva il viso coperto di lividi.

«Promettimi che non le farai il terzo grado,» lo pregò Sam.

Lui alzò le mani con aria rassicurante. «Perché continui a dirmelo?»

«Perché l'hai sempre comandata a bacchetta come se fosse stata anche lei tua sorella minore, e poi sei un ficcanaso. Sei veramente un impiccione, per un uomo, Dev.» Samantha versò del condimento sull'insalata. «Nessuna notizia dalla tua ragazza? E uso quel termine in senso lato.»

«È ancora in California. Cerca di sembrare almeno un po' dispiaciuta.»

Sam rise.

«So che non ti piace, ma è la mia ragazza, quindi sii gentile con lei,» la ammonì Devon.

«A lei interessano solo i tuoi soldi.»

«Fa un sacco di soldi anche da sola.»

Sam inarcò un sopracciglio. «E li fa spogliandosi?»

«Si chiama fare la modella,» ribatté Devon.

«Sì, certo.» Sua sorella ridacchiò.

«Ehi, io ho acconsentito a non fare domande a Stormy, che ne dici se tu ora la smetti di parlar male di Jackie?» sbottò il cornerback.

«Mi dispiace, ma non capisco cosa ci sia di tanto super in una supermodella.»

Prima che potessero ricominciare a discutere, il campanello squillò. Sam andò ad aprire la porta e Devon si diresse verso il caminetto. Come al solito, sua sorella aveva ragione. Faceva davvero freddo.

STORMY E SAM SPARIRONO in cucina.

«Comandami a bacchetta, Sam. Dimmi cosa fare,» sentì dire alla donna minuta dai capelli rossi. Stormy si stava legando il grembiule dietro la schiena, quando Devon entrò a prendersi un'altra birra. Lasciò vagare lo sguardo sulla schiena dell'amica di sua sorella: era magra ma aveva un sedere fantastico, messo bene in evidenza da un paio di vecchi jeans.

Sorrise, quando la donna si girò verso di lui.

«Mi stavi fissando?» gli chiese Stormy.

«Forse.»

«Pensavo che avessi una ragazza.»

«È così, ma non c'è niente di male a guardare e basta.» Devon aprì la lattina e la fissò. Si appuntò mentalmente di andarci piano con la birra, visto che il giorno dopo doveva lavorare.

«Allora, guarda bene,» disse Stormy, poi si tirò indietro i capelli e sporse il viso verso di lui. «Vuoi sapere cos'è successo? Un uomo mi ha colpita. Ecco. Fine della storia.» Lasciò ricadere di nuovo i capelli a coprire i lividi e si diresse verso il frigo.

Devon la fermò afferrandola per il braccio.

«Ahi,» fece lei.

Il cornerback le alzò la manica, rivelando un segno rosso acceso.

«Oh, mi ero dimenticata di quello,» disse Stormy, poi lo spinse via e tirò di nuovo giù la stoffa.

«Non essere così sulla difensiva,» provò Devon.

«So cosa stai pensando.» Negli occhi della donna, puntati su di lui, brillò un lampo d'ostilità.

«No, non è vero.»

«Stai pensando che questa puttanella ha avuto quel che si meritava,» sputò Stormy.

Devon indietreggiò come se gli avesse tirato uno schiaffo.

«È quello che hanno detto i miei genitori,» sussurrò Stormy. «Meglio che chiuda il becco, ora.»

Il cornerback le strinse le dita lunghe sulle spalle. «Mi dispiace, Stormy. Mi dispiace tanto,» si scusò.

I limpidi occhi azzurri della donna si rabbuiarono, ma i lineamenti tesi e contratti del suo viso si rilassarono. «Va tutto bene. Non mi fanno più tanto male.»

«Dov'è adesso quello stronzo?»

«Lontano mille miglia da qui.»

Devon le accarezzò la guancia intatta. «Bene, allora non dovrò ucciderlo.»

Stormy sorrise. «Ho una torta da glassare,» disse, poi si scostò e andò da Sam.

Il cornerback tornò di fronte al caminetto a scaldarsi, aggrottò la fronte, allungò le gambe e incrociò le caviglie. Strinse le lunghe dita attorno alla lattina di birra fredda. Quando la finì, la accartocciò e tornò in cucina. «C'è qualcosa che posso fare?» chiese.

«No, la cena sarà pronta tra cinque minuti,» rispose Samantha.

Devon si fermò sulla porta e lanciò un'occhiata maliziosa a Stormy. «Comunque, non era la tua faccia che stavo guardando,» disse, e la sentì ridere mentre tornava in soggiorno.

Si lasciò cadere sul divano e si massaggiò il collo, cercando di allentare la tensione dei muscoli. I Kings avevano lottato come selvaggi per raggiungere il loro obiettivo e giocare il Super Bowl per il secondo anno di fila. Il Coach Bass, che di solito manteneva un atteggiamento rilassato nei confronti della squadra, era diventato sempre più lunatico e teso, man mano che la grande partita si avvicinava.

Devon ridacchiò tra sé e sé. Il coach si sarebbe sposato alla fine della stagione. *Magari è questo che lo rende nervoso.* Jo Parker, la fidanzata del Coach Bass, era una donna bellissima, e a volte l'allenatore si comportava da sciocco quand'era con lei, suscitando le risatine e le battute dei giocatori. Il cornerback ripensò alla sua ragazza. *Perché io non mi comporto così con Jackie?*

Stormy gli si avvicinò da dietro e Devon sentì le sue dita posarsi sulle spalle e massaggiare la carne tesa. Chiuse gli occhi e si lasciò andare.

«Dio, come sei teso,» borbottò la donna.

«È una sensazione fantastica,» disse lui.

Stormy fece pressione con i pollici, lavorando per sciogliere i nodi.

«Dovresti farlo come lavoro,» commentò Devon.

Lei rise. «Lo faccio solo per i miei amici.»

Il lieve profumo di qualcosa di fresco e pulito sovrastò il delizioso aroma della cena e gli arrivò alle narici. Stormy aveva un buon odore. Devon sentì il desiderio montare dentro di lui e il pensiero di buttarla sul divano e fare l'amore con lei con tutta la sua passione gli fece ribollire il sangue nelle vene. *È un'amica, e poi non posso tradire Jackie. Probabilmente Stormy non vuole nemmeno farlo.* Ma ogni donna che riusciva a toccarlo in quel modo gli faceva venire voglia di scoprire com'era tra le lenzuola.

Devon si alzò prima di fare qualcosa di inappropriato, come baciarla. «Grazie, è stato incredibile.»

«Non c'è di che.»

Stormy era stupenda con le guance appena arrossate, e lo sguardo di Dev si posò sulle sue labbra lievemente imbronciate. Il cornerback si costrinse ad alzare lo sguardo, ma gli occhi azzurri e limpidi della donna guardarono dritto nei suoi. *Che diavolo sta succedendo?* Lo sguardo carico d'emozione di Stormy alludeva a una profonda infelicità. Devon corrugò le sopracciglia, curioso di sapere la ragione della tristezza che emanava da tutti i pori.

«La cena,» strillò Samantha.

Devon seguì Stormy in cucina. La tavola aveva un aspetto splendido. Qualcuno aveva preso dei rametti di pino e li aveva intrecciati per creare un centrotavola artistico e il servizio buono e l'argenteria che Samantha aveva insistito perché comprasse erano bene in mostra, colorati e luccicanti. *Sam ha buon gusto.*

Una grossa teglia di lasagne dominava il centro del tavolo, a un'estremità c'era un'insalatiera di teak e all'altra un cestino di pane all'aglio.

«Porca miseria, ha tutto un aspetto fantastico.» Devon decise che avrebbe soddisfatto i suoi appetiti sostituendo l'amore con del cibo delizioso.

«Non dire parolacce,» lo ammonì Samantha.

«Chi sei, mia madre? Casa mia, parole mie.»

Sam gli lanciò un'occhiataccia, poi tutti si sedettero a tavola e dissero una preghiera.

«Non sapevo che sapessi fare roba del genere,» disse Devon, indicando il centrotavola. «È carino.» Allungò una mano per prendere l'insalata mentre sua sorella tagliava la pasta.

«L'ha fatto Stormy.»

«Ottimo lavoro.» Dev annuì in direzione dell'altra donna e si servì una grossa porzione di verdure. Il suo stomaco gorgogliò in risposta all'aroma seducente della sua salsa allo zenzero e sesamo preferita.

«Vuoi un po' d'insalata?» chiese, alzando le sopracciglia e lanciando un'occhiata a Stormy. Lei gli passò il suo piatto.

Samantha spartì tra di loro le sue invitanti lasagne, da cui si alzavano sbuffi di vapore.

Devon inspirò profondamente e sorrise. «Sei una cuoca fantastica, Sam.»

«Stormy è ancora più brava, è lei quella che prendeva A in economia domestica,» ribatté sua sorella, poi si ficcò in bocca una forchettata di lattuga.

Stormy arrossì e chinò il capo. «Non è vero.»

La conversazione si perse tra il rumore del cibo che veniva masticato e i mugolii d'approvazione. Devon era più vicino a Samantha di quanto non lo fosse a nessun altro membro della loro famiglia. Erano i due figli più giovani, il cornerback era separato dal suo ultimo fratello maggiore da una differenza d'età di dieci anni. I loro genitori erano morti e gli altri fratelli vivevano a ovest.

Con il passare degli anni, le loro schermaglie si erano ridotte, passando da frequenti a occasionali. Sam si era trasferita con Devon in Connecticut quando lui aveva firmato il contratto con i Kings, e da quel momento gli aveva sempre preparato i suoi cibi preferiti. Ripensandoci, Dev sentì l'amore per sua sorella crescergli dentro il cuore.

Tra un morso e l'altro, Samantha e Stormy chiacchierarono riguardo ai loro piani per il Rifugio New Life. Le due donne poi fecero qualche domanda a Devon riguardo all'imminente partita.

«Giochiamo contro la mia vecchia squadra. Sono molto bravi e hanno Jeremiah West dalla loro parte. Lui è enorme e tutti sanno che gli piace causare infortuni ai suoi avversari di proposito, hanno tutti paura di lui. Ha fatto roba davvero cattiva,» spiegò lui.

Quando finirono il primo, Stormy portò in tavola la torta al doppio cioccolato che aveva preparato. La glassa era così scura da sembrare quasi nera. «È una glassa al cioccolato fondente, non l'avevo mai fatta prima,» disse.

«Sembra ottima,» si complimentò Devon.

«Come puoi avere ancora spazio per il dolce?» gli chiese Samantha.

«Facile. Datemelo qua.» Il cornerback si diede una lieve pacca sullo stomaco: aveva mangiato troppo, ma quel dessert era così allettante. «Posso ancora mangiarne un pezzetto, ma me ne terrò un altro per dopo.»

Stormy gli sorrise, divertita. «È la stessa torta che faceva mia madre,» lo informò.

«Davvero? Fantastico.» A Devon venne l'acquolina in bocca al ricordo della torta al cioccolato della signora Gregory. La donna la portava a casa loro per dare una mano alla signora Drake, che talvolta trovava stressante prendersi cura dei suoi sei figli. Dev si ricordò, che quando succedeva, lui si comportava sempre benissimo per ottenere una fetta di dolce. «Come stanno i tuoi?» chiese.

Il silenzio calò sulla stanza, mentre i tre si avventavano sullo squisito dessert.

Devon osservò Stormy mentre mangiava e vide che la donna stava evitando il suo sguardo. «Allora?» insistette.

«Stanno bene, credo. Non ho mai sentito dire il contrario,» fu la risposta brusca di Stormy.

«Non parli con loro?» chiese Devon.

«Non li sento da un po' di tempo.»

Sam gli lanciò un'occhiataccia e si posò un dito sulle labbra.

«Sto solo cercando di essere gentile, Sam,» si difese Dev.

Sua sorella si batté una mano sulla fronte.

Stormy le diede un colpetto sul braccio. «Va tutto bene. In questo momento, loro non vogliono parlare con me perché abbiamo litigato,» spiegò.

«Cos'è successo?» Devon si ficcò in bocca una forchettata di dolce.

«Ho dato una mano a un amico e loro non ne sono stati contenti. Fine della storia.»

«Sembra più l'inizio,» borbottò il giocatore, e mangiò l'ultimo boccone che aveva nel piatto.

«Qualcuno vuole del caffè?» chiese Samantha, guardandolo con espressione arrabbiata. Devon si alzò e aiutò a sparecchiare e Stormy si affrettò ad andare a lavare i piatti in cucina.

«Guardiamo *Un amore tutto suo,*» propose Samantha, quando ebbero finito, e afferrò il telecomando.

«Un vecchio filmetto rosa? Non se ne parla.» Devon allungò una mano verso il telecomando, ma sua sorella si scansò. Dev ci provò di nuovo, ma ancora una volta lei gli sfuggì. La caccia era iniziata. Samantha strillò e Devon si gettò al suo inseguimento. Lei non poteva competere con la sua velocità e i suoi riflessi pronti, e presto il cornerback ebbe il controllo della televisione. «Tu che vuoi vedere, Stormy?» domandò.

La giovane donna lanciò uno sguardo al suo orologio. «Devo andare, adesso. Grazie mille ad entrambi per questa fantastica cena, è stato bello rivedervi,» rispose.

Samantha crollò sul divano.

Dev controllò l'elenco dei programmi. «Non c'è niente fino alle nove. Ti do un passaggio.»

«Prenderò un taxi,» ribatté Stormy.

«Non essere ridicola, è il minimo che posso fare per te, dopo quel massaggio e la torta. Andiamo.» Il cornerback rovistò nei suoi jeans alla ricerca delle chiavi e si diresse verso la porta mentre le due donne si abbracciavano.

Una volta fuori, Dev aprì la portiera della sua macchina per Stormy e lei si rannicchiò sul lussuoso sedile di pelle. «Stare con voi due è stato proprio come tornare ai vecchi tempi,» commentò.

«Già, per me eri come un'altra sorella,» replicò lui, e subito dopo si rese conto di aver detto la cosa sbagliata.

«Se non fosse stato per la gentilezza dei tuoi genitori nei miei confronti, non so cos'avrei fatto. Le cose non erano così piacevoli, a casa mia,» confessò Stormy.

«Non avrei dovuto dirlo. Intendevo in senso buono. Era bello averti attorno, impedivi a Sam di farsi gli affari miei tutto il tempo,» si corresse Devon.

La donna ridacchiò. «A volte è un po' un'impicciona, questo è sicuro. Quando Samantha vuole sapere qualcosa, devi stare molto attento.»

«Proprio così.» Devon accostò davanti a una delle case in cui alloggiavano alcune delle donne e dei bambini vittime di maltrattamenti. Grazie ai soldi raccolti al matrimonio di Buddy ed Emmy, il New Life avrebbe presto utilizzato dei prefabbricati per fornire loro un rifugio permanente. Il giocatore spense il motore e disse: «È stato davvero fantastico rivederti, Stormy.»

«Anche per me.» Stormy aprì la portiera, il vialetto era illuminato solo dalla luce fioca che proveniva dall'ingresso. Devon aspettò, non lasciava mai una donna finché lei non era al sicuro dentro casa.

Quando Stormy arrivò a metà strada dalla casa, un uomo enorme uscì dall'ombra e disse: «Ciao, Stormy.»

Capitolo Due

«Edgy, che ci fai qui?» chiese Stormy, e il cuore iniziò a batterle più forte.

«Sono venuto ad augurarti buone vacanze. Non sei felice di vedermi?» Edgy Maso, ex difensore della squadra di football del liceo, era un uomo imponente, era alto un metro e ottantasette e pesava novanta chili.

«Stammi lontano. Ho ottenuto un'ingiunzione restrittiva nei tuoi confronti.»

«In Illinois, ma questo è il Connecticut.»

«Non osare avvicinarti!» Stormy indietreggiò, il cuore le batteva talmente veloce che quasi non sentì il rumore del finestrino di un'auto che si abbassava. In effetti, si era del tutto scordata di Devon Drake.

«Stormy! Torna in macchina,» la chiamò il cornerback.

La donna fissò il veicolo, con il respiro accelerato ed Edgy che incombeva su di lei. La portiera si aprì.

Devon uscì dalla macchina e le fece cenno di entrare. «Forza.»

Stormy si girò, ma Edgy le si avvicinò.

«Vattene, Mason. Lasciala stare,» gli ordinò Devon.

L'altro uomo lo fissò. «Vaffanculo, Drake.»

Ora che l'attenzione di Edgy era diretta altrove, Stormy filò via e andò a sedersi sul sedile davanti. Devon la seguì e chiuse le portiere. Edgy alzò il pugno, ma Drake fu troppo rapido per lui e mise in moto prima che potesse danneggiare la sua spider Mercedes SLK.

«Mi dispiace, mi dispiace tanto,» si scusò Stormy.

«Non è colpa tua,» la rassicurò Devon.

«Se girassimo qui intorno per un paio di minuti, probabilmente lui se ne andrebbe, e poi tu potresti andare a casa.» *Non sfruttare questa situazione.*

«Non se ne parla, tu vieni a casa con me.»

«Ma è...»

Devon frenò bruscamente. «Cazzo, ma sei pazza? Tu lì non ci torni, e questo è quanto. Edgy Mason è il tipo che ti ha picchiata?»

Stormy annuì, mentre un'ondata di sollievo la travolgeva. Troppo spaventata per tornare al rifugio e allo stesso tempo troppo restia ad approfittare dell'ospitalità dei suoi amici, aveva scelto di mettere a rischio la sua sicurezza piuttosto che chiedere favori. Adesso, però, Devon aveva preso la decisione definitiva per lei. Sbatté le palpebre per scacciare le lacrime di paura.

«Non lo lascerò avvicinare a più di un metro da te,» le assicurò Devon.

Stormy sospirò. «Grazie.» Quando il cornerback entrò nel suo garage, aggiunse: «Forse è meglio che mi riporti indietro. Non ho niente qui. Non ho né lo spazzolino, né i miei vestiti.»

«Sam ti darà qualcosa. Tu là non ci torni, fine della storia.» Dev la seguì dentro casa.

Stormy rimase a guardare fuori dalla finestra mentre Devon raccontava a Samantha di Edgy. Quando si fu fatta la doccia e infilata una delle vecchie felpe dei Sidewinders di Devon, le due donne fecero il tè e si misero a chiacchierare.

«Domani vado a prendere le tue cose al rifugio,» annunciò Sam.

«Non posso rimanere qui per sempre.»

«Starai qui finché quello stronzo non se ne sarà andato.»

«È passato così tanto tempo dall'ultima volta che ho visto Devon,» cambiò argomento Stormy.

«L'ultima volta che vi siete incontrati è stata alla consegna dei diplomi alle superiori, giusto?» le chiese Sam.

«No, penso che sia stato dopo la sua ultima partita di football, al primo anno.»

«Non c'eri quando si è diplomato?»

Stormy scosse la testa. «Non ti ricordi? Mi ero seduta vicino a lui durante il ballo della vittoria, ma lui mi aveva detto di andarmene. Quella è stata l'ultima volta che l'ho visto.» Appena lo disse, le venne voglia di rimangiarsi quelle parole. Per lei essere rimproverata e presa in giro di fronte all'intera squadra era stata un'esperienza imbarazzante, ma anche Samantha era rimasta ugualmente turbata. L'aveva trovata a piangere in bagno e l'aveva portata a casa.

«Alle superiori ha avuto una fase in cui non era molto gentile, si era montato la testa perché giocava a football. Ma quando è andato al college, gli hanno fatto abbassare la cresta. Penso che fosse dispiaciuto per il modo in cui ti aveva trattato a quel ballo,» spiegò Sam.

«Dimenticatene, io l'ho già fatto,» mentì Stormy. Non aveva mai scordato quell'umiliazione bruciante che le era penetrata nelle ossa. Quando Devon l'aveva presa in giro e l'aveva cacciata via, mentre i suoi amici ridevano, le aveva spezzato il cuore. L'aveva chiamata *bambina* e le aveva detto che era ora che andasse a fare il riposino e che tornasse a casa dalla mamma a farsi cambiare il pannolino. Dentro di sé, rabbrividì a quel ricordo.

Quando aveva quattordici anni, credeva di essere innamorata di Devon Drake, suo amico e fratello della sua migliore amica. Lui era più intelligente, più divertente e più bello di tutti gli altri ragazzi a scuola, ma il suo atteggiamento freddo e beffardo da sedicenne le aveva fatto correre un brivido lungo la schiena che non aveva mai dimenticato. Aveva distrutto le sue speranze in pubblico. Crescendo, Stormy era riuscita a perdonare quel giovane uomo sfacciato e arrogante, ma quel ricordo era sempre rimasto con lei e il dolore che aveva provato allora era ancora reale come se fosse successo tutto solo il giorno prima.

«Ti ricordi quando giocavamo a Monopoli insieme? Lui era così competitivo,» disse Sam.

«Immagino che sia quella la ragione per cui ha avuto tanto successo. Sono grata che mi permetta di stare qui, ma tornerò al rifugio domani,» replicò Stormy.

La sua amica le posò una mano sul braccio. «Resterai qui finché non sarà sicuro andare via,» dichiarò.

Ma l'ultima cosa che Stormy voleva era rimanere con Devon Drake più a lungo di quanto fosse necessario. Dai tempi delle superiori, Devon era diventato tutto muscoli. Come in una partita di Chutes and Ladders, un qualcosa di simile al gioco dell'oca, era salito sulla scala più grande ed era passato dall'essere affascinante all'essere splendido. Stare con lui avrebbe significato riportare alla luce vecchi sentimenti e rendersi vulnerabile di fronte a un altro rifiuto. Era destino che accadesse, visto che lui aveva una ragazza sexy e influente. Stormy avrebbe dovuto procedere con cautela: Devon non era disponibile, ma nessuno l'aveva detto al suo cuore.

Le due donne misero in ordine la cucina, poi Samantha trovò un nuovo spazzolino per Stormy e andarono a letto. Quando fu al sicuro sotto le coperte nella stanza degli ospiti, con la luce spenta, Stormy sospirò e pregò di avere fortuna. *Devon Drake è cambiato. Perché no? È passato molto tempo.* Eppure, sapeva che avrebbe finito per fare qualcosa di stupido, mentre gli stava accanto. Forse il fascino di quei cupi occhi azzurri, quei capelli scuri e quelle spalle larghe era troppo per resistergli.

Decise che avrebbe cominciato a cercarsi un lavoro il giorno successivo, aveva bisogno di soldi per trovarsi una nuova casa, una di cui Edgy Mason non avrebbe saputo nulla. Se lui si fosse arreso e fosse tornato in Illinois, forse sarebbe riuscita a ricostruire a Monroe la sua nuova vita.

Devon frequenta una supermodella, non posso restare qui e sperare che si interessi a me. Però questa è una bella città e magari incontrerò qualcun altro. Stormy, che cercava sempre di mantenere un atteggiamento ottimista, guardò fuori dalla finestra ed espresse un desiderio fissando la prima stella che vide, poi si addormentò.

La mattina dopo, Samantha andò al rifugio a prendere le sue poche cose e Devon si offrì di darle un passaggio fino in biblioteca, dove avrebbe potuto controllare la bacheca degli annunci di lavoro. Stormy si vestì di tutto punto con un completo marrone scuro e una camicetta bianca, pensando che una nutrizionista professionista dovesse avere un aspetto adeguato. Devon annuì lievemente, quando gli si avvicinò, e lei sorrise a quel cenno d'approvazione.

«Hai un aspetto fantastico,» si complimentò il cornerback.

«Professionale,» lo corresse Stormy.

«Io ti assumerei.»

Devon la accompagnò all'interno dell'edificio di mattoni e, mentre Stormy scrutava le annotazioni attaccate alla bacheca e parlava con la bibliotecaria, si mise a sfogliare i thriller sullo scaffale delle novità.

Quando la discussione finì, Stormy gli diede un colpetto sulla spalla per attirare la sua attenzione.

«Hai avuto fortuna?» le chiese Devon, tenendole aperta la porta.

«No, ma la bibliotecaria ha detto che terrà da parte il mio curriculum. Mi ha anche dato un paio di numeri da chiamare,» rispose lei.

«Cos'è che fai esattamente?» volle sapere Dev, mentre camminavano con calma lungo la strada.

«Sono una nutrizionista. Quando stavo in Illinois avevo due lavori part time, mi occupavo di organizzare i pasti per due case di riposo,» spiegò Stormy.

«Avevi due lavori part time?»

«Così nessuno dei due doveva pagarmi l'assistenza sanitaria.»

«Che schifo,» commentò Devon.

«Lo so, ma mi piaceva la gente con cui lavoravo. Gli anziani possono essere divertenti,» replicò Stormy. Si ricordò di Bill McLean, il direttore del Centro per gli Anziani Alton a Boston: erano usciti insieme per un po', prima che lei dovesse scappare per mettersi in salvo.

Svoltarono l'angolo e si diressero verso il parcheggio, e poi Stormy venne accecata dal flash di una macchina fotografica. Quando alzò lo sguardo, i capelli le si spostarono, scoprendole il viso, e la macchina scattò di nuovo.

«Devon Drake?» chiese il fotografo.

«Sì, e lei è?» replicò Devon.

«È stato lei a picchiare questa donna?»

«Cosa?» Dev spalancò gli occhi e si bloccò sul posto.

L'altro uomo arretrò, un'espressione impaurita sul viso. «È ovvio che qualcuno l'ha usata come un sacco da boxe. Era incazzato perché la sua ragazza è uscita con un altro?»

«Non so di cosa diavolo stia parlando.»

«Come si chiama, signorina?» domandò il fotografo, spostando la sua attenzione su Stormy.

«Senta, non è stato lui,» rispose lei, schermandosi il viso con il braccio e cercando di superare quell'uomo così insistente.

«Quanto l'ha pagata per dirlo?»

Devon spinse via il fotografo e Stormy accelerò il passo mentre si dirigevano verso la macchina.

«Mi ha spinto. Avete visto? Mi ha messo le mani addosso. Sembra che ci sia un altro giocatore di football violento con problemi di gestione della rabbia.» L'uomo stava urlando in direzione di un gruppetto di gente che stava iniziando a formarsi attorno a lui.

Stormy aprì la portiera e saltò in macchina, poi Devon mise in moto e partì quanto più velocemente poteva, in mezzo a quella folla che continuava ad aumentare.

Stormy si prese il viso tra le mani, gli occhi pieni di lacrime. «Mi dispiace tanto, Dev.»

«Non è colpa tua se quel tipo è uno stronzo,» ribatté lui mentre girava attorno a una donna e un bambino che attraversavano la strada, poi imboccò una via deserta e spinse sull'acceleratore.

Quando arrivarono a casa, Stormy andò in camera sua, si cambiò e iniziò a chiamare i numeri che aveva ricevuto in biblioteca. *Devo an-*

darmene da qui, sono solo un peso. Questa faccenda causerà problemi a Devon ed è tutta colpa mia. Merda, mi serve un lavoro.

LA MATTINA SUCCESSIVA, Devon si alzò presto, si fece la doccia, si rasò e andò allo stadio. Non voleva vedere Stormy o sua sorella. Aveva un colloquio con il Coach Bass alle otto ed era nervoso perché sapeva che in quel periodo non stava giocando bene. *Vogliono recidere il mio contratto?* Borbottò una preghiera e salì le scale, ma davanti all'ufficio dell'allenatore si imbatté in Bullhorn Brodsky.

«Che ci fai qui?» gli chiese Devon.

«Ho un colloquio alle otto. Tu?» rispose l'altro giocatore.

«Anch'io.» Dev si lasciò sfuggire un sospiro di sollievo. Di certo non l'avrebbero licenziato mentre c'era anche Bull, quindi doveva trattarsi di qualcos'altro. Il cuore smise di battergli furiosamente.

«Ieri sono passato davanti a casa tua e ti ho visto in compagnia di due belle ragazze,» cambiò argomento Brodsky.

«Una di loro è mia sorella, e quella con i capelli rossi è un'amica,» spiegò Devon.

«Un'amica?» Bull alzò le sopracciglia.

«Un'amica di mia sorella. Siamo cresciuti insieme,» chiarì il cornerback.

«È piuttosto sexy,» replicò l'attaccante.

«Non saprei, ma sta' lontano da mia sorella.» Devon gli agitò un dito davanti al viso.

«Perché, è minorenne?»

«È mia sorella e se ti scopro a farle qualcosa...»

«Che farai?» Bull gli si avvicinò con aria minacciosa.

Prima che la discussione potesse scaldarsi ancora di più, la porta si aprì. «Ah, signori, siete perfettamente in orario. Entrate,» li invitò il Coach Bass.

I due giocatori si sedettero davanti alla scrivania dell'allenatore. Bull allargò le gambe e inclinò la sedia all'indietro, mentre Devon appoggiò le mani sulle ginocchia.

«Probabilmente vi starete chiedendo perché siete qui,» disse il coach.

Loro annuirono.

«Bull, siamo preoccupati per il tuo gomito e per questo ti terremo meno in campo, per evitare un nuovo infortunio. Devon, le tue performance non sono ai livelli che ci aspettavamo. Ed entrambi avete qualcosa in comune,» attaccò l'allenatore.

Cosa posso avere in comune con Bullhorn Brodsky?

«È un problema di peso, ragazzi.»

Devon alzò le sopracciglia, sorpreso. «Di peso?» ripeté.

Il Coach Bass si alzò e si mise a passeggiare avanti e indietro davanti alla finestra. «Esatto. Devon, tu hai messo su nove chili da quando hai lasciato i Sidewinders. Bull, tu invece hai già la pancia che straborda di tre centimetri dalla cintura. Quanto peggiorerà la situazione, se ti facciamo giocare di meno?»

«Quindi ci sta mettendo a dieta?» domandò Bull.

«Non esattamente, ma voglio che monitoriate quello che mangiate.»

«Come?»

«Annotate tutto quello che mangiate.»

«Tutto?» chiese Devon.

«Tutto. Soprattutto le ciambelle ricoperte di cioccolato, la pizza e il gelato,» rispose il Coach Bass. «Se gli allenamenti non vi faranno perdere peso, dovremo far intervenire un professionista.»

«Che tipo di professionista?» domandò ancora il cornerback.

L'allenatore agitò una mano in un gesto noncurante. «Non so, qualcuno che sappia qualcosa riguardo al cibo. Non ricordo come si chiamano.»

«Un nutrizionista?» suggerì Dev.

Il Coach batté le mani. «Ecco, un nutrizionista. E voi ragazzi dovrete pagarvi quel buffone da soli, quindi stringete la cinghia. Devon, voglio vedere il tuo record di corsa migliorare, e di molto, entro settimana prossima.»

«Una settimana? Quanto peso posso perdere in una settimana?»

«Non lo saprai finché non ci provi. Non lasciarti morire di fame o che altro, limitati a mangiare in modo equilibrato.»

«Capito,» si rassegnò il cornerback.

«Io non sono grasso,» protestò invece Bull.

«Bull, un centimetro va bene, ma tre sono troppi. Devi calare,» ribatté l'allenatore.

Brodsky borbottò qualcosa e distolse lo sguardo.

«Avete capito, ragazzi?»

I giocatori annuirono e uscirono dalla stanza.

«Quindi, tu hai quella con i capelli rossi, ma nessuno sta uscendo con tua sorella?» chiese Bull.

«Quella con i capelli rossi non è mia e nessuno, soprattutto non tu, uscirà con mia sorella,» ribatté Devon.

«Perché non stai con quella bella ragazzina, allora?»

Mentre parlavano, si diressero verso gli spogliatoi.

«La mia ragazza è Jackie Lawrence,» spiegò Devon.

«Chi è?» volle sapere Bullhorn.

«È una supermodella. Non la conosci?» Dev tirò fuori il cellulare e selezionò una foto osé.

«Porca puttana, esci davvero con lei?»

Devon sorrise.

«Quella ragazzina non è nulla in confronto,» aggiunse Bull.

Il cornerback aggrottò la fronte. «Non è una competizione, e poi Stormy è molto simpatica.»

«Bene, allora non ti importa se ci provo con lei, giusto?»

Devon alzò una mano per frenare il suo compagno di squadra. «Lasciala in pace, sta attraversando un brutto periodo.»

«Perché non lasciamo che sia lei a decidere?»

Quando raggiunsero gli spogliatoi, Bullhorn afferrò un asciugamano e si diresse verso il suo armadietto. Quello di Devon era vicino a quello di Buddy Carruthers, ma il cornerback era così disgustato dall'idea di Bull che ci provava con Stormy che ignorò i suoi compagni di squadra.

«Che cazzo c'è che non va, Drake?» gli chiese Buddy.

«Huh?»

«Cavoli, non si può nemmeno avere un ciao da questo tizio,» si lamentò il ricevitore.

«Mi dispiace, Buddy. Come stai?» si scusò Devon.

«Tutto okay.»

«E come va la vita matrimoniale?»

Buddy ridacchiò. «È fantastica, amico, davvero fantastica. Dovresti provarla.»

«Con Jackie?»

«Perché no?»

Devon scosse la testa e sorrise. «Lei è troppo occupata con la sua carriera.»

«È un peccato,» commentò Buddy.

È davvero un peccato? Voglio sul serio sposare Jackie? Devon scacciò dalla sua mente l'idea del matrimonio e spostò l'attenzione sull'assistente allenatore.

«Drake! Tu e Brodsky dovete fare degli allenamenti speciali, venite con me.» L'uomo condusse i due giocatori verso la pista. «Iniziamo con tre giri.»

«Tre?» Brodsky inarcò un sopracciglio.

«Fate un po' di riscaldamento e poi cominciate, altrimenti potrei cambiare idea e farvene fare quattro. È ora di lavorare sodo per far scendere quelle pance.»

STORMY SI SENTIVA NERVOSA, quando diede il suo curriculum alla receptionist del Centro per Anziani di Monroe. Si sedette in sala d'aspetto e iniziò a compilare la sua domanda mentre qualcuno all'interno dell'ufficio esaminava le sue credenziali. Si rigirò tra le dita il tappo della penna e rifletté sulle sue risposte.

Quando ebbe finito, dovette aspettare altri dieci minuti, prima che qualcuno uscisse dal retro e la chiamasse. *Un colloquio. Grazie a Dio. Almeno mi lasceranno fare un colloquio.*

«Si sieda, Allison,» le disse una donna di mezz'età. «Io sono Beth Charney.»

Beth le chiese del suo lavoro con gli anziani e le domandò perché quell'attività le piacesse e quali aspetti di essa invece non gradiva. Anche Stormy aveva qualche domanda da farle, così prese un blocchetto e iniziò a prendere appunti.

Quando il colloquio terminò, Beth si alzò in piedi. «Per favore, si sieda fuori. Le farò sapere tra qualche minuto.»

Mentre aspettava, Stormy si mise a scarabocchiare. *Forse stanno controllando le mie referenze.* Con orgoglio, ricordò le ultime parole di Barbara Haskell, *"Se ti serve qualcosa, non esitare a chiedercelo".*

In quel momento, ciò che le serviva era una buona parola dalla direttrice del centro Alton: un'entusiasta raccomandazione da parte di Barbara avrebbe potuto farle ottenere il lavoro. Stormy recitò una preghiera silenziosa, si alzò in piedi e rovistò tra le riviste sul tavolino accanto alla reception finché non ne scelse una. Girò le pagine, guardando gli articoli senza vederli davvero, finché non notò una foto di Devon Drake a colori che occupava una pagina intera.

Controllò la copertina della rivista e vide che era una pubblicazione locale. L'articolo si concentrava sulle ristrutturazioni della nuova casa di Devon: Stormy aveva notato che era molto bella, ma aveva pensato che Samantha l'avesse arredata da sola. Secondo il giornale, invece, aveva lavorato insieme a Lauren Montgomery, arredatrice d'interni della zona e moglie del quarterback dei Kings, Griff Montgomery, per creare quel capolavoro che Devon chiamava casa.

Stormy stava finendo di leggere l'articolo, quando la signorina Charney tornò e le fece cenno di seguirla. L'espressione di Beth era neutra e Stormy capì subito cosa significava. *Se fossero buone notizie, sorriderebbe.*

Quando si furono sedute, Beth andò dritta la punto. «Ho chiamato i suoi contatti, Allison. Chi è Edgy Mason?»

Stormy sentì un nodo allo stomaco, la gola serrata e la bocca completamente secca. *Perché mi sta chiedendo di lui?* «Edgy Mason?» ripeté, i palmi delle mani che iniziavano a sudare.

«La donna con cui ho parlato mi ha detto che l'hanno dovuta lasciare andare perché era perseguitata da un pazzo pericoloso che spaventava sia i residenti che il personale. Allora, chi è Edgy Mason? O meglio... dov'è? È ancora in Illinois?»

Dentro di sé, Stormy stava lottando con se stessa. *Menti, perché questo lavoro ti serve. Non mentire, perché tu dici sempre la verità. Non mentire, perché se lui venisse qui, qualcuno potrebbe farsi male e tu verresti di sicuro licenziata.* «Capisco, signorina Charney,» disse, e si alzò in piedi.

«Lui è qui?» domandò Beth.

Stormy annuì. «Lo capisco, anche lei è preoccupata. Non gliene faccio una colpa.»

La donna aggrottò la fronte. «Non ha idea di quanto mi dispiaccia. Lei è la persona perfetta per questo lavoro, la migliore candidata che sia entrata da quella porta in sei mesi, ma non posso correre questo rischio.»

Le emozioni che si affollavano nel petto di Stormy le impedirono di rispondere. Nonostante il lampo di dolore che le attraversò lo stomaco, rivolse all'altra donna un debole sorriso. *Andrà così dappertutto.* Beth la accompagnò fuori dall'area reception e si strinsero la mano. Il bruciore che la giovane donna sentiva in fondo alla gola le risalì fino agli occhi, mentre usciva dalla porta. *Nessuno vorrà assumermi, quando verranno a sapere di Edgy. Barbara non può assolutamente nascondere un'informazione simile. Sono fritta, morta, finita. La mia carriera è finita.*

L'aria all'esterno era fredda ma tonificante e Stormy decise di camminare un po' prima di chiamare un taxi. *Almeno ho abbastanza soldi per pagarlo.* Nella sua mente cercò di esaminare la faccenda da ogni angolazione a cui riuscisse a pensare, ma dovunque fosse andata, nessuno avrebbe evitato di chiedere informazioni al suo vecchio capo, e questo eliminava ogni possibile lavoro. Bloccata in un vicolo cieco, si accasciò su una panchina e chiamò il servizio taxi.

Erano quasi le sei ed era buio. Il vento si alzò, costringendola ad alzare il colletto, e Stormy rabbrividì a causa del freddo e del pensiero che forse Edgy Mason aveva distrutto la sua vita.

DEVON SPENSE LA TELEVISIONE quando Samantha irruppe in casa con le braccia cariche di borse.

«Aiutami con queste, Dev,» gli disse, porgendogliene una.

«Che c'è per cena?» chiese lui.

«Pasta fresca con una salsa che ho preso da Le Beurre.»

«Quel costoso alimentari da gourmet?»

«Mio fratello si merita solo il meglio. Ho preso il pane francese all'aglio e in questa borsa c'è anche una scatola di mini éclair,» rispose Samantha, tenendo la borsa in questione lontana da lui.

«Mmh. Ci sono anche dei fiori. A gennaio?» si stupì Devon.

«Mi merito qualcosa per rallegrare le tristi giornate d'inverno,» dichiarò Sam.

«Hai ragione, sorella, hai avuto una buona idea,» disse il cornerback, seguendola in cucina.

Canticchiando sottovoce, Sam appoggiò le borse in cucina e si tolse il cappotto mentre Devon stappava una bottiglia di Cabernet Sauvignon.

«Ne vuoi un bicchiere mentre cucini?» le chiese.

Sam annuì, si mise un grembiule e cominciò a preparare la cena. Mentre l'enorme pentola piena d'acqua si scaldava sul fornello, prese tre piatti dalla credenza e li diede a suo fratello. «Tu puoi apparecchiare la tavola.»

«Consideralo fatto,» replicò Devon, aprendo il cassetto delle posate.

«La cena sarà pronta tra venti minuti.» Sua sorella tirò fuori un coltello seghettato da un cassetto e iniziò a tagliare il pane per il lungo.

«Non penso che dovrei mangiare questa roba, ma in fondo chissenefrega, giusto?» Devon aveva l'acquolina in bocca.

La porta si aprì di scatto e Stormy entrò insieme a una folata di vento, sul viso un'espressione tempestosa quanto il suo nome.

I due fratelli si girarono verso la loro amica, che sembrava sul punto di morire di freddo. Aveva gli occhi rossi, le mani libere dai guanti screpolate e arrossate, i capelli lunghi raccolti in una coda di cavallo e i lividi sul viso sapientemente nascosti con il trucco. Era bellissima, aveva un'aria vulnerabile e sembrava avere bisogno di un abbraccio.

Devon fece un passo in avanti e poi si bloccò. *Io ho Jackie, non posso mettermi ad abbracciare altre donne, anche se sono vecchie amiche.* I loro sguardi si incontrarono e vide gli occhi di Stormy riempirsi di lacrime, poi la donna corse in camera sua. «Cosa? Che diavolo ho fatto?» si chiese.

«Non lo so. Che hai fatto?» domandò Sam, inarcando un sopracciglio.

«Niente, maledizione, niente.» Dev scosse la testa e andò a prendersi una birra dal frigo. La aprì e si stese sul divano mentre aspettava che sua sorella ricomparisse. Aveva corso tanto che gli facevano male le gambe e si massaggio il polpaccio.

Un rumore di passi attirò la sua attenzione.

«Vorrei che fossi una massaggiatrice, invece di una nutrizionista,» disse Devon. «Mi farebbe proprio comodo un massaggio, adesso.»

Stormy si sedette accanto a lui. «Cos'è successo?»

«Ho fatto esercizio, ho corso e mi sono spinto oltre i miei limiti.»

«Lascia fare a me,» disse Stormy, allungando una mano verso la sua gamba.

Devon si scostò. «Va tutto bene, sono a posto. Grazie, comunque.»

Stormy raddrizzò la schiena, rossa in viso.

«La cena,» chiamò Samantha dalla cucina.

Devon si alzò di scatto e si diresse verso la sala da pranzo e Stormy lo seguì. La tavola era già apparecchiata, c'erano una larga scodella in ceramica verde, blu e bianca e dei piatti degli stessi colori. Il profumo di spaghetti bollenti immersi in una ricca salsa di pomodoro riempiva l'aria, accompagnato dall'odore d'aglio che proveniva da un lungo e snello sfilatino di pane francese.

Stormy si servì solo una piccola porzione.

«Devi smetterla di cucinare pasti così pesanti, Sam,» si lamentò Devon.

«Perché?» chiese sua sorella.

«Perché io devo perdere peso.»

«Magari dovresti rinunciare a un po' di quei cibi raffinati che mangi nei ristoranti più eleganti con quello stecchino della tua ragazza,» replicò Sam.

«È tutto delizioso,» intervenne Stormy.

«Grazie.» Sam sorrise, poi scoccò un'occhiataccia a suo fratello.

«Senti, questa è una faccenda seria! Potrei essere licenziato, potrebbero annullare il mio contratto. Le mie performance sono pessime, ho avuto una giornata orribile e questo sarà l'ultimo piatto di pasta in questa casa finché… finché… finché non lo dirò io.» Devon finì la sua porzione e si alzò da tavola.

«Anche la mia giornata è stata terribile,» si lasciò scappare Stormy.

«Non quanto la mia,» replicò Devon in tono di sfida.

«Oh, davvero?» Anche Stormy si alzò e iniziò a sparecchiare.

«Dimmi.»

Mentre portava i piatti in cucina, Stormy gli riferì la sua esperienza con Beth Charney. «E questo vuol dire che nessuno mi assumerà. Dovrò trasferirmi da qualche altra parte, ma mi costerà tutti i miei risparmi. Dove posso andare?» Le lacrime le rigavano le guance.

Devon la attirò a sé e la abbracciò. «Non preoccuparti, puoi rimanere qui finché vuoi.»

«Incasinerò anche la tua vita,» lo ammonì la donna.

«Ne dubito.»

«Grazie.» Stormy appoggiò la guancia contro il suo petto e sospirò.

Devon le sfregò le punte dei capelli con le dita. «Puoi aiutarmi ad allenarmi, visto che dovrò fare esercizio anche a casa.»

Stormy si liberò dalla sua stretta. «Sarebbe fantastico.»

«Bene.»

«Magari potrei aiutarti a perdere peso. Sono una nutrizionista, sai.»

«Non avevo fatto quel collegamento,» ammise Devon.

L'espressione triste di Stormy si rallegrò. Quando sorrise, gli occhi azzurri le si illuminarono di nuovo. «Adesso vado a prepararti qualche menù. Niente éclair, solo frutta,» dichiarò, poi sorrise a entrambi i Drake e se ne andò.

«Quando si dice prendere due piccioni con una fava,» commentò Samantha.

«Giusto,» concordò Dev.

«Uh, uh, uh. Non te ne andare, devi aiutarmi con i piatti. Consideralo una parte dei tuoi esercizi quotidiani.» Sam lo tirò per la manica.

Devon seguì sua sorella in cucina con un passo più leggero di quello che aveva solo un'ora prima. Poi, il suo cellulare squillò.

«Devon? Sono Edie, l'assistente del signor Barker. Vorrebbe incontrarla domani alle otto.»

«Va bene, ma perché?»

«Ha detto qualcosa riguardo a un articolo su un giornale. Ci vediamo domani,» rispose Edie.

Devon spense il telefono. «Sam, dov'è il giornale?» domandò.

«Sul tavolino da caffè, ma non ho ancora avuto tempo di leggerlo.»

Il titolo lo aggredì subito.

Un altro giocatore dei Kings colpisce troppo forte.

Sotto, c'erano due foto: una ritraeva il viso coperto di lividi di Stormy, quella accanto loro due che camminavano fianco a fianco.

«Merda! Cazzo!» Devon scagliò il giornale contro il muro, si ritirò in camera sua e sbatté la porta.

Capitolo Tre

La mattina successiva, mentre si fermava nel parcheggio dello stadio, Devon aveva il cuore che gli batteva a mille e stava cominciando a sudare. *Secondo strike. Spero solo che mi ascoltino.* Rallentò il passo, avvicinandosi all'ufficio di Lyle Barker.

Edie gli rivolse un sorriso caloroso. «Caffè? Un bagel?» gli chiese.

Il cornerback aveva lo stomaco così in subbuglio che capì subito che bere altro caffè sarebbe stata una cattiva idea. «No grazie.»

«Entra subito, allora,» lo invitò la donna.

L'adrenalina iniziò a scorrergli nelle vene a novanta all'ora, quando vide la formazione che gli si parava davanti: c'erano Lyle Barker, il proprietario della squadra, Jo Parker, la vicepresidentessa del reparto Pubbliche Relazioni, e il Coach Bass. *È una riunione o un'esecuzione?*

«Entra, Dev,» gli ordinò l'allenatore.

Con le gambe che gli tremavano, Devon si trascinò fino a una sedia di fronte al divano su cui erano seduti gli altri.

«Hai letto il giornale?» gli chiese Lyle.

Dev annuì.

«Allora?»

«Non sono stato io.»

«Non hai picchiato tu quella ragazza?» insistette Lyle.

«Io non picchio le donne, è stato qualcun altro,» si difese Devon.

«Chi?» Barker sembrava deciso ad andare avanti con l'interrogatorio.

Devon raccontò di come Edgy Mason avesse chiesto l'aiuto di Stormy in Illinois e poi le si fosse rivoltato contro. Jo Parker sospirò, sollevata.

«Che sia vero o no, questa storia è un incubo per i Kings,» concluse Lyle. «Jo, devi cercare di limitare i danni.»

«La ragazza sarebbe disposta a rilasciare un'intervista?» chiese la P.R.

«Sono sicuro di sì. È una vecchia amica di mia sorella, siamo cresciuti insieme. Non stiamo insieme, siamo solo amici.» Devon si mosse nervosamente sulla sua sedia, rivelare dettagli della sua vita privata ai suoi superiori lo metteva a disagio.

«Mettiamo a tacere questa faccenda, così Devon potrà concentrarsi sulla partita,» intervenne il Coach Bass.

«Me ne occupo io. Devon, possiamo vederci tra qualche minuto?» chiese Jo.

Il cornerback annuì, poi Lyle prese il telefono, segno che la riunione era finita. Devon sospirò e seguì Jo nel suo ufficio. *Almeno sono ancora in squadra.*

Chiamò sua sorella, poiché non voleva assolutamente discutere di quello che era successo con Stormy. Come faceva spesso, si rivolse a Samantha per ottenere un aiuto, e lei entrò subito in azione, si consultò con Jo al telefono e poi parlò con Stormy.

Prima che Devon potesse scappare negli spogliatoi, Jo gli posò una mano sul braccio. «Credi che tua sorella sarebbe disposta a lavorare part-time come mia assistente?» chiese.

Lui alzò le spalle.

«La chiamerò. È molto intelligente ed è stata il mio braccio destro, quando abbiamo organizzato quegli eventi per il rifugio,» insistette la P.R.

«Glielo chiedo io, se vuole. È molto organizzata, ha gestito la mia vita per anni,» ridacchiò Devon.

Jo scosse la testa. «Uomini. Non riuscireste a fare nulla, da soli.»

Devon scese le scale e si sentì sollevato all'idea di non dover più sostenere lo sguardo critico di Lyle Barker e poter stare di nuovo in compagnia dei suoi compagni di squadra.

«Bella mossa, Drake! Che cavolo voleva dire quella foto sul giornale?» domandò Trunk Mahoney.

«Niente. Non l'ho picchiata, è una mia vecchia amica,» sbottò Dev.

«Sì, certo. Una vecchia amica di letto.» Trunk ridacchiò.

«Amica! Non capisci il significato di questa parola? O sei solo stupido?» gridò Devon, che ormai aveva perso la pazienza.

L'altro giocatore alzò le mani come per difendersi. «Ehi, non farti venire un embolo. Okay, è un'amica.»

Devon si cambiò, sbatté la porta dell'armadietto e si girò verso la palestra. Il forte rumore interruppe tutte le conversazioni tra i suoi compagni, tutti si zittirono e si misero a fissarlo. «Cosa? Cosa? Che state guardando? Non ho toccato quella ragazza nemmeno con un dito.» Devon aprì di scatto la porta della stanza dei pesi.

«Lo sappiamo, Dev, lo sappiamo,» intervenne Griff Montgomery.

Devon sospirò gravemente, allargò le braccia e annuì in direzione del quarterback, poi andò a sfogare i suoi problemi sulle macchine per gli esercizi. *Stormy, che nome perfetto. È entrata nella mia vita come un tornado e questo è maledettamente irritante, ma se non la aiuto io, chi lo farà? Dov'è Jackie? Starà vivendo la bella vita sulla Costa Ovest. Lei potrebbe confermare che non sono un uomo violento. Donne.*

L'ira gli si aggrovigliò nel petto e cambiò attrezzatura, montando sulla cyclette. Selezionò un programma impegnativo che simulava una pedalata su delle colline ripide e lasciò che le sue emozioni guidassero le sue gambe. L'esercizio lo sfinì, e quando terminò, Devon si sentiva come se avesse le gambe di gomma e dovette guidare fino a casa con cautela.

Quando entrò in casa, venne accolto dal rumore della televisione. Sua sorella stava mangiando dei brezel mentre guardava il telegiornale e Dev si fermò a osservare un video in cui lui spingeva via il giornalista.

Il conduttore scosse la testa. «La violenza ha infettato la NFL. Devon Drake ha spintonato il nostro reporter, quando lui gli ha chiesto se aveva colpito la ragazza.» La telecamera inquadrò un'immagine di Stormy, poi di nuovo l'annunciatore. «Benché Drake abbia negato di averle inflitto quelle ferite, nella nostra registrazione sta chiaramente spingendo l'uomo che lo ha accusato. Andiamo, Devon, sii uomo e fatti aiutare.»

Quindi quel tizio lavorava per il notiziario, non era solo un pazzo con una telecamera. Merda.

Il telegiornale passò a un'altra storia e Devon crollò sul divano accanto a Samantha. Esausto sia nel corpo che nell'animo, prese il telecomando e cambiò canale.

Samantha si girò verso di lui, gli occhi colmi di lacrime. «Come farai a ripulire il tuo nome?» gli chiese.

«Non ne ho idea.»

Il cellulare di Dev squillò. Era Jackie, e il cornerback si sentì travolgere da un'ondata di sollievo.

«Devon, che diavolo hai fatto?»

LA MATTINA DOPO, STORMY si pettinò i capelli e chiese a Sam di portarla con lei in città. Si inventò una scusa e disse alla sua amica che doveva fare una commissione, ma invece andò alla WMON, la stazione televisiva di Monroe. Entrò dentro l'edificio sentendosi perfettamente sicura di sé. *Parlerò con il tizio del notiziario, rilascerò l'intervista, parlerò di Edgy e questa storia sarà finita. Devon verrà scagionato.*

«Posso aiutarla?» le chiese la receptionist.

«Vorrei parlare con il direttore del notiziario,» rispose Stormy.

«Ha un appuntamento?»

«Non esattamente. Sono la ragazza che è finita al telegiornale ieri sera.»

«Oh, poverina! Quella picchiata dal giocatore di football. Si sieda. Le porto un bicchiere d'acqua?»

«Non avete capito nulla,» si affrettò a dire Stormy, spingendo via con gentilezza la giovane donna. «Devon Drake non mi ha picchiata, non è stato lui.»

«Non deve coprirlo solo perché è famoso. Lui è molto più grosso di lei. Che razza di bullo.»

«La prego, posso parlare con il direttore? Devo chiarire questa storia. Devon Drake è un mio vecchio amico, siamo cresciuti insieme e lui non ha mai picchiato una donna.»

L'espressione della receptionist si rabbuiò. «Non deve inventare scuse per difenderlo solo perché siete cresciuti insieme,» insistette.

«Non lo sto facendo. La prego, deve credermi,» provò ancora Stormy.

L'altra donna le rivolse uno sguardo duro. «Dovrà chiedere un appuntamento per vedere il signor Clark, mi dispiace. Buona giornata. WMON,» disse, toccando la tastiera del telefono.

Stormy sospirò e uscì, poi girò l'angolo e chiamò il numero della stazione, ma le rispose solo la segreteria di Stanton Clark. Chiamò cinque volte e lasciò cinque messaggi, diventando man mano sempre più disperata.

Alla fine, il suo cellulare squillò. Era Sam.

«Non sono ancora pronta. Ci vediamo tra mezzora?» le chiese Stormy, e la sua amica acconsentì.

Adesso faceva un po' più caldo. C'erano quindici gradi, il sole splendeva e l'aria era secca. Stormy non sapeva che fare, così girò attorno all'edificio e si fermò davanti a un'ampia finestra di vetro laminato. Stavano girando un notiziario e questa volta c'era una donna seduta davanti alla telecamera. Stormy le fece un cenno con la mano, ma lei non rispose, così iniziò a saltellare su e giù agitando le braccia. Di nuovo, nessuna reazione.

Devo farlo per Devon. Devo chiarire questa faccenda. Lui non si merita tutto questo.

Uno degli uomini che stavano lavorando dietro le quinte sorrise e le fece l'occhiolino. *Aha! Ho la sua attenzione.* Superare la timidezza era un problema che aveva sempre messo Stormy in difficoltà, e quella volta non faceva eccezione, ma c'era in ballo la reputazione di Devon, così mise da parte l'imbarazzo e si avvicinò alla finestra ondeggiando i fianchi e, quando riuscì a guardare dritto negli occhi l'uomo con le cuffie, si leccò le labbra.

Lui raddrizzò la schiena e la fissò senza riuscire a distogliere lo sguardo. Stormy canticchiò sottovoce *The Stripper* mentre tirava giù la zip della giacca e se la sfilava, poi cominciò lentamente a ballare. Con la coda dell'occhio, vide che i passanti sul marciapiede si erano fermati a guardarla, ma prese un respiro profondo e si alzò il maglione più lentamente che poteva.

Ora l'uomo con le cuffie stava gesticolando e parlando animatamente, e tutte le altre persone nella stanza si girarono a fissarla. Stormy continuò a canticchiare e ballare. Stava cominciando a piacerle. Senza badare al freddo, si alzò il maglione sopra la testa, se lo rigirò tra le mani e lo lanciò a un uomo lì vicino, che lo prese al volo e applaudì.

Dopodiché, tirò giù la zip dei jeans, continuando a tenere d'occhio le persone nella redazione del telegiornale, che adesso stavano correndo su e giù freneticamente. Due di loro stavano parlando al telefono. Stormy si abbassò i pantaloni in denim sui fianchi e ringraziò mentalmente Dio perché sotto indossava un paio di mutandine nere sexy.

Quando i jeans le arrivarono alle ginocchia, tre persone, incluso un cameraman, corsero fuori dalla redazione come scarafaggi che scappavano in tutta fretta da un pericolo incombente. Nello stesso istante, Stormy udì una sirena che si avvicinava sempre di più. *Merda! La polizia.*

L'uomo che le aveva fatto l'occhiolino le spinse un microfono in faccia. «Chi è lei, e perché si sta spogliando davanti alla redazione del telegiornale in questa fredda giornata d'inverno?»

«Sono Allison Gregory, la ragazza che avete ripreso. Devon Drake dei Kings non mi ha aggredita, è stato Edgy Mason a farlo. Voglio raccontare la mia storia, ma non mi hanno permesso di vedere il direttore del notiziario,» spiegò Stormy.

«La stiamo riprendendo adesso. Maledizione, è proprio carina.»

«Grazie.» Stormy arrossì. «Ma per favore, mi ascolti.»

«Okay, signorina, si rimetta i vestiti. Adesso lei viene con me.» Un poliziotto dalla corporatura massiccia la affiancò, la squadrò da capo a piedi e arrossì.

«Okay, agente. Se mi rivesto, prima di venire con lei posso fare l'intervista?»

«La prego,» supplicò anche l'uomo con il microfono. «Questa è una storia fantastica, e poi la signorina sta difendendo Devon Drake dei Kings.»

«Drake? Il cornerback? Okay, avete dieci minuti, parli mentre si veste. Cristo, signorina, sta causando un ingorgo.»

Stormy guardò dietro di sé e vide diverse macchine che si erano fermate lungo la strada.

«E capisco perché,» concluse l'agente, ridacchiando.

DEVON SI SENTIVA ANCORA giù per quello che era successo la sera prima, quando lui e Jackie si erano urlati contro perché lei pensava che le avrebbe portato cattiva pubblicità. Gli ci erano voluti venti minuti per convincerla che era innocente e ancora non era sicuro che gli avesse creduto davvero.

Jackie aveva detto di essere preoccupata per il modo in cui quella faccenda si sarebbe potuta riflettere su di lei e Dev le aveva gridato addosso e poi le aveva riattaccato il telefono in faccia. I Kings dovevano partire per Miami per giocare contro i Sidewinders al Super Bowl e lui aveva i nervi a fior di pelle, quindi non fu felice di tornare a casa e trovarla vuota, dopo essere stato allo stadio.

Si aspettava una cena che gli avrebbe scaldato il cuore e poi di andare a letto presto per godersi una notte tranquilla. Doveva riprendersi dai suoi vigorosi allenamenti e riposarsi in vista della partita, che di sicuro sarebbe stata una vera sfida, ma delle due donne non c'era traccia. Aprì il frigorifero e si trovò davanti un'enorme insalata.

Altro cibo da conigli. Voglio uno snack. Prese una scodella piena di sedano e carote e una birra, poi ci ripensò, rimise la lattina in frigo e la scambiò con una bottiglia d'acqua. Si pizzicò la vita. *Ancora non ci siamo.* Lo scandalo con Stormy non aveva fatto nulla per far diminuire il suo appetito, anzi, aveva avuto l'effetto contrario: Devon si rifugiava nel cibo più sfizioso nel tentativo di guarire il suo orgoglio ferito.

Stormy gli aveva proposto di attenersi a una dieta rigida durante la settimana prima della grande partita. Doveva mangiare carne, verdura e frutta, e nient'altro. Niente birra, soprattutto. Il cellulare di Dev squillò, era Sam.

«Stiamo tornando a casa, ho dovuto pagare una multa alla stazione di polizia per Stormy. Ti diremo tutto quando arriviamo.» Sua sorella attaccò prima che lui potesse farle domande e Devon lanciò il cellulare sul divano. *Che cazzo è successo? Stormy è stata arrestata? È un vero disastro, forse dovrebbe andarsene. E se tornasse in Illinois? Non voglio che quello scimmione di Mason le faccia del male, ma mi sta rovinando la vita.*

Alla fine la curiosità vinse sulla paura, così accese la televisione e mise sul notiziario, sperando in cuor suo che Jo Parker fosse riuscita a sgonfiare quella storia. Mordicchiando una carota, crollò sul divano, mise sulla WMON e si preparò al peggio. Il servizio principale lo fece saltar giù dal divano sputacchiando pezzettini di carota. Eccola là, Stormy, praticamente nuda, con addosso solo il reggiseno e le mutandine, che gridava: «Vi prego, lasciatemi raccontare la mia storia. Devon Drake è innocente!»

Porca puttana! Stormy, che hai fatto?

Devon si risedette, lo sguardo incollato allo schermo. Guardò l'intervista della sua amica e la osservò rivestirsi e dichiarare che l'uomo che l'aveva aggredita era Edgy Mason. Stormy disse anche che il cornerback era stato gentilissimo con lei e l'aveva accolta in casa sua e protetta.

Devon spalancò la bocca mentre ascoltava con attenzione ogni sua parola. L'inquadratura passò a un'immagine sfocata di Edgy e l'annunciatore avvertì la popolazione locale di diffidare di lui, poi la telecamera tornò un'altra volta su Stormy, che adesso era completamente vestita. «Devon Drake è l'uomo più gentile del mondo. Questa settimana giocherà contro i Sidewinders al Super Bowl, quindi augurategli buona fortuna,» disse.

Il programma passò alla pubblicità e Dev appoggiò la schiena contro i cuscini. Era stato scagionato e la gente avrebbe smesso di guardarlo male in farmacia, in banca o mentre gli passava accanto sul marciapiede. Si sentiva il cuore leggero quanto una torta paradiso e si mise a saltellare e ballare da solo.

Non notò nemmeno che la porta si era aperta, finché non si girò sentendo il rumore di un applauso. Si sentì scaldare le guance, quando vide che Samantha e Stormy stavano ridendo.

«Non ti vedevo ballare da quando avevi sedici anni,» commentò Stormy, ma impallidì non appena si fu lasciata sfuggire quelle parole.

«Senti, Stormy...» cominciò Devon.

«Non importa, Dev.» La donna agitò una mano con aria noncurante. «Storia antica.»

Dev le si avvicinò. «Ero uno stronzo a quei tempi.»

«Lo erano tutti. Non importa.»

Il cornerback le strinse la mano nella sua. «Mi dispiace, non avrei mai dovuto trattarti in quel modo. Ero un idiota, ma ho preso un sacco di batoste al college e sono cambiato.»

«Va tutto bene,» gli assicurò Stormy.

«Non mi rendevo conto di come mi comportavo. Quando sono andato al college e ho visto qualcuno comportarsi in quel modo in una confraternita, ho capito.» Devon si chinò per darle un bacio sulla guancia. «Non te lo meritavi.»

«Grazie.» La donna chinò il capo, le guance rosse.

«Non so come ripagarti per aver salvato la mia reputazione. Ma che diavolo ci facevi in mutande in televisione?»

Stormy arrossì ancora di più. «Mi hai visto?»

Devon scoppiò a ridere. «Piccola, eri in televisione.»

«Sì, ma non avrei mai pensato che tu l'avresti visto.»

«Avevi un aspetto magnifico là fuori. Sembrava che avessi un po' freddo, ma a parte quello, eri maledettamente sexy.» Devon ridacchiò e Stormy gli diede un lieve pugno sul braccio. «Che impertinente. Dovevo fare qualcosa, o non mi avrebbero ascoltata. Dovevo dire la verità, non potevo lasciare che tu ti prendessi la colpa di quel che è successo,» gli disse.

«È stato ingegnoso, e di certo hai attirato l'attenzione di tutti,» replicò Dev.

«Ha fermato il traffico e ha creato quello che è stato probabilmente il primo ingorgo di sempre a Monroe,» intervenne Samantha.

«Davvero?» Dev alzò le sopracciglia, sorpreso.

«Quando io mi spoglio, le macchine si fermano,» scherzò Stormy, oscillando i fianchi, e andò in camera sua.

Mentre la donna gli passava accanto, Devon si sentì attraversare da una lieve scarica d'energia e fischiò piano.

Stormy si bloccò, ridacchiò, arrossì e accelerò il passo.

DALL'ALTRA PARTE DELLA città, a casa di Buddy ed Emmy Carruthers

Più la partita contro la squadra di St. Louis si avvicinava, più la tensione saliva all'interno delle case dei membri dei Kings, in tutta Monroe, e la casa dei Carruthers non faceva eccezione. Emmy cercava di evitare Buddy, ma il ricevitore sembrava essere dappertutto. Passeggiava nervosamente su e giù, mangiava una montagna di cibo, soprattutto carne di manzo, e si lamentava costantemente, o almeno così le sembrava. Emmy non l'aveva mai visto così irritabile, perfino Gert tentava di evitarlo e per questo arrivava e se ne andava presto.

Emmy aveva trasformato l'attico in un piccolo studio in cui si nascondeva quando Buddy si faceva prendere dal nervosismo. Invece di un vero pianoforte, aveva una tastiera e un paio di chitarre; due lucernari le permettevano di connettersi con il mondo esterno e di respirare l'aria fresca. Lo studio era il suo piccolo nido, il rifugio in cui poteva comporre musica o semplicemente suonare le sue canzoni preferite. Buddy raramente la raggiungeva lassù.

Il giorno prima della partenza della squadra per St. Louis, suo marito bussò alla sua porta. «Emmy! Vieni giù, ho bisogno di te,» la chiamò.

La cantante alzò gli occhi al cielo e posò la chitarra. Scese le scale lentamente, temendo che un incontro con il ricevitore non le avrebbe portato altro che guai, quando lui era così teso. «Che succede?» domandò, mettendosi una mano sul fianco.

Buddy la tirò a sé e la abbracciò con forza. «Ho bisogno di te, piccola. Ti prego, non nasconderti da me.»

Emmy chiuse gli occhi, gli allacciò le braccia al collo e inspirò il suo delizioso profumo di ammorbidente all'aroma di fiori, camicia pulita e Buddy. «Sono qui, non ti ho abbandonato,» lo rassicurò.

Rimasero in silenzio per un po'. Gli abbracci di suo marito erano i preferiti della cantante. *Nessuno abbraccia come lui.*

Il ricevitore si chinò per dare un bacio sul collo a sua moglie.

Qualcosa di duro le premette contro la pancia. «Hmm. Stai cercando di dirmi qualcosa?» scherzò.

Le dita di Buddy risalirono fino a sfiorarle il seno. «Solo se lo vuoi anche tu.»

Emmy non riusciva a ricordare un momento in cui *non* avesse voluto fare l'amore con lui. Non era come quando stava con Stash, il suo vecchio manager ed ex-amante, lui non aveva mai avuto la stessa passione di Buddy. Alzò il mento per farsi baciare e suo marito insinuò la lingua tra le sue labbra, invase la sua bocca e la schiacciò contro il suo corpo. Emmy si alzò in punta di piedi e un brivido le corse lungo la schiena quando si rese conto di quanto era forte.

«Andiamo, piccola, mettiamoci comodi.» Buddy la prese per mano e la condusse in camera da letto.

La donna si sentì attraversare da un fremito ansioso.

Buddy le posò le dita sul collo e la guidò attraverso la porta, che poi richiuse con un calcio. «Oggi deve venire Gert,» le ricordò.

«Non mi importa,» ribatté Emmy, e si buttò sul letto, trascinandolo con lei. «Oof!» Cadendo sopra di lei, il ricevitore le aveva mozzato il respiro.

«Vacci piano. Pazienza, piccola,» ridacchiò Buddy, puntellandosi sui gomiti per non schiacciare il suo esile corpo con il suo peso.

Emmy si sfilò la maglietta e lui la osservò con uno sguardo carico di desiderio: non portava il reggiseno e nemmeno le mutandine. Buddy le tirò giù i pantaloni e poi strappò via anche i suoi. Le cosparse la pelle morbida di baci e si mise in ginocchio.

«Non posso aspettare, tesoro,» sussurrò, mentre la penetrava lentamente con due dita.

«Niente protezione,» gli ricordò Emmy. «Dobbiamo lasciare che la natura faccia il suo corso, giusto?»

«Esatto.»

Buddy entrò dentro di lei prima ancora che potesse prendere un altro respiro. Emmy gli passò una mano lungo la schiena, fino ad arrivare al sedere, e sentire la potenza dei suoi muscoli aumentò ancora di più la tensione che stava crescendo dentro di lei.

Mosse i fianchi incontro a quelli di suo marito, mentre lui spingeva, finché la sua eccitazione divenne incontenibile ed esplose in un potente orgasmo. Emmy chiamò il nome di Buddy, agitando bruscamente i fianchi.

Suo marito seguì presto il suo esempio, spingendosi ancora più a fondo dentro di lei, e la cantante gli allacciò le mani dietro la schiena.

«Ti amo, piccola. Ti amo così tanto,» disse Buddy.

Emmy gli scostò i capelli corti dalla fronte sudata. «Sei il migliore,» replicò.

Si allontanarono, ma poi Emmy posò una mano sul petto di Buddy e lo spinse di nuovo sul letto. Si accoccolò contro di lui e gli appoggiò la testa sulla spalla.

«Potrebbe essere quello giusto,» rifletté.

«Cosa?»

«Quello che diventerà il nostro bambino.»

Sentì Buddy inspirare bruscamente.

«Non avere paura, sarai un ottimo papà,» gli assicurò.

«E se facessi cadere il bambino?» si chiese suo marito.

«Buddy, sei il miglior ricevitore della lega. Se puoi tenerti stretta una palla, puoi tenerti stretto un bambino. E il bambino sarà molto meno scivoloso di un pallone di cuoio.»

Buddy rise. «Immagino che tu abbia ragione.» Saltò giù dal letto e aggiunse: «Devo allenarmi e andare alla riunione della squadra. Stiamo studiando una nuova strategia da usare contro i Sidewinders. Devo andare.»

Si vestì rapidamente e uscì dalla porta dopo circa dieci minuti. Emmy rimase sdraiata sul letto, le palpebre sempre più pesanti, poi si girò sul fianco e si addormentò. Più tardi, sentì che qualcuno le aveva posato addosso una coperta. Aprì un occhio e vide che era Gert che la stava coprendo.

«Fa troppo freddo per dormire così,» la rimproverò l'altra donna.

Emmy sorrise e tornò al suo sogno.

ERANO LE QUATTRO, QUANDO Emmy riaprì gli occhi. Il cielo si era scurito e un forte vento soffiava tra gli alberi, piegandoli. La casa era immersa nel silenzio, tranne che per il lieve russare di Blitz, il loro carlino, che dormiva all'estremità del letto. Gert aveva fatto il suo lavoro e se n'era andata. La cantante si infilò una delle vestaglie di Buddy, perché adorava il suo profumo, e se la strinse attorno.

Andò in cucina a farsi un tè, strinse le dita attorno alla tazza calda e si diresse verso le porte scorrevoli in vetro che davano sulla veranda. Diede un'occhiata fuori ma vide solo qualche visitatore che si posava ogni tanto sulla mangiatoia per gli uccelli. Era troppo tardi perché la maggior parte dei piccoli pennuti si facesse vedere ancora in giro.

La comparsa di un'ombra che non si spostava con il vento la fece sobbalzare. L'ombra si avvicinò di più ed Emmy sentì il battito del suo cuore che le rimbombava nelle orecchie. Indecisa tra la paura e la curiosità, rimase lì dov'era, ma quando la figura girò l'angolo, riuscì a malapena a impedire ai suoi piedi di fuggire via.

Si strofinò gli occhi con una mano, sbatté le palpebre e li strofinò di nuovo. Fuori dalle porte scorrevoli, vestito con una felpa scura con un cappuccio e un paio di jeans, c'era Stash Mullins. La cantante non riusciva a credere ai propri occhi. L'uomo bussò sul vetro e le fece segno di aprire e subito Blitz prese ad abbaiare. Dentro di lei, la rabbia iniziò a montare, fino a rimpiazzare la paura. L'aria scura e gelida di gennaio turbinava tutto attorno a lui e Stash rabbrividì.

L'idea di vendicarsi lasciandolo fuori al freddo la tentò, ma alla fine la sua curiosità e il desiderio di mandarlo al diavolo furono troppo forti per resistere. Emmy aprì la serratura e scostò la porta.

«Bene, bene, bene, ciao...»

Prima che Stash potesse finire di parlare, Emmy fece un passo in avanti e gli tirò uno schiaffo, forte. Lo schiocco fu tanto rumoroso che riuscì a sentirlo nonostante l'ululato del vento.

«Immagino che me lo sia meritato,» commentò lui, massaggiandosi la mascella.

«Ti meriti questo e altro. Dovrei chiamare la polizia. No, aspetta, forse dovrei andare a prendere la pistola di Buddy e spararti in testa e poi dire che stavi cercando di fare irruzione in casa nostra.» Dentro di sé, Emmy sorrise, quando vide la sua espressione compiaciuta cambiare in un lampo.

«Lui non ha veramente una pistola, giusto?»

«Ti piacerebbe saperlo, vero?» La cantante incrociò le braccia sul petto. «Che cazzo vuoi, adesso, Stash? Ti sei già preso tutti i miei soldi, cos'altro è rimasto da rubare?»

«Non ho preso tutti i tuoi soldi,» si difese Stash.

«Scusa, è vero, mi hai lasciato diecimila dollari. Perché sei qui? Sei ricercato dall'F.B.I.,» gli fece notare Emmy.

«Lo so, ma dovevo vederti un'ultima volta.»

«Perché?»

«Posso entrare? Mi si stanno gelando le palle, qua fuori.»

Emmy arretrò e lo lasciò entrare, non per metterlo più a suo agio ma perché voleva fargli altre domande.

Stash si guardò attorno. «Bella casa.»

«Buddy ha buon gusto,» replicò lei.

«È vero,» concordò il suo ex, gli occhi che brillavano di desiderio mentre lasciava vagare lo sguardo sul suo corpo.

Emmy strinse di più nella vestaglia. «Scordatelo, Stash. Sono sposata.»

«Non puoi farmene una colpa, se ci ho provato. Una volta stavamo bene insieme.»

«Che diavolo vuoi? O devo chiamare l'F.B.I.?» La donna strinse i pugni e li posò sui fianchi.

«Fa' pure. Tanto uscirò da qui prima che arrivino,» ribatté Stash.

«Perché l'hai fatto?» si lasciò scappare Emmy.

«Ah, ecco la domanda che si fanno tutti... perché.»

«Sto aspettando.»

«Perché potevo.»

«Cosa?» chiese Emmy, confusa.

«Perché potevo prendermi tutti i tuoi soldi, e perché potevo farlo lentamente, un po' alla volta. Ogni volta che tu giocavi a fare la primadonna, io ne prendevo un po' di più, perché rendeva più facile sopportarti,» le spiegò Stash.

«Non ero così male.»

«Già, ci sono star che si comportano peggio, ma tu volevi tutto. Volevi che mi prendessi cura di te, del tuo corpo come della tua anima, ma era un lavoro impossibile. Così, mi prendevo un po' di soldi extra per calmarmi quando mi facevi innervosire. *Un po'* di soldi extra poi sono diventati *molti* soldi extra, un po' come quando diventi assuefatto a una droga.»

«Non ti importava che stavi rubando, e a una persona che ti amava?»

«Per me non era rubare, era solo un gioco. Tu eri così fiduciosa e io potevo prenderti tutto proprio da sotto il naso. Credevi a tutto quello che ti dicevo, e poi ti tenevo tranquilla con la tua carta di credito. Finché ci trasferivo del denaro sopra e ti lasciavo libera di usarla come volevi, non mi facevi domande.»

«È vero, stronzo, io mi fidavo di te,» disse Emmy.

Stash le afferrò il braccio e glielo piegò dietro la schiena, poi le diede un brusco bacio. La paura iniziò a scorrerle nelle vene, mentre Blitz abbaiava e ringhiava.

«Non chiamarmi mai più così,» le ordinò l'uomo.

«Lasciami andare.» Emmy si dimenò, cercando di liberarsi, ma lui strinse più forte.

«Smettila di dimenarti, o continuerò a stringere finché non ti fermerai.»

«Mi romperai il braccio.»

Blitz corse verso Stash, ringhiando.

«E allora? Di' al tuo bastardino di piantarla.»

Emmy fissò il suo ex con gli occhi spalancati. *Chi è? Non lo riconosco più.* «Blitz, giù, bello.»

Il carlino arretrò, ma non distolse lo sguardo da Stash.

«Si trattava sempre di te, sempre e solo di te. Eri tu quella famosa, anche se ero io a tirare i fili. Mi ero stancato di farti solo da sostegno, del fatto che tu fossi la star e io dovessi rimanere sullo sfondo,» proseguì lui.

«Non ero una primadonna,» si difese Emmy.

«A volte lo eri, e questo mi faceva impazzire.»

«Se volevi stare un po' più sotto i riflettori, perché non me l'hai detto e basta?»

«Perché tu non potevi condividere i riflettori con nessuno. L'ho capito subito dopo il concerto a Seattle, dove i fan ti avevano quasi strappato i vestiti. Non avevi tu il controllo della situazione, ce l'avevano loro. Tu non potevi darmi nulla, dovevano essere loro a farlo. E ormai era troppo tardi,» rispose Stash.

«Quindi hai cercato di rovinarmi? Di prenderti tutto quello che avevo? Ho quasi rinunciato a cantare,» lo accusò Emmy.

«Il mondo non si ferma solo perché c'è una cantante in meno,» disse semplicemente lui.

La donna aveva voglia di colpirlo, ma non riusciva a liberarsi le mani.

«Ti ho detto di smetterla di dimenarti.» Stash la lasciò andare e le tirò uno schiaffo.

Emmy trasalì. Il dolore bruciava come le punture di mille api, ma l'umiliazione era ancora peggio.

Blitz partì all'attacco, ma Stash si scansò. «Ecco. Ora basta,» disse con voce bassa e minacciosa. «Di' al bastardino di piantarla!» aggiunse, afferrandole i polsi.

La cantante sentì le lacrime scenderle lungo le guance. «Blitz. Giù, bello,» ripeté con voce tremante.

«Se mi prometti di non colpirmi, ti lascerò andare,» le propose il suo ex.

Emmy scosse la testa, dentro di lei l'ira stava eruttando come un vulcano e, se avesse potuto, l'avrebbe colpito con i pugni o con qualsiasi altra cosa fosse riuscita a trovare.

«Fa' come vuoi.» Stash non spostò le mani.

«In caso fossi ancora curiosa, sì, ho portato Lani con me. Stiamo facendo davvero una bella vita, grazie ai tuoi soldi. Oh, grazie. Mi dispiace, mi ero dimenticato di dirtelo. Abbiamo una splendida casa dove non ci troverai mai, dei servitori e il cibo e i vini più raffinati. Tutto quello che devo fare è restare a guardare mentre i miei soldi mi fruttano altri soldi,» continuò.

Emmy smise di singhiozzare e fece un respiro profondo. «Perché sei venuto qui?»

«Per rivederti.»

«Perché? Per sbattermi in faccia tutto questo?»

«Forse, o forse sentivo di doverti una spiegazione.»

«Adesso ti sei spiegato, quindi vattene,» sbottò Emmy.

«Non dovresti essere così rancorosa. Dopotutto, ce l'hai fatta anche da sola, no?» ribatté Stash.

«Non avevo bisogno di te. Avevo i miei amici.»

«E un amante ricco.»

«Ora è mio marito.»

«Lui è un uomo migliore di me. Ti ha sposata,» ammise Stash.

«È un uomo meraviglioso e insieme siamo molto felici.»

«Bene. Questo rende la mia piccola trasgressione molto meno dolorosa.»

«Per me o per te?»

«Per entrambi.»

«Stash, ti è mai importato di me?» chiese Emmy.

Lui scoppiò a ridere. «Sciocca ragazzina, avevo perso la testa per te. Ti ho amata fin dal primo momento che ti ho vista, ma nel tuo cuore c'era spazio solo per Buddy,»

«Non l'ho visto per cinque anni,» gli fece notare lei.

«Per me non importava, avevo capito che non potevi amarmi come ti amavo io.»

«Non ho mai smesso di amare Buddy, nemmeno quando lo odiavo. È per questo che lo hai fatto?»

«Ti ho già detto perché. Ci sono state un sacco di ragioni.»

«Mi hai fatto troppo male, non penso che potrò mai perdonarti,» sussurrò Emmy.

L'espressione di Stash si fece più gentile e la sua voce più dolce. «Mi dispiace, Emerald, ma dovevo farlo. Diventare ricco era una tentazione troppo forte. Non avrei mai voluto ferirti, ho sempre pensato che ti saresti ripesa subito. E così hai fatto.»

«Ah! Questo è quello che pensi tu. Ho rischiato di non farcela.»

«Sei forte, non ho mai dubitato che saresti andata avanti, e senza mai sentire la mia mancanza.» Stash si chinò su Emmy e le diede un lieve bacio sul punto che le doleva ancora a causa dello schiaffo. «Allora, adesso sai tutto e tra noi è finita, ufficialmente e ufficiosamente. Tu hai un grande talento, Emmy, e avrai sempre un pubblico disposto ad ascoltarti. Mi hai provato che non hai bisogno di me.»

«Non ho bisogno di te adesso, ma avevo bisogno di te allora,» ribatté la donna.

«Ma sei andata avanti.»

Emmy annuì. «Già.»

Stash le lasciò i polsi e fece un passo indietro, fuori dalla sua portata. Lei si massaggiò la pelle.

«Mi dispiace di averti ferita.»

Emmy lo guardò negli occhi. «Non puoi più ferirmi.»

L'uomo gettò indietro la testa come se lei gli avesse tirato un ceffone. «Ahi.»

«Te lo sei meritato.»

«Immagino di sì. Allora, questo è un addio.»

Emmy annuì.

«Un bacio in memoria dei vecchi tempi?» propose Stash.

«Dopo che mi hai portato via tutto, fino all'ultimo, centesimo e mi hai presa a schiaffi? Stai scherzando.» La cantante gli lanciò un'occhiataccia.

«Andiamo, Emerald.»

«Muori, bastardo.»

«Ah, provi ancora qualcosa per me,» scherzò Stash.

«Non ci contare. Ora vattene, prima che chiami la polizia.»

Blitz si avvicinò a Stash, il pelo ritto sul retro del collo, e gli ringhiò contro.

«Di' al tuo cane di smetterla,» ordinò un'altra volta.

«Blitz, giù, bello.» Emmy afferrò il collare del carlino. Stash si diresse verso la porta, ma lei lo fermò con un cenno della mano. «Oh, e grazie,» gli disse.

Lui inarcò le sopracciglia. «Grazie?»

«Per aver fatto sì che ti odiassi.»

«Mi odi?»

«Sì, e questo mi ha reso molto più semplice andare avanti.»

Proprio quando Emmy aveva detto tutto quel che voleva dire, Stash sparì nel buio. Sembrava notte, anche se erano solo le cinque e mezza. La donna rimase davanti alla porta aperta, lasciando che il vento invernale la rinfrescasse e la aiutasse a calmarsi, mentre ripensava a quel che aveva detto e a quello che lei e il suo ex avevano condiviso.

Il cuore le si riempì di un senso di pace: aveva chiuso con quella storia. In qualche modo, non importava più. Non aveva bisogno di lui, e capì che non ne aveva *mai* avuto bisogno. Quello che le era sempre servito era se stessa, e adesso stava prendendo il controllo della sua vita.

Blitz saltò sul divano e si accucciò.

Emmy si passò una mano sulla pancia e si chiese se il suo bambino si stesse già formando. C'era Buddy con lei, adesso. L'affidabile Buddy, che aveva continuato ad amarla per così tanti anni, ora era suo per sempre. Sorrise. *Stash ha avuto i suoi soldi, ma io ho avuto Buddy. Penso di aver ottenuto il risultato migliore, da quello scambio.* Il rumore della chiave che girava nella serratura svegliò Blitz, che corse fino alla porta e si mise ad abbaiare.

Emmy si voltò per salutare suo marito, che si era chinato per accarezzare il loro animaletto. «Com'è stato l'allenamento?» gli chiese.

«È andato bene. Tutto a posto?» rispose Buddy,

«Perché me lo chiedi?»

«Hai la faccia tutta rossa.»

«Oh. Ho avuto un ospite,» ammise la donna.

«Qualcuno che conosco?» Buddy rovistò tra le lettere sul tavolino all'ingresso.

«Stash Mullins.»

Quando sentì quel nome, il ricevitore posò le buste e la fissò. «Dov'è? Lo faccio a pezzi.»

«Se n'è andato, piccolo,» rispose Emmy, avvicinandoglisi e premendosi contro di lui.

«Peccato.» Buddy strinse una mano a pugno e la batté sul palmo dell'altra.

«Lo so, ma va tutto bene. Abbiamo fatto pace, credo. Si è scusato, più o meno.»

«Dovrebbe proprio farlo, quel farabutto, quel rifiuto umano, quel bastardo, quel maledetto stronzo.»

Emmy scoppiò a ridere. «Immagino che potresti chiamarlo così.»

Buddy le agitò un dito davanti al viso. «Non cominciare a fidarti di lui, adesso.»

«Non devi preoccupartene. E poi, credo che ora se ne sia andato per sempre.»

«E tanti saluti,» borbottò Buddy, poi le fissò le labbra. «Stai bene?»

«Sì, adesso che tu sei qui. Ehi, bellissimo, che ne dici di cenare?» rispose Emmy.

Blitz abbaiò.

«Sì, anche tu,» gli disse Emmy. «Gert ha fatto il polpettone.»

«Perché non l'hai detto subito? Sto morendo di fame,» esclamò Buddy.

«Andiamo, allora.»

Buddy la precedette in cucina. Emmy esitò e guardò attraverso le porte in vetro. Per un attimo, le parve di aver visto Stash, ma era solo un'ombra, che scomparì quando il vento soffiò forte, piegando il ramo di un albero in una direzione diversa. La donna sorrise tra sé e sé, lieta di aver messo la parola fine a quel capitolo della sua vita.

Capitolo Quattro

Nessuno parlò molto, sul volo diretto verso Miami e il Super Bowl. Quella partita sarebbe stata la più importante di tutte, dal suo risultato dipendevano soldi, prestigio e la loro reputazione. Griff Montgomery stava giocando a carte con Buddy Carruthers, mentre Trunk Mahoney, il kicker Robbie Anthony e il running back Marquel Johnson giocavano al cellulare. Johnson era finito sulla lista dei giocatori in panchina per la maggior parte della stagione per via di una gamba rotta. Il Coach Bass non lo avrebbe messo in campo, ma aveva voluto che anche lui venisse a godersi quell'esperienza.

Un paio delle mogli dei giocatori erano riuscite ad assicurarsi un posto sull'aereo, ma la maggior parte di loro non era potuta venire perché era dovuta rimanere a casa con i bambini. C'erano Emmy Carruthers e Lauren Montgomery, e Samantha Drake e Jo Parker erano venute per lavoro ma anche per tifare per la squadra.

Il Coach Bass, seduto accanto ai suoi due assistenti allenatori, stava discutendo delle formazioni di gioco, finché non si fermò e chiamò Devon e Bull. «Siete un po' calati di peso. Come sono i vostri tempi, questa settimana?» volle sapere.

«Mi sto rimettendo in forma.»

«Ma non sei ancora pronto, giusto?»

«Quando perderò altri sei chili, lo sarò.»

«Questa sarà una partita dura. Lucas e Boyer vi staranno addosso.»

«Sono i miei ex compagni di squadra, so come gestirli,» disse Devon.

«Davvero?»

Il cornerback sorrise. «Di questo sono sicuro. Riuscirei a correre più veloce di quei bestioni anche se pesassi venti chili in più.»

Due hostess portarono i pranzi ai passeggeri.

Devon e Bull si sedettero vicini, visto che avevano due pasti speciali con molte proteine e pochi grassi. Stormy si era offerta di aiutare a programmare i loro menù mentre erano in viaggio, e grazie al suo aiuto Devon aveva già perso due chili e Bull tre.

Il Coach Bass si fermò accanto a loro. «Voi ragazzi state andando piuttosto bene, ma dovete perdere ancora qualche chilo. Avete pensato di assumere quella ragazzina e farla cucinare regolarmente per voi?»

«Cerca lavoro? È sexy, conosco un paio di esercizi che potremmo fare insieme,» ridacchiò Bull.

«Lasciala stare,» gli intimò Dev.

«Aspetta un attimo, prima mi dici di lasciar stare tua sorella, e adesso anche quella ragazza? Non ci posso credere. Anch'io ho dei diritti, e poi siamo in un Paese libero, le ragazze possono fare le loro scelte da sole.»

«Tocca mia sorella anche solo con un dito e te lo taglio.»

«Ragazzi, andateci piano. Torniamo a parlare di cibo,» li interruppe il Coach Bass.

«Io preferirei parlare di donne,» scherzò Bull.

«Tu devi iniziare a mangiare in modo diverso,» insistette l'allenatore.

«Lo so,» si rassegnò l'attaccante. «Forse potrebbe occuparsene lei.»

«Sta cercando lavoro,» ammise Devon.

«Va bene, allora dammi il suo numero.»

«Le parlerò io e ti farò sapere,» replicò Dev.

«Che stronzo iperprotettivo. Non le farò nulla di male, voglio solo uscire con lei,» si difese Bull.

«Sta' lontano da lei.»

«Ehi, tu hai già una ragazza.»

Il Coach Bass controllò il suo orologio. «Fatela cucinare per voi e farete scendere quelle pance,» concluse, poi si alzò in piedi e andò a parlare con gli altri giocatori.

«Lo chiederò a Stormy, vedrò per quale prezzo è disposta a farlo e poi ti farò sapere,» ripeté Devon.

«Stormy? Ecco come si chiama. Merda, amico, è un nome veramente sexy.» Bull sorrise.

L'umore del cornerback peggiorò immediatamente. *Lasciala uscire con Bull. Che me ne frega? Non è la mia ragazza, è solo una che conosco, un'amica, e forse anche la mia cuoca.* Eppure, l'idea di Bullhorn e Stormy insieme non gli andava giù. Durante il resto del breve volo, riuscì a dormire un po', ma quando si svegliò non si sentiva riposato.

Dopo l'atterraggio, i giocatori salirono su dei bus che li portarono al Miami Imperial, il miglior hotel della città. Devon si fece un bagno caldo, sperando che lo avrebbe aiutato a rilassarsi, poi pregò che il giorno dopo il suo peso calasse e la sua velocità aumentasse e andò a letto.

La mattina dopo, Drake si unì alla sua squadra per fare colazione. I giocatori si avventarono su un'enorme montagna di uova, salsicce e bacon, poi salirono sul bus che li avrebbe condotti al campo dove si sarebbero allenati. La temperatura era gradevole, c'erano quindici gradi, così gli uomini si tolsero le giacche non appena entrarono negli spogliatoi.

Devon tentò di concentrarsi sulla partita, mentre lui e Bull facevano due giri di corsa. Il coach schierò i giocatori per provare diverse formazioni e Dev si esercitò a intercettare i passaggi di Griff a Buddy, che era uno dei migliori ricevitori della lega.

Verso sera, tutti tornarono in hotel per cenare. Devon incontrò Samantha e vide che con lei c'era Stormy. La ragazza si fissò le scarpe e arrossì, quando le disse che era sorpreso di vederla lì.

«Ho chiesto a Lyle se potevo portarla con me. So che vuole vedere la partita, e non costa nulla farla dormire nell'altro letto in camera mia,» gli spiegò sua sorella.

«Non ti ho vista sull'aereo,» disse Devon.

«Stavo dando una mano con il cibo in cambusa. Tutti quegli sconosciuti...» Stormy rabbrividì. «Non faceva per me. Quando ti ho trovato, eri già andato a dormire e non volevo svegliarti.»

Ci fu un attimo di silenzio.

«Mi serve tutto il tifo possibile,» disse infine Devon, stringendo piano le spalle della giovane dai capelli ramati. *Anche se Jackie non ci può essere, almeno ho Stormy.*

Lei gli sorrise, e qualcosa dentro di lui fece una capriola. «Sei il migliore. So che giocherai bene,» gli disse.

«Vorrei poter avere il tuo ottimismo,» confessò il cornerback.

I tre si sedettero insieme e parlarono di tutto tranne che della grande partita. Il resto della squadra e delle mogli dei giocatori stavano chiacchierando riguardo i loro piani per le vacanze e a dove avevano intenzione di mandare a scuola i figli.

Devon si sedette di fronte al Coach Bass, che si appoggiò allo schienale della sedia mentre sorseggiava il suo caffè. Un lieve sorriso si allargò sulle labbra dell'altro. La sua fidanzata, Jo Parker, era seduta accanto a lui, e il cornerback si mise a origliare la loro conversazione.

«Sorridi molto, anche se è quasi l'ora della grande partita,» disse Jo.

«Guarda questi ragazzi. Se loro non possono vincere, allora chi può farlo?» rispose semplicemente l'allenatore.

La P.R. ridacchiò. «Hai ragione. Adoro il tuo atteggiamento sicuro.»

«Abbiamo fatto tutto quello che potevamo fare. Adesso, tocca a Dio e al destino.»

«Teniamo le dita incrociate, piccolo.»

L'allenatore si sporse per baciare la sua fidanzata e tutti smisero di parlare. Il Coach Bass osservò la tavolata, si accorse che tutta la squadra e le famiglie dei giocatori lo stavano fissando, e arrossì.

Gli uomini scoppiarono a ridere, ma poi il cellulare di Devon squillò. *Jackie.* Il cornerback si alzò e andò in corridoio a rispondere.

«Ciao, Dev,» lo salutò la sua ragazza.

«Ehi, tesoro, come stai?»

«Qui le cose vanno bene. Più che bene, in effetti.»

Devon corrugò le sopracciglia.

«Ti chiamo per augurarti buona fortuna prima della partita. Vorrei poter essere lì per scoparti fino a farti scordare il tuo nome,» continuò Jackie.

Il cornerback ridacchiò. «Lo vorrei anch'io. Quando torni?»

Ci fu un attimo di silenzio. «Non ne sono sicura.»

«Che succede? Vuoi rompere con me?» domandò Devon, allarmato.

«No, ma dobbiamo parlare. Forse non stasera, però,» rispose Jackie.

Devon sentì una fitta allo stomaco. «Senti, Jackie, non sono un ragazzino, quindi dimmi quello che mi devi dire e basta.»

«Okay. Non volevo parlarne adesso perché non vorrei portarti sfortuna prima della partita, ma questa situazione è abbastanza difficile. Insomma, stiamo più spesso lontani che insieme.»

«Tutto questo non piace nemmeno a me,» commentò Dev.

«Qui a Los Angeles le cose mi stanno andando bene, non ho intenzione di andarmene. Tu mi piaci, davvero, e non voglio mettere fine alla nostra storia, ma cercare di rimanere monogama sta iniziando a essere un problema per me,» proseguì la modella.

«Quindi vuoi scoparti altri uomini?»

«È un modo volgare di dirlo.»

«Ma è la verità, giusto?»

«Voglio uscire con qualcuno. Non lo vuoi anche tu? Non ti senti solo?» gli chiese Jackie.

«Puoi dirlo forte,» ammise Devon.

«Allora, forse dovremmo cambiare le cose tra di noi. Non dobbiamo smettere di vederci, è solo che dovremmo smettere di essere monogami.»

«Vederci? Non ci vediamo da un paio di mesi.»

«Lo so, Dev, e mi dispiace, ma se non le colgo ora, queste opportunità non torneranno mai più.»

«Capisco. Allora, è finita?»

Jackie rimase in silenzio. «Non dire così. Possiamo vederci quando torno a New York?»

«Forse. Certo, perché no? Non ho nient'altro da fare,» acconsentì Devon.

«Okay, allora ci vediamo. Spero che tu riesca a trovare qualcuno.»

«Grazie, lo spero anch'io.» *Mi sento sollevato o triste?*

«E buona fortuna in campo,» aggiunse Jackie.

«Già.» Devon attaccò. Si sentiva un peso sul cuore, quando tornò nella sala da pranzo privata. Lanciò un'occhiata a sua sorella e sentì l'ira montare dentro di lui: stava parlando con Brodsky. Mentre si avvicinava ai due, ascoltò la loro conversazione.

«Tu sei Samantha, la sorella di Drake, giusto?» chiese Bull.

Sam sorella annuì.

Il giocatore le tese una mano. «Sono Sylvester Brodsky, Sly per gli amici,» si presentò.

«Sly? Credevo ti chiamassero Bullhorn.»

«Nah, lo fanno solo i miei compagni di squadra.»

«Sly mi piace di più. Piacere di conoscerti.»

Devon scostò la sedia dal tavolò e si sedette pesantemente. «Bull, ti ho detto...» iniziò.

«È un Paese libero, e poi le sto solo parlando,» lo interruppe Bullhorn.

«Cosa ti ha detto?» gli chiese Samantha.

«Mi ha detto di starti lontano.»

Due chiazze rosse apparvero sulle guance di Sam e un lampo d'ira le brillò negli occhi. «Devon, come osi? Sta' fuori dalla mia vita e smettila di dirmi cosa fare e chi frequentare, non sono affari tuoi. Ho ventotto anni, non sono una bambina,» dichiarò, poi spinse indietro la sedia e si alzò in piedi di scatto. Lanciò un ultimo sguardo furioso a suo fratello e uscì dalla stanza.

«Ben fatto, coglione,» borbottò Bull, e la seguì.

I giocatori stavano cominciando ad andarsene: erano le otto e dovevano mettersi a letto. Devon si sentì travolgere dalla solitudine ed entrò in ascensore insieme a Stormy, in fondo le loro stanze erano sullo stesso piano.

«Jackie ha rotto con me,» disse.

«Al telefono? Stasera?» Stormy spalancò gli occhi.

Devon annuì.

«Merda, Devon, mi dispiace tanto.»

«A me non dispiace, invece. Le relazioni a distanza fanno schifo, e poi non penso che avessimo ancora molto in comune.»

«Perché dici così?»

«A lei importa solo della fama, non di me. Io amo il football, ma quando non gioco e non mi alleno, mi piace stare a casa, non in un nightclub. Jackie non è pronta per sistemarsi,» spiegò Devon.

«E tu?» gli chiese Stormy.

«Cavoli, io ho trent'anni, e ci sto pensando da un sacco. Quando vedo Griff con il suo bambino, mi sembra così felice,» rispose il cornerback.

«Tu vuoi dei bambini?»

«Sì, ma non penso che Jackie ne voglia, in futuro. Inoltre, non puoi essere una brava madre, se non ci sei mai.»

Stormy annuì. Il modo in cui sembrava comprenderlo e il suo sguardo pieno di compassione catturarono l'attenzione di Devon, che si ritrovò a scrutare il suo viso. I lividi erano spariti e la pelle della sua amica sembrava così luminosa. Mentre le parlava, le guance le si arrossarono lievemente, rendendola ancora più attraente.

«Non fraintendermi, non la odio. Ci siamo divertiti molto insieme, ma adesso devo concentrarmi sul football e non ho tempo per le sue manie da star,» disse il cornerback.

Stormy gli strinse le dita attorno all'avambraccio e strizzò piano. «Mi dispiace.»

Dev tentò di ignorare la stretta che sentiva al petto. «Non ho tempo per pensarci, devo concentrarmi sulla partita.»

La gente cominciò a ritirarsi nelle camere da letto e il silenzio calò sul corridoio. Devon si fece una doccia calda e si infilò tra le lenzuola, ma la sua mente era inquieta. Si rigirò nel letto per circa quindici minuti, poi si alzò e andò alla finestra: quando la aprì, il ritmo delle onde che si infrangevano sul bagnasciuga lo incantò. La sua camera dava sulla spiaggia e la luna piena brillava sull'acqua.

Devon amava l'oceano. *Nuotare nell'acqua salata mi farà crollare come un sasso.* Si mise il costume da bagno, afferrò l'accappatoio e si diresse verso l'ascensore.

STORMY PASSÒ MEZZORA a passeggiare sulla spiaggia, cercando di dimenticare quello che Devon le aveva detto. Sì, aveva rotto con Jackie, ma questo non voleva dire che fosse interessato a lei. Lui era al di fuori della sua portata ed era ora che accettasse quel fatto. Scosse la testa e sospirò.

Quando la sua mente cominciò a essere invasa da immagini del cornerback coperto solo da un asciugamano avvolto attorno alla vita e con il pelo sul petto cosparso di goccioline d'acqua dopo la doccia mattutina, però, non poté frenare le reazioni del suo corpo. Quando era una ragazzina ingenua e innocente, sognava che lui la baciasse, ma ora che era una donna, voleva di più.

Perdersi tra le braccia di Devon avrebbe alleviato tutto lo stress nella sua vita? Probabilmente no, ma almeno avrebbe assaporato un piccolo pezzo di paradiso, prima di dover affrontare di nuovo la realtà. Sentì un brivido correrle lungo la schiena, al pensiero delle sue dita lunghe e forti che la toccavano e delle sue labbra sulle sue.

Doveva per forza trovarsi un lavoro e andarsene da casa sua, soprattutto adesso che lui era così disponibile. Sapeva che avrebbe fatto un passo falso, se avesse continuato a stargli vicino, perché quell'uomo era sesso su due gambe e lei non aveva la forza di volontà necessaria per resistergli.

Una figura che sfrecciava verso l'oceano attirò la sua attenzione e vide un uomo bellissimo che correva verso la battigia. *Merda, è Dev!* Stormy lo seguì, ma quando lo raggiunse, lui scomparve tuffandosi sotto un'onda. *Sarà sicuro fare il bagno qui da solo?* La donna piantò i piedi nella sabbia bagnata ma ferma, incurvando le dita nel terreno morbido mentre lo osservava.

La testa di Devon spuntò dalla superficie dell'acqua e Stormy sospirò, sollevata. *Sta bene. Comunque, meglio aspettare, potrebbe essere in pericolo.* Spostò il peso da un piede all'altro mentre guardava con gli occhi sgranati il giocatore che si tuffava nell'acqua, riemergeva e nuotava come un delfino giocoso. Stormy sorrise, lieta di vedere che era tornato di buonumore.

L'aria si fece più fredda e Stormy, che indossava solo un prendisole e un maglione, si avvolse più strettamente nei suoi vestiti e si rigirò i sandali tra le mani. Con la bassa marea, Devon sembrò stancarsi del suo passatempo e si alzò, si passò le dita tra i capelli e camminò faticosamente fino alla riva, lottando con la corrente che lo spingeva nella direzione opposta.

Stormy alzò lo sguardo e lui le fece un cenno con la mano. *Merda, mi ha sorpresa a spiarlo.* Era troppo tardi per voltarsi e andarsene, il suo amico l'aveva già vista e la stava chiamando.

«Stormy!» Devon si fece strada sulla spiaggia.

La donna lo fissò, sentendo le guance che si scaldavano, e ringraziò Dio che fosse notte, poiché l'oscurità avrebbe nascosto il suo imbarazzo.

«Che ci fai qui?» le chiese Devon, il corpo bagnato fradicio a soli pochi centimetri dal suo. Stormy lottò contro i suoi istinti per impedirsi di appoggiargli i palmi sul petto e distolse lo sguardo, sperando di non averlo fissato in modo troppo intenso. Il cornerback raccolse l'asciugamano che aveva lasciato cadere e se lo passò sulla pelle.

«Stavo solo facendo una passeggiata,» rispose Stormy.

«Neanch'io riesco a dormire, ma la nuotata dovrebbe aiutarmi.»

«Immagino che sia normale essere tesi prima della grande partita.»

«La partita, Jackie... stanno succedendo un sacco di cose,» replicò Dev. Dovette scambiare il tremito che la percorse per una reazione causata dall'aria fredda della notte, perché le passò un braccio sulle spalle. «Hai freddo. Forza, andiamo,» la incitò, poi la spinse contro la sua spalla e tornò assieme a lei all'hotel, mentre Stormy seguiva meccanicamente i suoi passi.

La sabbia spessa e asciutta e il buio rallentarono la loro camminata. Stormy inalò l'inebriante profumo di Devon, misto all'odore di sale che proveniva dall'acqua, e gli circondò la vita con le braccia per non cadere. Il tepore del suo corpo la riscaldò quando si premette contro di lui, mentre si facevano strada verso l'albergo.

«Ahi!» Il piede le si incastrò in un grosso buco e cadde, trascinando Devon con sé.

«Stai bene?» le chiese il cornerback, scostando le ciocche di capelli che gli erano finite sul viso.

Stormy si massaggiò la caviglia. «Credo di sì.»

Devon si tirò seduto e le prese la caviglia tra le mani, muovendola di qua e di là e domandandole se le faceva male. Il suo tocco accese un fuoco dentro di lei e la donna desiderò che facesse scorrere le mani più su e la portasse al nirvana. Dev la massaggiò gentilmente e lei si sdraiò sulla sabbia, senza pensare a quanta gliene sarebbe finita tra i capelli.

Poi, all'improvviso, Devon si fermò. «Non dovrei farlo,» borbottò.

Stormy gli posò le mani sul braccio. «Perché no?»

«Io sono... beh. Sono... ma non lo sono più, giusto?» Lui la fissò con espressione confusa.

Lei scosse la testa. «Non lo sei più,» confermò.

Devon riprese a massaggiarla delicatamente. «Ti piace?»

«Sono in paradiso,» mormorò Stormy, appena abbastanza forte per farsi sentire sopra il rumore delle onde.

Devon le fece appoggiare il piede sulla sabbia, si sdraiò e si puntellò su un gomito. Era così vicino che Stormy riusciva a sentire il suo respiro sulla pelle nuda, e anche se i suoi occhi erano nascosti dall'ombra, percepì il suo sguardo su di sé e sentì le labbra formicolare mentre rimaneva in attesa.

«È così bello qua fuori,» disse Dev.

«Bellissimo,» rispose lei. «Quasi romantico.»

«Stormy, io... beh, non lo so. Tu sei così... così bella. E con questa luna piena, beh, so che non dovrei...»

«Perché non dovresti?»

Devon rimase in silenzio.

Stormy gli passò un dito sul labbro inferiore, poi trattenne il fiato per un attimo. *Sono troppo sfacciata?* Dev le pettinò i lunghi capelli con le dita e poi coprì la sua bocca con la sua. All'iniziò fu gentile e la esplorò cautamente, ma quando lei gemette, la baciò con più passione. Le passò un braccio attorno alla vita per tirarla contro il suo petto, mentre la possedeva con le labbra, e si spinse più a fondo dentro la sua bocca, la lingua che cercava la sua.

Stormy sentì il cuore che le batteva all'impazzata e si inarcò contro di lui, sfregando il seno contro la sua pelle nuda in un modo che fece montare ancora di più il suo desiderio. I pantaloncini bagnati di Devon le premevano contro i fianchi, l'acqua penetrava attraverso il cotone leggero del suo vestito.

«Stormy,» mormorò lui, lasciandole una scia di baci dalla gola fino alla spalla, poi scostò una spallina elasticizzata e sostituì la stoffa con la sua bocca, mentre con una mano scendeva a toccarle il seno.

Il fuoco nella pancia di Stormy si infiammò ancora di più. Desiderava quell'uomo, lo desiderava così tanto. Senza curarsi della superficie granulosa su cui era distesa, alzò il ginocchio e gli toccò il retro del polpaccio con le dita dei piedi. L'erezione di Devon le premette contro l'addome.

Stormy gli passò distrattamente le mani tra i capelli folti, quando lui le infilò una mano sotto la gonna e la fece scorrere lungo una gamba liscia, e poi ancora più su, e il suo respiro si fece sempre più veloce. Devon le abbassò bruscamente il corpino del vestito, scoprendo la sua pelle morbida, per poi iniziare a divorarla avidamente e a succhiarle il capezzolo teso. Stormy gli si aggrappò alla schiena, conficcandogli le unghie nella pelle, ma lui non sembrò accorgersene.

Quando arrivò al punto in cui le sue cosce si univano, Stormy gemette.

«Prendi la pillola?» le chiese Devon.

La donna annuì, la bocca troppo occupata a mordicchiargli il collo e la spalla per parlare. Gli appoggiò una mano sui pettorali, allargò le dita e cominciò a muoverle, scendendo lentamente lungo gli addominali, fino ad arrivare al di sotto il costume e stringerle attorno al sesso duro.

Fu Devon a gemere, a quel punto. «Oddio, Stormy, piccola. Togliti tutto,» le ordinò.

Stormy si tirò seduta, si alzò il vestito sopra la testa e se lo sfilò, poi si tolse le mutandine.

«Sdraiati.»

La donna si sentì arrossire tutta, partendo dal petto, sotto lo sguardo attento del cornerback. Sentì il calore risalirle fino al viso e pregò che lui non potesse vederlo, alla luce fioca della luna.

Devon le posò le mani sulle spalle e iniziò a scendere lentamente lungo il suo corpo. «Sei magnifica, perfetta.» Si fermò sui seni e glieli strizzò, gli riempivano perfettamente le mani grandi. «Sono, sono così, così... grosse, bellissime,» disse, poi li baciò entrambi.

Stormy gli tirò i pantaloncini e lui sorrise divertito e se li scrollò via di dosso più velocemente che poteva, considerato che la stoffa era ancora bagnata. Lei l'aveva visto nudo solamente di spalle, quando era passata davanti al suo bagno, dopo che lui si era appena fatto la doccia, e aveva trovato la porta aperta. Il suo corpo era fantastico e allungò una mano per toccarlo, ma Dev si scansò.

«Non ancora,» disse.

Si inginocchiò, posò la bocca nello spazio tra i suoi seni e iniziò a scendere, cospargendole la pelle di baci, poi le prese le cosce tra le mani e gliele aprì poco a poco, avvicinandosi sempre di più alla sua apertura.

Stormy, che stava per scoppiare dalla passione e si sentiva così accaldata da non percepire più l'aria fredda, si ritrovò a supplicarlo: «Fallo, Dev, fallo. Mi stai uccidendo,» supplicò.

La bassa risata del cornerback le vibrò contro la pelle, facendole scorrere tanti piccoli brividi lungo la schiena, e quando le sfiorò con la lingua la pelle sensibile, si sentì come un razzo che partiva alla volta dello spazio. Stormy agitò bruscamente i fianchi e venne. Lampi di colore le brillarono dietro le palpebre, mentre i suoi fianchi si muovevano seguendo un ritmo tutto loro, dettato da Dev, tutto dentro di lei si compresse e poi si sciolse tutto d'un tratto mentre il piacere le inondava le vene.

«Maledizione, donna, sei fantastica,» si complimentò Devon, quando smise di muoversi.

Stormy respirava con difficoltà. «Oh, mio Dio,» mormorò, tenendo gli occhi chiusi.

Quando si scostò, la donna si tirò seduta e lo afferrò per le cosce, tirandolo verso di sé. Si leccò le labbra, poi lo accolse nella sua bocca.

Devon imprecò e si irrigidì ancora di più. «Non farlo. Non farlo.»

Stormy alzò lo sguardo.

Lui le circondò il viso con le mani. «Voglio venire dentro di te,» sussurrò.

Stormy risalì con le mani fino a toccargli il petto e lui la spinse di nuovo giù, si assicurò di non avere sabbia nelle parti basse e si strusciò contro di lei, ricoprendosi dei suoi umori. Infine, scese, posizionandosi proprio contro la sua apertura, ed entrò lentamente.

La donna gemette, mentre lui la riempiva.

«Stai bene?» le chiese.

«Oddio, sì.»

Devon continuò a spingere dentro di lei e, quando Stormy alzò un ginocchio e se lo portò al petto per permettergli di penetrarla più in profondità, si mosse con più forza.

«Tutto okay?»

«Sto bene.»

Dopo quello scambio, fu come se Devon avesse inserito il pilota automatico. Prese a penetrarla seguendo un ritmo costante e vigoroso e aumentò la velocità e la forza delle sue spinte, risvegliando i suoi sensi: più lui si muoveva, più Stormy si eccitava. La donna gli posò la bocca sulla spalla e assaporò il sapore salato dell'oceano, mischiato a quello della sua pelle, una combinazione che la fece sentire ancora più accaldata.

Devon si puntellò su un gomito, la prese per il mento e le girò il viso verso di lui. La sua bocca possedette quella di Stormy con lo stesso vigore dei suoi fianchi, la sua passione le mozzò il fiato, il suo bacio la fece sua. Il cuore le si gonfiò d'amore, l'amore che aveva sempre provato per Devon Drake. Eppure, adesso era un sentimento nuovo e diverso, una sensazione che la faceva sentire più euforica di quanto qualsiasi droga avrebbe mai potuto fare.

Il suo corpo esplose in un nuovo orgasmo, i fianchi che seguivano quelli del cornerback e le dita che gli artigliavano le spalle. Poi, anche Dev venne, con un forte gemito e gli occhi chiusi, le strofinò il naso contro il collo e piantò le braccia sulla sabbia per non crollare.

«Stormy, è stato... fantastico,» confessò.

«Oddio,» fece Stormy.

Devon la sovrastò e la fissò. «C'è qualcosa che non va?»

«Niente, assolutamente no. Non l'ho mai fatto in questo modo.»

«Questa non è stata la tua prima volta, però, giusto?»

«Certo che no, ma nessuno fa l'amore come te. Dio, è stata quasi un'esperienza mistica,» rispose Stormy.

Devon ridacchiò, chiaramente orgoglioso, e le sorrise.

Si sdraiò sulla schiena e guardò in alto, verso il cielo.

«Hai visto una stella ed espresso un desiderio?» gli chiese Stormy, sdraiandosi sullo stomaco.

«No, ho già tutto quello che voglio.» Dev le posò una mano sulla guancia. «Non posso credere di non averti trovata prima.»

«Sono stata via ed è passato molto tempo.»

«Ma sei sempre la stessa.»

«Sono molto cambiata, invece. Sono cresciuta.»

«Sei ancora così dolce. Io invece ero davvero uno stronzo alle superiori,» ribatté Devon.

Stormy gli passò un dito lungo la mascella.

Lui si tirò in piedi e le tese la mano. «Si sta facendo tardi, domani devo allenarmi,» disse, poi le lanciò il suo vestito e si rimise il costume bagnato e pieno di sabbia, con movimenti lenti e precisi.

I due camminarono faticosamente nella sabbia, togliendosi i granelli da schiena e gambe mentre tornavano in hotel. Quando le porte dell'ascensore si aprirono al quarto piano, Devon le posò una mano sulla spalla.

«Rimani con me,» la implorò.

«Per tutta la notte?» chiese Stormy.

Lui annuì. «Ho bisogno di te.»

«Okay.» Stormy si sentì attraversare da un brivido. Non si sarebbe mai aspettata che Devon potesse volerla, tranne forse per il sesso. Gli mancava Jackie? Probabilmente, ma non le importava. Passare anche solo una notte con Devon Drake era il suo sogno fin dalle superiori, e quella notte si sarebbe avverato. Cercò con tutte le sue forze di impedire al suo sorriso di allargarsi ancora di più e diventare sognante e melenso.

Dev intrecciò le dita alle sue e la condusse fino alla sua camera, in fondo al corridoio. Quando entrarono, continuò a camminare e si diresse dritto in bagno, dove si tolse i pantaloncini e li buttò nella vasca.

«Forza,» le disse, afferrando l'orlo del suo vestito per sfilarglielo. Lo scosse forte nella doccia, poi lo piegò e lo appoggiò sul lavandino.

Stormy aprì l'acqua. «L'ultimo che entra è un uovo marcio,» scherzò, infilando una gamba nella doccia.

Devon rise e la afferrò per la vita, la sollevò come se non pesasse nulla e la tirò fuori dal box, poi la mise giù, accanto alla toeletta. Una risatina divertita le nacque nel petto e le risalì fino alla bocca. Dev saltò dentro il box e ululò di dolore: Stormy non aveva ancora aperto l'acqua calda.

La donna si piegò in due per le risate, mentre il cornerback abbassava la leva giusta.

«Te la farò pagare,» le disse, ma Stormy non aveva paura.

Devon allungò una mano verso di lei.

«Posso entrare?» gli chiese.

Lui annuì. La afferrò e la aiutò a mantenersi in equilibrio mentre scivolava sotto l'acqua calda, poi la attirò nel suo abbraccio.

«Sei ancora un burlone, ancora un ragazzo bello e divertente...» cominciò Stormy, ma Dev catturò la sua bocca con la sua. La donna gli si avvicinò ancora di più, finché nemmeno un pezzo di carta sarebbe riuscito a insinuarsi tra di loro.

Si lavarono i capelli a vicenda e Devon fu molto attento a districare le bellissime ciocche ramate di Stormy. Lei aprì gli occhi per osservare i tanti rivoletti d'acqua che gli scorrevano tra i peli del petto, gli appoggiò le mani sui pettorali e si godette la sensazione dei suoi muscoli sodi. Devon aveva sviluppato un fisico perfetto, dai tempi della scuola.

Quando ebbe sciacquato via tutto il balsamo, Dev si sfregò il sapone sulle mani e glielo spalmò sul corpo, facendole scorrere le dita sul petto e soffermandosi sui seni, pizzicandole lievemente i capezzoli. Il desiderio le montò nelle vene, e Stormy infilò una mano tra le gambe di Devon e notò che era di nuovo duro.

«Come facciamo?» gli chiese.

«Non pesi nulla, non preoccuparti,» mormorò lui contro la sua bocca.

Devon continuò a far scorrere le mani fino al punto in cui le sue gambe si univano e dedicò tante attenzioni a quella parte del suo corpo da farla dimenare per il piacere.

«Mi vuoi?» le chiese.

«Oddio,» sospirò Stormy.

Gli posò le mani sulle spalle e lui le sollevò le cosce.

«Appoggiati,» le ordinò Devon.

La parete della doccia le supportò le spalle, mentre lui la calava sulla sua erezione e le alzava le gambe. Stormy gemette mentre Devon la penetrava e iniziava a spingere.

Il getto della doccia, il corpo di Devon e i loro movimenti trasformarono il calore che sentiva in un incendio. La tensione dentro di lei crebbe e si liberò, facendole contrarre ogni muscolo mentre si aggrappava al suo amante. Gli leccò la pelle, gustandosi il suo sapore, e gli passò le labbra sul collo. Sentì Devon tremare e mugolare, e prima che potesse dire qualcosa, lo vide gettare la testa all'indietro, chiudere gli occhi e lasciarsi sfuggire il suo nome in un gemito.

Devon la posò di nuovo a terra, poi si abbracciarono e lasciarono che l'acqua lavasse via le tracce della loro passione. Stormy appoggiò la guancia contro il suo petto e sorrise. *Non pensare a domani, goditi il momento.*

Devon allungò una mano per chiudere i rubinetti, prese due asciugamani e gliene lanciò uno. La aiutò ad asciugarsi i lunghi capelli, poi si avvolse l'asciugamano attorno alla vita. Quando andarono a letto, scostò le coperte e lasciò che si sdraiasse per prima, e il cotone morbido e raffinato le accarezzò la pelle. Devon si stese accanto a lei, li coprì con la coperta e spense la luce.

«Buonanotte, Stormy.»

«'Notte.» Stormy si girò su un fianco, dandogli le spalle.

Devon le batté un colpetto sulla spalla e, quando si girò nuovamente verso di lui, la prese tra le braccia, spingendola ad accoccolarsi contro il suo petto. «Così va meglio,» disse.

«'Notte.»

«Sogni d'oro, piccola.»

Completamente soddisfatta, Stormy scivolò in un sonno profondo.

Capitolo Cinque

Come al solito, Devon si svegliò alle sei e mezza. Fuori era ancora abbastanza buio, poiché il sole sarebbe sorto verso le sette, ma scie di luce attraversavano già il cielo. Il cornerback si girò su un fianco, puntellandosi su un gomito per poter osservare Stormy che dormiva.

La sua pelle rosea sembrava brillare di un bagliore dorato e i suoi polpastrelli ricordavano ancora la morbidezza delle sue spalle e dei suoi seni. Moriva dalla voglia di toccarla, ma non voleva svegliarla, così rimase semplicemente immobile a guardarla. C'erano molte cose che la rendevano ancora più bella di Jackie. La sua figura era più piena di quella della modella, ma questo gli piaceva, e i palmi gli si scaldarono, al ricordo della sua pelle sotto le dita.

Devon si rimproverò per essersi messo a fare paragoni tra le due donne, ma non riusciva a trattenersi. C'era qualcosa in Stormy, qualcosa di famigliare, qualcosa di dolce. Non aveva bisogno di tenere a freno la lingua o stare attento a quel che faceva, quand'era con lei, perché si conoscevano a meraviglia, o così credeva. Avevano giocato insieme ai giochi da tavolo, all'acchiapparella, a rincorrersi e a calcio, fin da quando avevano cinque anni. Anche se era passato molto tempo dall'ultima volta che l'aveva vista, Devon aveva notato alcune delle stesse qualità per cui gli era piaciuta tanto quando aveva dieci anni.

Quando aveva sedici anni, aveva una cotta per Stormy, almeno finché Tommy, un suo compagno di classe, non l'aveva scoperto. Quel ragazzo aveva iniziato a prenderlo in giro costantemente perché gli piaceva una ragazza più piccola e l'aveva fatto impazzire con i suoi incessanti sfottò.

Così, aveva ferito Stormy, umiliandola davanti a tutti al ballo. Non aveva mai trattato una ragazza in quel modo, nemmeno quelle più cattive e odiose, e la sua coscienza l'aveva tormentato, così, dopo la fine del ballo, l'aveva cercata per spiegarle la ragione del suo comportamento. Samantha, però, l'aveva già riportata a casa, e dopo quel giorno Stormy si era rifiutata di parlargli e perfino di guardarlo in faccia. Ogni volta che si avvicinava, lei scappava via. Devon si era vergognato delle sue azioni, ma aveva solo sedici anni e non sapeva cosa fare per rimediare, quindi si era tenuto a distanza, credendo che la loro amicizia fosse finita.

E ora eccola lì, sdraiata accanto a lui. L'aveva perdonato, evidentemente. Devon aveva sempre saputo che Stormy gli voleva bene, almeno come a un fratello, e a sedici anni aveva sperato che quel sentimento diventasse qualcosa di più, ma non aveva mai avuto l'occasione di scoprire se sarebbe potuto succedere davvero.

Stormy aveva fatto l'amore con lui perché provava ancora qualcosa per lui? O per vendicarsi? O perché, semplicemente, si sentiva sola? Doveva saperlo. Il vuoto che si sentiva dentro mentre usciva con Jackie era cresciuto sempre di più, e ora che era preoccupato per la sua carriera, aveva bisogno di qualcuno di cui potesse fidarsi. Aveva bisogno di Stormy. Voleva che lei lo amasse di nuovo, che lo stringesse a sé e fosse lì per lui quando ne aveva bisogno, e che credesse in lui, perché così anche Devon sarebbe riuscito a credere in se stesso.

Quando il sole spuntò oltre l'orizzonte, la donna nel suo letto si mosse leggermente, poi si stiracchiò, sbadigliò e si girò sulla schiena. Due occhi azzurri e assonnati lo osservarono, mentre un sorriso le si dipingeva sulle labbra.

«'Giorno, bellezza.»

«'Giorno.»

Devon le accarezzò i capelli, le ciocche setose e morbide che gli solleticavano il palmo, e Stormy gli venne più vicino. Il cornerback la prese per la vita, se la tirò contro e la abbracciò. Rimasero in silenzio per un po' ad accarezzarsi a vicenda e farsi le coccole. Ora che aveva Stormy tra le braccia, Devon provò una sensazione di pace travolgente.

«Hai fame?» le sussurrò all'orecchio.

Lei annuì.

«Caffè?»

«Ne voglio bere a litri, ma possiamo rimanere qui ancora un minuto?»

Un minuto si trasformò in dieci minuti, poi Devon prese il telefono e ordinò il servizio in camera. Stormy uscì da sotto le coperte, afferrò il suo vestito e scomparve in bagno, mentre Devon si infilava i boxer, una maglietta e i pantaloni. Proprio quando la donna tornò in camera, qualcuno bussò alla porta. Era evidente che Stormy aveva lottato contro il suo pettine per sistemarsi i capelli. Non si era truccata, ma aveva un aspetto bello e riposato e lui aveva voglia di baciarla.

Invece, andò ad aprire la porta.

Un cameriere entrò portandosi dietro un carrello carico di cibi da colazione. «Siete solo in due? Pensavo che foste di più,» disse.

«Gli allenamenti,» replicò Devon a mo' di spiegazione, poi gli infilò in mano una banconota da venti dollari e l'uomo se ne andò.

«Mangerai tutto?» si stupì anche Stormy.

«Mi rimpinzo sempre prima di un allenamento e una partita.»

«Ma è un sacco di cibo.» La donna scrutò il carrello, che straripava di uova strapazzate, un'omelette, bacon, salsicce, frittelle di patate e prosciutto. La colazione era accompagnata da tre bicchieri di succo di frutta, un'enorme caraffa piena di caffè e delle uova con il bacon per Stormy.

«Non posso mangiarlo?» Devon inarcò un sopracciglio.

«È tutta roba buona e piena di proteine. Un po' grassa, forse, ma almeno non ci sono ciambelle o danesi.»

«Giusto. Pochi carboidrati, come dici tu.» Devon offrì una sedia a Stormy e si sedette.

«Che hai in programma, oggi?» gli chiese lei.

«Di solito, mi piace cominciare la giornata facendo un po' d'esercizio a letto, ma tu mi hai già sfiancato la notte scorsa.» Il cornerback ridacchiò, quando Stormy arrossì.

«Mi dispiace,» mormorò la donna, abbassando lo sguardo sul suo piatto.

«Non scusarti. Mi sento benissimo, è stata la notte migliore della mia vita.» Devon morse un pezzo di bacon.

I due chiacchierarono riguardo al football e al cibo finché non finirono di mangiare, poi Devon si vestì e scese di sotto, dove un bus avrebbe portato la squadra al campo dove si sarebbe allenata. Stormy lo accompagnò fino alla lobby. I reporter sciamarono attorno ai giocatori e i fotografi iniziarono a scattare. Devon passò un braccio attorno alla vita di Stormy e la attirò a sé per darle un bacio d'addio. Le luci che vedeva lampeggiare tutto attorno a sé gli sembrarono più fuochi d'artificio creati dalla sua immaginazione in risposta al calore di quel gesto pieno d'affetto, che semplici flash di macchine fotografiche.

«Ciao, piccola, ci vediamo stasera,» disse.

«Io sarò qui ad aspettarti,» sussurrò Stormy, alzando una mano per salutarlo.

Mentre il bus si spostava dal cordolo della strada, Devon sentì la voce più forte della squadra esclamare: «Ti sei perso la colazione, Drake.»

«Ho mangiato nella mia stanza, anche se non sono affari tuoi, Brodsky,» replicò.

«Woo hoo! Qualcuno ha scopato, ieri notte.» Bullhorn fece un gesto volgare con le mani.

Devon sentì il viso andargli a fuoco. *Sta' zitto, Brodsky, brutto coglione.*

«Guardate come arrossisce. Beh, dovrò togliere una ragazza dalla lista, perché Devon si è già preso la rossa. O dovrei dire che è *la rossa* che l'ha preso?»

Gli altri giocatori scoppiarono a ridere e iniziarono a prenderlo in giro e a Devon venne voglia di tirare un pugno nello stomaco a Bullhorn, ma aveva bisogno che quel bestione aiutasse la squadra durante la partita, così ingoiò l'imbarazzo e trascorse il viaggio in silenzio. *Sì, la rossa è mia. È mia, anche se ancora non lo sa.*

STORMY NON ERA CONTENTA delle luci che le lampeggiavano in faccia, ma il sapore e il calore delle labbra di Devon la aiutarono a sopportarle. Si era già data così tanti pizzicotti da riempirsi le braccia di lividi, per capire se la notte prima e quella mattina erano state un sogno o la realtà.

«Facciamo colazione?» le chiese una voce famigliare. Accanto alla porta della sala da pranzo c'era Samantha.

«Ho già mangiato.»

«Davvero? Dove?»

«Andiamo, ti faccio compagnia,» svicolò Stormy, avvicinandosi alla sua amica.

Samantha le si piantò davanti, la prese per le braccia e le lanciò un'occhiataccia. «Dove hai fatto colazione?»

«È una cosa privata.»

«Senti, sei qui grazie a me, quindi devi dirmelo.»

«Perché ti importa?»

«Non hai passato la notte con Sly, vero?»

«Con Bullhorn Brodsky? Oh, ora capisco.» Stormy rivolse a Sam un sorriso furbo. «No, è tutto tuo.»

Samantha si lasciò sfuggire un sorriso di sollievo e la lasciò andare. «Non è mio, nulla del genere. Insomma, non usciamo insieme, l'ho appena incontrato. E anche se ci frequentassimo, se Devon lo scoprisse, prima ucciderebbe lui e poi me.»

«Il tuo segreto è al sicuro con me.»

«Non c'è nessun segreto. L'ho solo beccato a guardarmi un paio di volte mentre lavoravo con Jo, è difficile non notarlo. Potrebbe diventare un buon amico, questo è tutto.»

«Uh uh.» Stormy annuì, ridacchiando. «Amici con benefici?»

«Assolutamente no.» Samantha corrugò le sopracciglia.

«Ehi, a me va bene, non ti lapiderò per questo. Penso che sia abbastanza carino.»

«Sta' lontana da lui,» la ammonì Sam.

Stormy alzò le mani come per difendersi. «Ehi, non devi preoccuparti di me. A me non interessa Sly Brodsky.»

«È solo che è da un sacco di tempo che non mi piace nessuno. Insomma, non lo conosco nemmeno, ma mi piacerebbe farlo, credo. Andiamo, sto morendo di fame,» disse Samantha, con le guance tinte di rosa.

Le due donne entrarono nella sala da pranzo, dove Stormy ordinò dell'altro caffè e una coppetta di frutta, mentre Sam mangiò una colazione completa.

«Vuoi dirmi dove sei stata la scorsa notte? Dove hai fatto colazione, e perché stavi baciando mio fratello... davanti ai fotografi? Stavate cercando di far ingelosire Jackie?»

Samantha non avrebbe potuto ferirla di più se le avesse scagliato una freccia nel petto. *È questo tutto quello che sono? Un modo per far ingelosire Jackie? Un modo per vendicarsi?* «Ho ventotto anni, Sam, non sono obbligata a rispondere. È ovvio che ti sei pentita di avermi portata con te. Ho abbastanza soldi per comprare un biglietto di ritorno da sola, posso andarmene anche adesso, se questo ti rende felice,» rispose Stormy, alzandosi dalla sedia.

«Aspetta, aspetta. Non volevo dire questo, mi dispiace. Rimani qui, Stormy,» si affrettò a scusarsi la sua amica.

«Ti stai veramente comportando da stronza, sai? Penso che siamo amiche da abbastanza tempo da poterlo dire, quando è vero.»

«Non so perché sono così nervosa. So quello che provi per Devon e non voglio che uno di voi rimanga ferito. Credo che Jackie l'abbia mollato, probabilmente adesso starà cercando qualcuno con cui sostituirla. Questo vi rende entrambi vulnerabili, quindi è meglio se ti tieni alla larga da lui.» Samantha mangiò una forchettata di uova.

Un misto d'emozioni le risalì lungo la gola e Stormy sentì le lacrime bruciarle gli occhi. «Ovviamente, non pensi che Devon potrà mai interessarsi a me. Mi sentirei a disagio, se restassi qui. Mi hai già tolto tutto il divertimento di guardarlo fare a pezzi i Sidewinders e poi celebrare la vittoria insieme,» dichiarò.

Samantha spalancò la bocca con aria sconvolta. «Stormy! Mi dispiace tanto, non volevo assolutamente dire questo. È solo che l'ultima volta che hai provato ad avvicinarti a lui...»

«Non stavo cercando di avvicinarmi a Devon, volevo solo sedermi accanto a lui al ballo. Non era esattamente una promessa di amore eterno, Sam,» replicò Stormy in un tono così gelido che avrebbe potuto surgelare un pezzo di carne.

«Non mi sto esprimendo bene, continuò a dire la cosa sbagliata. Non volevo dire questo. Ti prego... non voglio che tu te ne vada.» La sua migliore amica le posò una mano sul braccio per impedirle di andarsene.

Stormy sentì le lacrime scivolarle sul viso.

Samantha la abbracciò. «Non lasciare che la mia stupidità ti faccia stare male. Eri con Devon?»

La ragazza dai capelli rossi annuì.

«Sei felice?»

«Lo ero,» rispose Stormy, rovistando nella sua borsetta alla ricerca di un fazzoletto.

«Fantastico. Solo non lasciare che lui ti spezzi il cuore. Non penso che sia pronto a impegnarsi, sai, per via di Jackie,» le raccomandò Samantha.

«Tu credi che la amasse molto, ma io non ne sono così sicura.»

«Si mandavano sempre messaggini.»

«Questo non significa nulla, Jackie non è qui ora che lui ha bisogno di lei.»

«Sono state le loro carriere a separarli, ma potrebbero ancora rimettersi insieme. Se lo show a cui sta lavorando venisse cancellato, potrebbe tornare da Dev. Voglio solo che tu sia preparata,» disse Sam.

Stormy sentì una fitta allo stomaco e lottò per impedire alle sue mani di tremare mentre si versava un'altra tazza di caffè. *No! Jackie non può tornare indietro, Dev vuole me e non si rimetterebbe mai con lei. Giusto? Devon Drake non può mettermi da parte una seconda volta.*

LA SERA PRIMA DELLA grande partita, c'era un buffet ad attendere i membri della squadra e le loro famiglie. Quando il bus tornò, gli uomini si riunirono ai loro cari per passare un'ora insieme prima di cena.

Seduta in camera sua, Stormy si spazzolò i capelli, sul viso un'espressione turbata. Guardò dalla finestra e il cuore iniziò a batterle più rapidamente, quando vide i giocatori che scendevano dal veicolo. Quando individuò Devon, trattenne il fiato e dovette tener ferma una mano con l'altra, mentre finiva di truccarsi gli occhi.

Il silenzio nella stanza era assordante, e la donna fece un balzo, quando all'improvviso qualcuno bussò alla porta.

«Stormy, la cena. Forza, andiamo.» Era una voce maschile a chiamarla.

Stormy si lasciò sfuggire il respiro che aveva trattenuto mentre lo aspettava e aprì la porta. Dev indossava un paio di jeans eleganti e aderenti e una maglietta pulita dello stesso azzurro chiaro dei suoi occhi, aveva un aspetto stupendo.

Il cornerback lasciò vagare lo sguardo sul suo corpo, scaldandola tutta. «Wow. Il vestito è nuovo?» le chiese.

«Sì, ti piace?» Stormy fece una piroetta per esibire il vestito turchese con gli orli bianchi che abbracciava le sue forme.

«Sei sexy. Ora vieni, sono affamato.» Devon le tese una mano e lei la prese.

La gioia le fece battere più forte il cuore, ma Stormy aveva troppa paura per permettersi di sentirla. Fece un sorriso esitante e intrecciò le dita con quelle del cornerback mentre si dirigevano verso l'ascensore. *Sono la donna che esce con Devon? La sua ragazza? Uh, probabilmente no. La sua partner per la notte? Forse, ma non pensarci troppo, goditela e basta.*

Devon la abbracciò e le diede un bacio tra i capelli mentre aspettavano. La discesa fu veloce e ben presto si persero tra la folla accalcata nella sala da pranzo privata. Stormy rimase vicino a Devon, non conosceva nessuna delle mogli e degli altri parenti, solo i giocatori, e quel gruppo di donne che sembravano conoscersi tutte tra di loro risvegliò la sua timidezza. Notò che Samantha aveva un drink in mano e stava parlando e sorridendo a Bullhorn Brodsky. Stormy condusse Dev nell'altra direzione.

«Guarda, ci sono i rotolini di salsiccia. Li adoro,» disse, guidandolo verso un buffet di antipasti caldi e freddi. Devon le porse un piatto e lei lo riempì.

«Posso mangiare questa roba?» le chiese.

«Per oggi va bene. Come va con il peso?»

«Ho perso tre chili.»

«Ne devi perdere ancora cinque, ma ci penseremo dopo la partita. Adesso ti servono molte proteine e del cibo che ti faccia sentire bene.»

«È la tua opinione professionale?»

«Ma certo,» rispose Stormy, gli occhi che brillavano di malizia.

«Posso pensare ad altre cose che mi farebbero sentire bene,» sussurrò Devon, strofinandole il naso contro l'orecchio.

La donna si scostò, sentendo le guance che si scaldavano. «Più tardi,» sussurrò.

La risata bassa e sexy del cornerback le arrivò dritta tra le gambe e le fece correre un brivido lungo la schiena.

Stormy lanciò uno sguardo dall'altra parte della sala e vide Samantha che si allontanava da Bull. La sua amica le sorrise, grata per aver distratto suo fratello, e si sedette a un tavolo. Non c'era alcol, dal momento che era la sera prima della partita, quindi i giocatori bevvero sport drink, bevande gassate e acqua. Devon la condusse in un angolo riparato e iniziarono a mangiare insieme.

«Sei nervoso per domani?» gli chiese Stormy.

«Un po'.»

«Giocherai contro i tuoi vecchi compagni di squadra, è un problema?»

«No. Sono contento di rivedere alcuni di quei ragazzi, ma adesso faccio parte dei Kings e darò il centocinquanta per cento per la mia squadra.»

«Conosci tutti i loro segreti?»

«Sì. Mai portarti a letto una ragazza al primo appuntamento,» scherzò Devon.

Stormy gli diede uno schiaffetto sulla spalla mentre il cornerback rideva. «Andiamo, dico sul serio.»

«Sicuro, so tutto quello che hanno fatto finché non sono arrivato qui.»

«E questo ti sarà d'aiuto?»

«Certo. West è uno che ti spezza le ossa, ai vecchi tempi ha buttato fuori dal campo un bel po' di quarterback. Bull dovrà stare attento. E Lucas è molto veloce.»

«Lucas?» chiese Stormy.

«Il loro miglior ricevitore, Norville Lucas,» chiarì Devon.

Meglio che impari qualcosa sul football. La donna annuì come se avesse davvero capito cosa stava dicendo.

«Capirai tutto, se guarderai abbastanza partite,» le assicurò Dev.

«Certo, sì, lo farò.» Stormy sentì l'imbarazzo montare dentro di lei, mentre lo conduceva a un altro ampio tavolo del buffet carico di piatti di carne. C'erano il roastbeef, la tagliata e il petto di pollo alla griglia, e poi i contorni, tra cui broccoli, fagiolini e patate novelle arrosto impilate accanto alle patate dolci al forno. All'estremità del tavolo, c'era anche un'enorme insalatiera, accanto al pane ai cereali e al burro.

Devon si riempì il piatto di carne, ma Stormy gli suggerì di prendere più fagiolini e meno patate. Quando ebbero preso tutto quello che volevano, cercarono un tavolo. Samantha aveva tenuto loro due posti, così il cornerback si sedette accanto a sua sorella e scostò la sedia al suo fianco per permettere a Stormy di sedersi. I tre erano così impegnati a mangiare che parlarono appena.

Stormy osservò i giocatori consumare enormi quantità di cibo. Alcuni di loro avevano un'aria rilassata, ma la maggior parte pareva tesa, con le sopracciglia corrugate e gli sguardi seri. Il Super Bowl era molto più di una semplice partita per loro. Soldi, fama, reputazione, la sicurezza di un posto di lavoro in un campo così instabile: tutte queste cose erano in gioco in ugual misura. Le donne sorridevano nel tentativo di alleggerire l'atmosfera, ma Stormy poteva percepire comunque lo stress come un'entità fisica che riempiva tutta la sala. Mangiò in silenzio, guardando le donne e imparando come interagivano con i loro uomini. *Non che io sarò mai la moglie di un giocatore di football.*

Dopo cena, alcuni dei giocatori si misero a chiacchierare tra di loro, mentre gli altri giocavano a poker. Bullhorn Brodsky sfidò Devon a una partita di *Oh Hell*. Brodsky scelse Sam come partner e Devon giocò insieme a Stormy. Quando Bull prese le mani di Samantha tra le sue, gli occhi del cornerback fiammeggiarono di rabbia, ma Dev evitò di fare una scenata. Stormy capì che moriva dalla voglia di battere l'attaccante, di umiliare quell'uomo enorme in un umile gioco di carte.

Quando il gioco finì e Devon vinse, si diressero verso l'ascensore.

«Perché non vai a prendere la tua roba?» propose Devon.

«La mia roba?» ripeté Stormy, senza capire.

«Passerai la notte con me, giusto?»

«Oh, sicuro.» *Rallenta, cuore mio.*

«Prima, andiamo nella tua stanza.»

Stormy buttò le sue cose in una piccola borsa da viaggio, che Devon portò in camera sua. La pelle le formicolò, al pensiero che presto lui l'avrebbe toccata e avrebbero condiviso un altro passionale incontro. Ma era il suo cuore quello pieno di gioia e di calore al ricordo di come lui fosse stato al suo fianco in pubblico, l'avesse presa per mano e avesse mangiato con lei, come se fosse la sua ragazza. E adesso, sarebbe rimasta a dormire nella sua stanza. Le farfalle che svolazzavano qua e là nel suo stomaco la fecero sorridere, sentiva la felicità che le scorreva nelle vene.

Essere la ragazza di Devon era stato il suo sogno, quando era una ragazzina, e ora sembrava che si stesse tramutando in realtà, anche se solo per il weekend del Super Bowl.

Capitolo Sei

Stormy aiutò Devon a sistemarsi la cravatta, poi scesero a fare colazione. Devon si sentiva bene, dopo una notte di sesso più che soddisfacente e coccole assonnate con la sua donna, era molto sicuro di sé e pieno d'energie. Stormy sapeva istintivamente come comportarsi con lui. Quando il cornerback si era sentito teso al pensiero della grande partita, lei aveva iniziato a fare battute divertenti e gli aveva fatto un massaggio che era sfociato nella notte di passione più incredibile della sua vita.

Era una donna superiore a tutte le altre? Forse, o forse era merito di quello che avevano passato insieme. Devon non doveva nasconderle nulla o fingersi qualcosa che non era, perché Stormy lo conosceva perfettamente, tanto quanto conosceva se stessa. Erano cresciuti insieme e Dev si sentiva assolutamente a suo agio con lei. Inoltre, Stormy non era sempre impegnata a sistemarsi i capelli o il trucco, o a parlare al telefono e scrivere messaggini. Una cosa era chiara come un parabrezza appena lavato: Stormy per lui ci sarebbe sempre stata, quando avrebbe avuto bisogno di sostegno.

I giocatori mangiarono rimanendo in silenzio quasi tutto il tempo, divorando montagne di proteine, poi salirono sul bus che li avrebbe portati allo stadio. Devon diede un bacio d'addio a Stormy.

«Buona fortuna, farò il tifo per te,» gli disse lei, accarezzandogli la guancia.

Il cornerback scelse un sedile accanto al finestrino e cercò la sua ragazza nella folla. Quando la trovò, vide che alle sue spalle c'era Bullhorn Brodsky, che in quel momento stava baciando sua sorella. Saman-

85

tha lo spinse via con aria giocosa e scoppiò a ridere, e Devon si sentì uscire il fumo dalle orecchie per la rabbia. *Io lo ammazzo. Le spezzerà il cuore, quel bastardo. Non ha alcun rispetto per le donne.*

Quando Bull si mise alla ricerca di un posto dove sedersi, Dev sibilò: «Tocca di nuovo mia sorella e ti appenderò per le palle, se ce le hai.»

«Oh, sì che ce le ho. E anche Samantha le vuole, me l'ha detto lei,» replicò l'attaccante.

Devon si gettò addosso al bestione, ma Trunk Mahoney lo trascinò via e lo costrinse a risedersi.

«Ehi, ragazzi, non ora. Concentratevi e non fate cazzare, okay? Dobbiamo vincere questa partita,» intervenne Griff Montgomery. I mormorii d'assenso degli altri passeggeri riecheggiarono all'interno veicolo. Devon cercò di calmarsi, ma non prima di aver lanciato un'occhiataccia a Brodsky, che in risposta gli mostrò il dito medio.

Devon lo sentì borbottare, rivolto al giocatore seduto accanto a lui: «Pensa che non sia al livello di sua sorella. 'Fanculo.»

Da quando erano piccoli, Devon aveva sempre difeso Samantha, perché sua sorella era sempre stata più piccola di lui. Tutti i loro fratelli erano molto più grandi di loro, quindi loro due avevano dovuto fare affidamento l'uno sull'altra. Sam era sempre stata molto educata, a parte una breve fase da selvaggia verso i quindici anni, quindi prendersi cura di lei non era mai stato difficile. Adesso, però, era una donna adulta e la mole di lavoro di Devon era diventata grande come una montagna. Samantha era bellissima: con quei capelli setosi e scuri quanto i suoi e quegli occhi ardenti simili a pozze del cioccolato più nero, era una calamita per gli uomini.

Gli uomini la accostavano al supermercato, all'alimentari, alle partite di football, e provavano ad attaccare bottone. Samantha era una ragazza socievole che si fermava sempre a chiacchierare e questo lo faceva impazzire. Come faceva a proteggerla, se parlava con tutti gli sconosciuti che si ritrovava davanti? Una volta avevano discusso per questo e lei gli aveva detto che vivevano in un Paese libero e che avrebbe parlato con chiunque avesse voluto.

Quella divergenza d'opinioni durava da anni, anche se avevano creduto di averla risolta quando Sam, all'epoca diciannovenne, si era trovata un ragazzo serio, che aveva continuato a frequentare per due anni. Devon si era convinto che quei due si sarebbero sposati e che i suoi giorni da guardiano della virtù di sua sorella fossero finiti, ma poi il tizio era scappato via con un'altra e le aveva spezzato il cuore. Ci erano voluti sei mesi perché Sam iniziasse a uscire di nuovo con qualcuno. Devon avrebbe voluto ammazzare quel tipo, e da allora aveva sempre sospettato di tutti gli uomini che incrociavano il cammino di sua sorella. Per questo motivo, i due fratelli finivano sempre per lottare tra di loro come il Gatto Calicò e il Cane di Percalle della filastrocca di quando erano bambini, ma per quanto litigassero, si volevano bene.

Bullhorn Brodsky, però, aveva passato il segno. Devon aveva sentito gli altri ragazzi chiacchierare negli spogliatoi e sapeva come parlavano delle donne, e che fosse dannato, se fosse rimasto ad ascoltare Brodsky parlare di sua sorella in quel modo.

Lawson Breaker, che i ragazzi chiamavano The Kid perché era stato scelto alle selezioni del college quando si era laureato, a vent'anni, si sedette accanto a lui. «Calmati, Devon. Rilassati, Bull non farà nulla. Ora devi concentrarti sulla partita, abbiamo bisogno che tu sia con noi per tutto il tempo,» gli consigliò.

«Hai ragione, devo concentrarmi,» concordò Devon.

Guardò fuori dal finestrino e si concentrò sul ricordo di quando aveva fatto l'amore con Stormy. La sua donna era così reattiva agli stimoli che soffriva perfino il solletico, era una cosa dolce. Insieme avevano riso, si erano rotolati sul letto, avevano fatto la lotta. Certo, alla fine l'aveva domata, ma l'aveva fatto con il suo consenso. I loro giochi vivaci avevano reso le sensazioni che avevano provato mentre facevano l'amore ancora più potenti e soddisfacenti. Dev sospirò e sorrise. *Sono fortunato.*

Il bus accostò davanti allo stadio e gli uomini si alzarono in piedi. The Kid strinse la mano a Devon, poi seguì Mahoney e scese dal veicolo. Il cornerback trovò l'armadietto che gli era stato assegnato, si tolse il completo e la cravatta e tirò fuori la divisa. I giocatori andarono a riscaldarsi in palestra prima di scendere in campo. I fan avevano già cominciato a sedersi sugli spalti, anche se mancava ancora un'ora al momento del calcio d'inizio.

La fronte madida di sudore di Griff Montgomery si aggrottò, quando si avvicinò a Devon. «C'è niente che dovrei sapere sui Sidewinders?» gli chiese.

Brodsky si unì a loro.

«Voi due dovete stare attenti a Jeremiah West,» rispose Devon.

«Qual è il suo numero?» domandò Griff.

«Trentasette. Gli piace fare male ai quarterback ed è enorme.»

Poté giurare che il viso di Griff fosse impallidito di due gradazioni.

Bull gli diede una pacca sulla spalla. «Non preoccuparti, Griff, mi occupo io di quello scimmione.»

Il Coach Bass chiamò a sé la squadra per dare le ultime istruzioni e avvertire i giocatori di fare attenzione a West, poi si voltò verso Devon Drake e gli disse: «Conto su di te per tenere a bada Norville Lucas, perché lo conosci. Puoi farlo?»

Il cornerback annuì, anche se non ne era sicuro. Riscaldò i muscoli delle gambe e andò a unirsi ai suoi compagni di squadra, che si stavano mettendo in formazione. Fuori c'erano fan in delirio, nuvole di coriandoli, bande che suonavano e un caos totale. I giocatori dovevano riuscire a mantenere la concentrazione nonostante tutto quel chiasso e prepararsi a giocare. Griff corse in campo, alla guida del branco, e si preparò ad assistere a *The Star Spangled Banner*. Gli spettatori impazzirono, il rumore era assordante. Devon sorrise, vedendo migliaia di persone che li salutavano e facevano il tifo.

Si mise una mano sul cuore, tenne l'elmetto nell'altra e cantò seguendo Emerald, che si stava esibendo nell'inno nazionale. Griff diede il cinque ad alcuni dei ragazzi, mentre andava ad assistere al lancio della monetina. Devon trattenne il fiato: se avessero avuto fortuna e il loro quarterback avesse vinto il lancio, avrebbero dato loro il calcio d'inizio. Se avessero perso, invece, avrebbero ricevuto il calcio della squadra avversaria e dato il calcio d'inizio della seconda metà della partita. I giocatori provavano quasi un timore superstizioso nei confronti di quel momento. Dovevano vincere.

Griff scelse testa, ma uscì croce. L'espressione del quarterback era cupa, quando tornò alla panchina. Dovevano ricevere.

«Va bene, va bene. Uscite là fuori e segnate,» disse il Coach Bass, dando loro pacche sulle spalle per incoraggiarli e agitando il pugno.

Buddy Carruthers e Bullhorn Brodsky corsero in campo alle calcagna di Griff e Devon iniziò a passeggiare su e giù mentre guardava la partita.

The Kid lo seguì. «Non preoccuparti, ce la faranno. So che possiamo vincere.»

Appena le squadre si misero in formazione, Devon vide il numero trentasette, Jeremiah West, guardare verso la panchina dei Kings. L'avversario alzò il dito medio per un attimo e poi distolse lo sguardo, e Devon iniziò a sudare.

Il calciò d'inizio scagliò la palla dritta verso Buddy Carruthers, che la afferrò al volo sulla linea delle diciassette iarde e si mise a correre, facendosi strada tra i giocatori dei Sidewinders finché non venne bloccato sulla linea delle trentacinque iarde.

Dopo una breve mischia, la palla venne lanciata verso Montgomery. Buddy si preparò a ricevere il suo passaggio, ma aveva un difensore alle calcagna. Brodsky affrontò West, cercando di tenere quell'energumeno lontano da Griff. Caleb Turner era smarcato, così il quarterback gli lanciò la palla.

Bull spostò per un attimo l'attenzione da West per guardare Turner che afferrava il pallone e lo scimmione partì all'attacco, spingendo da parte gli attaccanti come bambole di pezza, e puntò dritto verso Griff.

Brodsky gridò per avvertire il quarterback e lui si voltò e si buttò a terra appena prima che Jeremiah potesse colpirlo. Il difensore crollò comunque addosso a Montgomery.

L'arbitro suonò il fischietto e diede una penalità a West per aver toccato il quarterback dopo che questi aveva già effettuato il passaggio. Una penalità di quindici iarde venne aggiunta alle diciassette iarde che Caleb aveva già conquistato, spingendo i Kings nella zona rossa della linea delle diciotto iarde. Bull tese una mano a Griff per aiutarlo a rialzarsi, fortunatamente il quarterback stava bene e gli spettatori esultarono mentre si preparava a rientrare in gioco.

«Quel coglione ci ha appena mandato dritti nella zona del field goal,» spiegò Devon a The Kid.

Le due azioni successive non portarono a nulla, perché i Sidewinders rafforzarono la difesa. La conquista di una iarda venne seguita dalla perdita di altre cinque e Jeremiah West buttò di nuovo a terra Griff. Devon trattenne il fiato finché non vide il quarterback rimettersi in piedi, incolume.

Il Coach Bass stava masticando una gomma a tutta velocità mentre passeggiava su e giù, ma si fermò per osservare uno snap. I Kings stavano realizzando la loro finta. Griff indietreggiò e passò la palla a Buddy, che corse attraverso un'apertura nella difesa e si diresse verso la linea del goal, veloce come un fulmine. Il ricevitore venne fermato sulla linea delle cinque iarde.

I giocatori in panchina si alzarono in piedi e urlarono. Devon guardò verso gli spalti e sorrise, quando vide che anche sua sorella e Stormy si erano alzate e agitavano le mani a bocca aperta. Quando spostò di nuovo l'attenzione sul campo, notò Bullhorn alzare lo sguardo verso Samantha e le sue labbra si strinsero in una linea sottile. *Quello stronzo.* Ma non ebbe tempo per pensarci, doveva concentrarsi sulla partita.

Durante il tempo successivo, il quarterback lavorò d'astuzia e si gettò sulla linea del goal appena prima che West lo atterrasse. I fan e la squadra andarono in delirio e il Coach Bass fece la sua piccola danza della vittoria, mentre i Kings si preparavano a segnare un punto extra. Diversi giocatori diedero pacche sulle spalle a Robert Anthony, il kicker, per incoraggiarlo mentre si metteva l'elmetto e correva in campo. Il calcio d'inizio andò a segno e i Kings avanzarono di sette iarde.

Anche Devon si preparò a scendere in campo, era ora che anche lui entrasse in azione. Il modo in cui i Kings avevano ricevuto il kickoff aveva portato i Sidewinders alla linea delle trenta iarde. Il cornerback trotterellò fino al suo posto in campo e incrociò lo sguardo di Norville Lucas, che gli sorrise e gli fece un cenno con il capo. Lucas gli piaceva, quando erano nella stessa squadra, e spesso scherzavano insieme, chiedendosi chi avrebbe vinto, se si fossero affrontati in una partita. *Immagino che oggi scopriremo chi è il migliore tra Lucas e me.*

Devon sentì un'ondata d'adrenalina, quando la palla venne rimessa in gioco. Individuò Lucas e divenne la sua ombra, tenendo sempre lo sguardo fisso sui fianchi del ricevitore. Anche se Norville fingeva di volersi dirigere verso l'estremità del campo, i suoi fianchi puntavano verso il centro. Suo padre gli aveva insegnato a usare quella tecnica, ovvero seguire la direzione dei fianchi del ricevitore e non staccarsi mai dal suo uomo. Rimase incollato a Lucas e costrinse il quarterback dei Sidewinders, Anderson Boyer, a passare a un altro giocatore.

«Pensate di poterci battere?» gli chiese Norville, quando l'arbitro fischiò.

«Certo che sì,» rispose Devon.

«Buona fortuna.»

I due uomini si lasciarono con un sorriso e tornarono dalle loro squadre per prepararsi al tempo successivo della partita. I Sidewinders fecero una breve mischia e poi Devon si mise di nuovo all'inseguimento del suo uomo, ma lo raggiunse una frazione di secondo dopo la palla. Norville intercettò il passaggio e guadagnò un numero impressionante di iarde, poi venne atterrato sulla linea delle quaranta iarde dei Kings da Mahoney.

«Dove cazzo eri finito?» gli chiese Trunk, quando lui e Devon si misero in formazione con la squadra.

Maledetti chili in più. Maledizione. Merda. Sono stati tutti quei pasti nei ristoranti chic con Jackie, è tutta colpa sua. Appena quel pensiero gli attraversò la mente, si sentì un idiota. *Concentrati e muovi il culo.*

Le squadre si prepararono e il gioco ricominciò. Devon corse a tutta velocità verso Lucas, sapeva che non avrebbe dovuto girarsi a cercare la palla finché non avesse raggiunto il suo uomo. Quando raggiunse Norville, lanciò un'occhiata al di sopra della sua spalla, cercando di tenere d'occhio Boyer e il pallone. Il quarterback indietreggiò e tirò indietro il braccio.

Boyer girò il viso verso di lui e Devon costrinse le sue gambe a muoversi più rapidamente, finché non raggiunse Lucas, nello stesso momento della palla.

Lucas spinse contro le costole di Devon, tenendo la mano nascosta dalla sua vista, ma il cornerback non aveva intenzione di lasciarlo fare. Afferrò il ricevitore sotto l'ascella e lo tirò verso di lui. Sapeva che doveva farlo senza che l'arbitro lo vedesse, per evitare una penalità.

Drake spiccò un balzo e allungò il braccio più che poteva. Lucas imitò le sue azioni, ma il cornerback puntava verso l'interno del campo, dritto verso il centro, e il ricevitore era un po' troppo spostato verso l'esterno. Devon allungò un'ultima volta il braccio fin dove riusciva ad arrivare, spingendo i muscoli al limite, e sfiorò la palla con la punta delle dita. Preso dallo slancio, continuò ad avanzare, e anche se non fu in grado di afferrare il pallone e tenerlo stretto, riuscì ad allontanarlo e deviare la sua traiettoria, spingendolo fuori dalla portata di Lucas. Nessuno era in una posizione giusta per prendere quella palla deviata, così cadde al suolo.

Drake guardò verso la panchina e vide il Coach Bass che alzava i pollici verso di lui. Il cornerback sorrise, girandosi verso Norville, e disse: «Chiedimi di nuovo se penso che possiamo vincere.»

L'espressione arrabbiata di Lucas si trasformò in un sorriso. «Sei veramente cocciuto.»

I due uomini si allontanarono e tornarono dalle rispettive squadre. Per un attimo, Devon desiderò avere un buon amico come Lucas tra i Kings. Da quando era entrato in squadra, l'unica cosa a cui pensava era dare prova di se stesso e uscire con Jackie. Tra un volo alle Bahamas nel weekend e una première a Los Angeles, non aveva avuto tempo per frequentare i suoi compagni.

Le due squadre si posizionarono sulla linea di scrimmage per il tempo successivo. Anderson Boyer finse di passare la palla e invece la affidò a un running back, cogliendo i Kings di sorpresa. Devon era dall'altro lato del campo a sorvegliare il loro ricevitore, quando i Sidewinders misero in atto quell'astuta manovra. Il runner trovò l'aperura che gli serviva e partì in quarta, rapido come un jet. Prima che Devon o gli altri difensori dei Kings potessero raggiungerli, gli avversari avevano già oltrepassato la linea del goal.

Merda! Ci hanno colti impreparati, cazzo. Drake non aveva bisogno di guardare a bordocampo per sapere cosa il loro allenatore stesse facendo: di sicuro, il Coach Bass stava masticando le sue gomme, rapido come una mitragliatrice che sparava pallottole a ripetizione, con le braccia incrociate sul petto e un'espressione cupa sul volto.

Norville lo affiancò mentre le loro squadre lottavano per ottenere un punto extra. «Che stavi dicendo, prima?» ghignò, dandogli uno schiaffo amichevole sulla spalla.

Il punto extra fu un bel cambiamento. Devon uscì dal campo insieme al resto della difesa dei Kings, si tolse la protezione per la bocca e l'elmetto e ingoiò un sorso d'acqua. Crollò sulla panchina accanto a The Kid e scosse la testa.

«Sono bravi,» borbottò The Kid.

«Già.»

Entrambe le squadre rafforzarono le loro difese durante quel che rimaneva della prima metà della partita. In quel momento, i due team avevano segnato un field goal a testa, e quando arrivarono all'intervallo, il punteggio era di dieci a dieci. I Kings si ritirarono negli spogliatoi a bere Gatorade e succo di frutta e ascoltare il discorso d'incoraggiamento del Coach Bass.

«Drake, devi cambiare posizione. Lascia che Demson si occupi di Lucas, tu segui Willis, il numero ventitré,» gli ordinò l'allenatore.

«Posso occuparmi io di Lucas,» protestò Dev.

«So che puoi farlo, ma dobbiamo far sì che continuino a chiedersi quale sarà la nostra prossima mossa. Terrai a bada facilmente Donovan Willis per un paio di tempi, poi tornerai da Lucas. Boyer passa più spesso a Willis, da quando ti sei messo a bloccare Lucas, quindi ora abbiamo bisogno che tu fermi lui.»

Devon non riusciva a credere a quel che il coach stava dicendo e non era sicuro che ci riuscisse nemmeno lui stesso. Il cornerback era riuscito a mantenere il ritmo di Norville Lucas, la maggior parte del tempo, ma il ricevitore aveva conquistato qualche iarda nella prima metà del gioco e lui si era rimproverato duramente per averglielo lasciato fare. *Quando un cornerback blocca qualcuno, non deve mai lasciargli completare un'azione. Maledizione, devo fare di meglio.* Tuffer Demson era ancora carico d'energie, visto che non aveva ancora giocato.

Alla fine, dovette concordare con la decisione del Coach Bass, anche se non gli piaceva. Willis era più lento di Lucas e Devon era un po' stanco. Serviva carne fresca per coprire Lucas.

Il pensiero di dover affrontare ancora il resto della partita era scoraggiante, soprattutto perché la squadra di St. Louis avrebbe ricevuto la palla. La squadra che avrebbe dato il calcio d'inizio si mise in posizione. Lucas prese la palla e, ben protetto dai suoi compagni, avanzò dalla linea delle venti iarde a quella delle trentacinque. Devon abbassò la protezione per la bocca, indossò l'elmetto e si diresse verso la linea di scrimmage. Quando Robbie Anthony, il kicker, gli passò accanto, si urtarono con le spalle in segno di saluto.

Devon corse da un lato all'altro del campo per due volte e iniziò a sentirsi nervoso, voleva un po' più d'azione. Non poteva dimostrare quanto valeva, se non riusciva ad avvinarsi alla palla. Arrivati alla terza azione di gioco, la difesa dei Kings, guidata da Mahoney, fermò i runner avversari, che riuscirono a guadagnare solo due iarde.

Devon fece un respiro profondo, era ora di passare la palla. Si accucciò a terra, spostando tutto il peso sui talloni, e aspettò lo snap. Boyer chiamò una serie di numeri e poi, *boom,* il pallone venne messo in gioco. Dev partì all'inseguimento di Willis e vide che il suo addome era girato dalla parte opposta del suo viso. Non si lasciò ingannare, raggiunse facilmente il suo obiettivo e gli rimase incollato, impedendogli di spostarsi verso l'interno del campo. Quando Willis cercò di smarcarsi, Devon gli tirò uno schiaffo sulla coscia per rallentarlo.

Con Lucas marcato da Demson, Anderson non ebbe altra scelta che lanciare la palla dritta verso Willis e Drake. Devon si parò di fronte al giocatore dei Sidewinders e si buttò contro la palla, ma Willis fece lo stesso e i due uomini si scontrarono. L'arbitrò fischio, mentre i due giocatori cadevano a terra. Il cornerback atterrò sulla spalla e sentì un lampo di dolore, ma passò rapidamente.

Devon subì una penalità per aver interferito con il passaggio. Era furioso, ma quando lanciò un'occhiata al Coach Bass, l'altro uomo gli fece segno di calmarsi. Mahoney si mosse velocemente, trascinando Devon, che era ancora arrabbiato e stava parlando a macchinetta, lontano dall'arbitro, che non era per niente felice di avere un giocatore che gli sbraitava in faccia.

«È stato Willis a interferire con il passaggio,» urlò Dev.

«Chiudi il becco,» replicò Trunk a voce bassa, posandogli quelle sue zampe da mammut sulle spalle e spingendolo via dall'ufficiale.

Devon gli lanciò un'occhiataccia.

«Stai solo peggiorando la situazione, quindi calmati. Lo fermiamo noi,» insistette il difensore.

La penalità di quindici iarde portò i Sidewinders nella zona rossa. Devon lottò per reprimere la rabbia e concentrarsi su come fermare l'altra squadra, ma Anderson Boyer non dava segni di stanchezza e la difesa degli avversari stava tenendo duro. Il team di St. Louis corse fino ad arrivare alla linea delle dieci iarde.

Devon sentiva il sudore che gli colava lungo la schiena, doveva fermare tutto questo, ma l'unico modo per farlo era intercettare un passaggio. Boyer avrebbe tirato così vicino alla linea? Pensava di no, ma non era compito suo cercare di indovinare i ragionamenti del quarterback. Lui doveva rimanere incollato a Willis, tenere d'occhio la palla e intercettare ogni passaggio.

Dopo lo snap, Devon partì alla carica e, ben presto, Boyer rivelò i suoi piani guardando troppo spesso in direzione di Willis. Il cornerback si sentiva sicuro di sé e continuò a marcare Willis, alzando ogni tanto lo sguardo verso il pallone, che stava arrivando rapidamente nella sua direzione.

Willis gli si parò davanti e Devon vide rosso. *Non ci provare, bastardo, togliti di mezzo!* Boyer lanciò verso il suo uomo, ma Dev vide che la palla era troppo alta per Willis. Il cornerback indietreggiò, mettendosi sulla traiettoria del passaggio, e modificò la sua posizione, i piedi che danzavano sull'erba, per arrivare sulla linea del goal. La palla era troppo alta, però, e lui fece un saltò e allungò il braccio, tenendo le dita dritte per raggiunger il pallone che sfrecciava verso di lui.

Riuscì a toccarlo e, nel tentativo di afferrarlo, lo deviò. La palla cadde giù, dritta tra le braccia di Norville Lucas, sulla linea del goal: era un touch-down. La folla andò in delirio. Devon era ormai parallelo al terreno e cadde con un tonfo. *Che diavolo...? Cos'è appena successo?* Mahoney gli tese una mano per aiutarlo a rialzarsi.

I Sidewinders si prepararono a segnare il punto extra e il loro kicker ci riuscì senza alcuna difficoltà, anche se la difesa dei Kings ce la mise tutta per bloccarlo. Ora la squadra di St. Louis era in vantaggio di due punti e quella di Monroe doveva impegnarsi per recuperare. Quando

Drake lasciò il campo zoppicando, notò che Griff e il Coach Bass stavano avendo una rapida discussione.

«Sei ferito?» gli chiese il coach.

«Nah, mi sono solo stirato un muscolo, o qualcosa del genere.»

L'allenatore fece un cenno a uno dei suoi assistenti e l'uomo lo aiutò ad arrivare alla panchina e controllò le sue condizioni. «È solo un crampo, cammina un po' e ti passerà,» dichiarò.

Drake annuì e iniziò a passeggiare avanti e indietro, lo sguardo fisso sul campo e sugli attaccanti della sua squadra.

Vide Jeremiah West soffiare come un toro infuriato, quando la palla venne lanciata verso Griff. Il bestione si gettò all'attacco, ma Bullhorn Brodsky allargò le gambe e si azzuffò con lui. West passò un piede dietro di lui per farlo inciampare e, non appena l'attaccante dei Kings crollò, corse via. Era rapido, per essere un giocatore che pesava più di novanta chili. Era come una locomotiva lanciata contro Griff Montgomery, che in quel momento stava cercando un compagno di squadra libero e non lo vide avanzare verso di lui finché Brodsky non lo chiamò.

Griff alzò lo sguardo di scatto e scivolò a terra circa due secondi prima che West lo colpisse. Jeremiah cadde sopra Montgomery, i due si scambiarono qualche insulto e l'arbitro segnalò un'altra penalità. Il coach dei Sidewinders impazzì e iniziò a saltellare su e giù come un pupazzo a molla, urlando contro West e l'arbitro.

Bull si massaggiò il polpaccio e aiutò Griff a rialzarsi, e il quarterback si sistemò la felpa. Anche con una penalità di quindici iarde, i Kings non avevano ottenuto molto. Dopo una breve mischia, si posizionarono sulla linea di scrimmage. La palla venne lanciata di nuovo e Buddy partì a razzo e si diresse verso il centro del campo, Griff tirò un passaggio dove sapeva che il suo compagno di squadra si sarebbe trovato, e *bingo!* Conquistarono cinquanta iarde.

Avanzare lungo il campo fu un processo lento e un paio di volte la situazione si fece difficile, mancavano ancora un terzo down e altre otto o dodici iarde. I Kings stavano giocando meglio che potevano e riuscirono a ottenere un first down e tenersi la palla. Ogni volta, però, dovevano esibirsi in un salvataggio mozzafiato all'ultimo minuto. Drake si sedette sulla panchina, si alzò di scatto, si mise a passeggiare su e giù, si ficcò una gomma da masticare in bocca e la sputò... non riusciva a stare fermo.

Finalmente, entrarono nella zona rossa. Griff indietreggiò e tirò indietro il braccio per realizzare un passaggio lungo. Buddy Carruthers e Caleb Turner misero in atto un'azione incrociata per cercare di confondere la difesa avversaria. Il loro stratagemma funzionò e la palla partì a tutta velocità verso Buddy, ma poi Jones Cantrell spuntò fuori dal nulla, spiccò un salto proprio davanti al ricevitore dei Kings, afferrò il pallone in volo e cadde a terra. Prima che Buddy potesse mettergli le mani addosso, Cantrell si rialzò e corse via. Brodsky cambiò direzione e si diresse verso di lui, con Buddy alle calcagna, sembrava che stesse per raggiungere il cornerback dei Sidewinders, quando Cantrell ingranò la quarta e prese il volo come un'astronave sulla pista di lancio. Bull spiccò un balzo, sollevandosi a mezzaria, e gli si avvicinò abbastanza da prenderlo per il tallone. Il rapido giocatore inciampò e cadde in avanti per qualche metro, prima di fermarsi sulla linea delle trentacinque iarde dei Kings.

Devon continuò a gridare finché quel tempo non finì. *Quello dev'essere il tipo che mi ha rimpiazzato. È veloce, quel figlio di puttana. È questo che dovrebbe fare un cornerback, non far cadere la palla tra le mani della squadra avversaria.* Si sentì di nuovo arrabbiato con se stesso, ma ignorò quei sentimenti e si concentrò sulla partita. I Kings avevano perso il possesso della palla, quindi lui doveva tornare in campo.

«Gliela faremo pagare,» gli disse Trunk mentre si mettevano in posizione. La difesa dei Kings sfruttò la sua rabbia e impedì ai Sidewinders di guadagnare un altro field goal, ma questo significava che la squadra doveva sforzarsi ancora di più per recuperare i punti che le mancavano.

Gli altri giocatori dei Kings guardavano i loro compagni lottare per spingersi più avanti da bordocampo. I Sidewinders sembravano pensare di avere già la vittoria in tasca. Era quasi la fine della partita e tutti si sentivano stanchi, ma Griff e Buddy riuscirono a ingannare i loro avversari con una finta. Invece di fare un passaggio lungo, Buddy fece qualche passo a destra, poi tornò indietro, girò a sinistra e fece un passaggio breve laterale a Griff. I difensori avversari si bloccarono sul posto, stupiti, e il ricevitore li superò in un lampo prima che potessero capire cosa stava succedendo. Con Bull al suo fianco, Buddy attraversò la linea del goal e segnò.

I fan esultarono e i giocatori sulle panchine dei Kings impazzirono dalla gioia. Devon si mise a saltellare su e giù a braccetto con Mahoney, il Coach Bass fece il suo balletto e tutti, sugli spalti, agitarono e si rigirarono tra le mani i loro asciugamani turchesi, il colore dei Kings. Robbie Anthony si preparò a segnare un punto extra e ci riuscì. Solo un field goal e tre miseri punti separavano i Kings dai Sidewinders.

Dopo il calcio d'inizio, Drake si mise la protezione per la bocca e l'elmetto e tornò in campo. Entrambe le squadre erano su di giri. Mancavano solo sette minuti alla fine, per i Kings era ora di giocarsi il tutto per tutto. Le espressioni determinate sui visi degli attaccanti dei Sidewinders fecero capire a Devon che anche loro volevano vincere e che non si sarebbero arresi.

La squadra dipendeva da lui. Tutti erano responsabili per l'esito della partita, ma la cosa più importante era che Devon intercettasse un passaggio e segnasse un touch-down. Disturbare le azioni di gioco dei Sidewinders non sarebbe bastato, a quel punto. Mahoney alzò i pollici e gli fece un cenno, ma Andrew Boyer non era stupido, sapeva che Drake si sarebbe lanciato verso il ricevitore e quindi tenne la palla a terra. Il tempo era dalla parte dei Sidewinders: meno ne avevano i Kings per recuperare i pochi punti che gli mancavano, meglio era per loro. Così, Boyer continuò ad avvicinarsi lentamente alla linea del goal, senza fret-

ta. A ogni terzo down, invece, i Sidewinders spingevano sull'acceleratore e avanzavano decisi, tenendo d'occhio la linea delle dieci iarde.

Devon fu molto deluso, quando vide che gli avversari riuscivano a
segnare un first down ogni volta che ci provavano. Controllò l'ora, sentendo l'ansia montare dentro di sé, e iniziò a sudare in tutto il corpo, il
che lo fece sentire disidratato e assetato. Ignorò quelle sensazioni e concentrò tutte le sue energie e la sua attenzione sul campo.

Poi, accadde. Costretto a effettuare un passaggio al terzo down,
quando gli mancavano ancora quindici iarde, Boyer arretrò e alzò il
braccio. Devon sentì il cuore battergli all'impazzata nel petto e tenne lo
sguardo fisso sulla palla mentre correva a marcare Willis. I due uomini
lottarono per avvicinarsi alla palla. Prima arrivò più vicino Willis, poi
Devon, poi Willis cercò di smarcarsi e spingersi in avanti e Devon lo
trascinò di nuovo indietro. Si presero a gomitate nelle costole, si spinsero, si urtarono e tentarono in tutti i modi di prendere la palla senza interferire con il passaggio. Una penalità di quindici iarde, adesso,
avrebbe significato la fine, per una delle due squadre.

Nemmeno il balletto era così delicato o intricato. Devon fece un
respiro profondo e avanzò cautamente, poi si allontanò da Willis e
saltò, sempre più su. La palla veniva dritta verso di lui e la gioia gli riempì il cuore: ce l'avrebbe fatta. Il suo corpo si sollevò e le sue braccia si al-
largarono per accogliere lo scivoloso pallone di cuoio, poi si richiusero
attorno a esso, facendo spuntare un sorriso sulle labbra del cornerback.

Finché non venne colpito così forte da domandarsi da dove fosse
arrivato il treno che l'aveva investito.

Elvin Tuttle, un attaccante di novanta chili, lo colpì in pieno, facendolo volare per aria. L'energumeno lo circondò con le braccia, formando una spirale. Devon cercò di rimettersi dritto e riuscì a mettere giù
una gamba e quasi ad appoggiare un piede a terra, ma Tuttle atterrò sopra di lui, facendogli girare leggermente la caviglia e facendogli aderire
le scarpette al manto erboso.

Il cornerback urlò mentre il bestione si spostava e si rialzava immediatamente. Devon sentì il dolore travolgerlo, la sua caviglia andava a fuoco. *Merda, cazzo, è rotta.* L'arbitro fischiò, ma lui non riusciva a sentire nulla, a parte la dolorosa eco che gli martellava il cervello. Si prese la gamba tra le mani e rotolò sul campo. Pochi attimi dopo, l'assistente allenatore e il dottore corsero al suo fianco.

L'adrenalina iniziò a scorrergli nelle vene e la ferita si intorpidì, alleviando un po' il dolore. Devon cercò di alzarsi, ma la caviglia gli fece così male che vide le stelle. L'assistente allenatore fece segno di portare il carretto. L'umiliazione e l'odio per lo scimmione che lo aveva ridotto in quel modo si mischiarono a un dolore agonizzante e il suo umore peggiorò ancora di più. Doveva lasciare il campo prima di scoppiare a piangere. Quando lo fecero salire sul carretto a motore, i fan si alzarono in piedi e gli rivolsero grida d'incoraggiamento. Devon li salutò con la mano, cercando di ignorare il dolore alla gamba.

Quando furono dentro, i medici si misero al lavoro, gli fecero una rapida radiografia e gli fasciarono la caviglia.

«Non credo che sia rotta, Devon. Slogata e in brutte condizioni, ma non rotta, grazie a Dio,» dichiarò il dottore, mentre manipolava la gamba del cornerback con le punte delle dita. «Ne saprò di più dopo aver studiato la radiografia,» aggiunse.

«Devo tornare là fuori,» disse Devon.

«Non per giocare,» ribatté l'uomo. «Per oggi hai finito.»

«Devo vedere la partita.»

Devon si infilò i pantaloni, in modo che il dottore potesse applicare una calzatura temporanea, poi gli diedero una stampella e degli antidolorifici e lui zoppicò verso il campo. Ma era già passato del tempo, almeno venti minuti, e arrivò sul fischio finale.

Alzò subito lo sguardo sul tabellone del punteggio.

Devon spalancò gli occhi.

Capitolo Sette

Eccolo lì, il risultato: i Sidewinders avevano vinto per venti a diciassette. Devon si sentì pieno di vergogna, rabbia e tristezza allo stesso tempo e barcollò, consapevole all'improvviso di quanto si sentisse privo d'energie. *Cazzo, ho perso la partita.* Chiuse gli occhi, un dolore sordo alla spalla si unì a quello alla caviglia, che ormai stava passando grazie agli antidolorifici. I narcotici iniziarono a fare effetto, annebbiandogli la mente mentre cercava di capire quanti dei punti che avevano perso fossero colpa sua.

Zoppicò fino agli spogliatoi insieme ai suoi compagni di squadra. I giocatori si tolsero le uniformi sudate e le scarpette infangate in silenzio, l'unico rumore che si sentiva era il sibilo del getto della doccia prima che si infrangesse sui loro corpi esausti e doloranti. Devon si aggrappò a una stampella mentre si insaponava e sciacquava velocemente, poi l'assistente allenatore lo aiutò a rivestirsi e infilarsi lo stivale protettivo.

La vergogna che provava per la sua misera performance in campo bruciava più del dolore alla gamba o alla spalla. Il Coach Bass non gli avrebbe mai addossato tutta la colpa, non lo faceva mai e non era di certo una cosa da lui, ma la responsabilità della partita persa ricadeva interamente su Devon, almeno per quel che riguardava la difesa, e il cornerback lo sapeva.

«Ci sono un paio di signorine ansiose di vederti, Devon,» gli disse il dottore, riscuotendolo da quei pensieri. «Sono qua fuori.»

Drake gli rivolse un sorriso triste e zoppicò verso l'ingresso.

Samantha gli si gettò tra le braccia, singhiozzando. «Devon, stai bene? Cos'è successo? Sei ferito?» farfugliò contro il suo collo, poi si scostò per guardarlo in viso.

Devon ridacchiò. «Non sto così male, davvero, Sam. La mia gamba non è rotta, non piangere.» Le diede una pacca sulla schiena, poi incrociò lo sguardo di Stormy. L'altra donna esitò, fermandosi a circa sei metri da lui, lo fissò e si asciugò le lacrime dalle guance.

Samantha alzò lo sguardo, vide cosa stava guardando e fece un passo indietro. Devon si mosse verso la ragazza dai capelli rossi, ma Stormy fu più rapida e si lanciò tra le sue braccia in un lampo. Il cornerback la abbracciò e la sentì tremare tutta mentre singhiozzava contro il suo petto.

«Tesoro, è tutto a posto. Il dottore ha detto che è solo una slogatura, andrà tutto bene,» la rassicurò.

«Pensavo che quello scimmione ti avrebbe fatto a pezzi, che ti avrebbe ucciso,» mormorò Stormy.

Sam si unì a loro in un abbraccio a tre.

«Qual è il verdetto?» chiese Bullhorn, oltrepassando con lentezza il passaggio ad arco.

«Solo una brutta slogatura. Mi servirà un po' di terapia occupazionale, ma questo è tutto,» rispose Devon.

«È una buona notizia,» commentò il suo compagno, dandogli uno schiaffetto amichevole sulla schiena.

Devon vide lo sguardo di Bull posarsi su Samantha. L'imponente attaccante fece un cenno con la testa a sua sorella e le sorrise.

«Mi dispiace che abbiate perso, Sly,» disse Sam.

«Grazie. Tuo fratello è stato fantastico. Avremmo perso per un sacco di punti in più, se non avesse bloccato il ricevitore degli avversari.»

Samantha sorrise. Bull alzò una mano in segno di saluto e se ne andò.

«Sto morendo di fame, andiamo a mangiare qualcosa,» propose Devon. La mente gli si riempì di immagini invitanti di bistecche e patate al forno. «Andiamo da Rosie,» aggiunse.

«È un posto molto caro,» gli fece notare sua sorella.

«È una cena per leccarmi le ferite. Andiamo, pago io. Guidi tu, però.»

«Accidenti.» Stormy abbassò lo sguardo. «Anche il tuo piede destro è ridotto male.»

«Già, avrò bisogno di un autista per un po',» replicò il cornerback.

La ragazza colse la palla al balzo: «Mi offro come volontaria.»

«Sei assunta.» Devon le diede un bacio, si infilò la stampella sotto il braccio destro e fece strada a lei e Sam.

Mentre Stormy guidava verso il ristorante, Devon si sentiva divorare dal senso di colpa. L'ombra della depressione incombeva sulla sua mente, ma non voleva intristire le donne. I medicinali lo facevano sentire un po' stordito, non sentiva più nemmeno il dolore.

«Voglio bere un gallone d'acqua e mangiare due bistecche grandi, patate al forno e un'insalata di cavolo,» disse.

«Siamo quasi arrivati alla Steakhouse di Rosie,» annunciò Stormy.

«Bull è molto carino con te... anche se tu lo odi,» intervenne Sam dal sedile posteriore.

«Non lo odio, ma so che sta solo cercando di portarti a letto e che tu non hai bisogno delle sue cazzate,» ribatté Devon.

«No, non lo sai.»

Dev si girò per guardare sua sorella e inarcò le sopracciglia. «Sul serio? Non sai che è un donnaiolo?»

«Si è comportato molto bene con me,» insistette Samantha.

«Sì, si sta guadagnando la tua fiducia e poi, *bam!* Farà la sua mossa e catturerà la sua preda, come un serpente.»

«Sei cattivo, lo sai?» Sam incrociò le braccia sul petto, la voce carica di disappunto.

«Ti sto solo proteggendo, Samantha, dovresti essermi grata.»

«Non ho bisogno della tua protezione. Ho ventotto anni, non dieci, e so prendermi cura di me stessa.»

«Ti proteggo da quando sei nata. E ho protetto anche te, signorina Stormy, per molti anni. Cosa fareste, voi ragazzine, senza di me?»

«Non siamo ragazzine,» protestò Stormy a denti stretti.

«Di certo, tu non sei un ragazzo,» ridacchiò Devon.

«Parlando di uomini che vogliono portarsi a letto qualcuno...» ironizzò Sam.

«Ehi, aspetta un attimo,» attaccò Devon.

Stormy frenò bruscamente, si fermò in un vialetto e si girò verso di lui.

«Senti, so cosa provi nei nostri confronti, ma devi piantarla con queste stronzate da fratello iperprotettivo. Samantha è un'adulta e si è presa cura di te per anni. Perché non la lasci un po' più libera? Se farà un errore, sarà colpa sua, ma forse quel tipo non è così male. Non puoi saperlo,» dichiarò.

Devon si grattò il mento non rasato e osservò il riflesso di sua sorella nello specchietto. «Sono tutto ciò che ha, ci siamo sempre guardati le spalle a vicenda. Conosco quei ragazzi, tutti quelli seri sono già sposati e gli altri sono dei donnaioli.»

«Lo sei anche tu?» ribatté Samantha.

«Beh, no. Forse. Non lo so. Sono uscito con qualche ragazza, ma non sono proprio un casanova.»

«Magari non lo è nemmeno Sly.»

«Devi fidarti di me. Quei tizi vogliono solo scopare, poi si cercano un'altra donna.»

«Va bene.» Sam guardò fuori dal finestrino e iniziò a giocare con la zip della giacca. «Tu sai tutto. Sei l'onnivedente, onnisciente Devon Drake. Non pensi che qualcuno potrebbe volere qualcosa di più del sesso da me?» chiese con voce tremante.

«Andiamo, Sam, non cercare di intenerirmi mettendoti a piangere. Sai che non era quello che intendevo,» ribatté Devon.

Sua sorella tirò su con il naso e frugò nella borsetta alla ricerca di un fazzoletto.

«È così che vedi anche quello che abbiamo insieme?» chiese Stormy. «Sei *veramente* un donnaiolo?»

«Mi prendi in giro?» Devon spostò tutta la sua attenzione su di lei, le prese una mano tra le sue e gliela baciò. «Non è così, con te.»

La donna liberò le dita dalla sua presa. «Andiamo, penso che abbiamo tutti bisogno di mangiare qualcosa,» disse, poi rimise in moto la macchina e tornò in strada. Arrivarono da Rosie in cinque minuti.

QUANDO ARRIVARONO A casa, Stormy notò che Devon sembrava sempre più debole, il viso era pallido e la fronte piena di rughe. Samantha era riuscita a stipulare una tregua con il fratello a cena, ma si era ritirata nella sua stanza non appena era entrata in casa. La tensione tra i due era ancora palpabile.

«Vuoi che rimanga con te stanotte?» chiese Stormy.

«Non posso fare nulla. Non sarà molto divertente per te,» rispose Devon.

«Questo è un *sì* o un *no?*»

Il cornerback alzò le spalle. «Se vuoi.»

«Penso che tu abbia bisogno di me. E se volessi un bicchier d'acqua?»

Devon ridacchiò. «Giusto, buona idea.»

Stormy lo prese per mano e lo condusse nella sua camera da letto, poi lo spogliò con gesti lenti e delicati, finché non rimase con solo i boxer addosso. Dopo aver scostato le coperte, fece un passo indietro e lasciò che Devon si sdraiasse. Dopodiché, tornò nella sua stanza, dove tirò fuori una corta camicia da notte dall'armadio, e tornò dal cornerback. Devon si stava per addormentare, aveva le palpebre mezze abbassate. Stormy si spogliò rapidamente, si infilò la camicia da notte e si sistemò accanto a lui.

Il suo corpo era così caldo che gli si accoccolò contro la spalla. Quando Dev cercò di girarsi, lanciò un grido.

«La caviglia?» gli chiese Stormy.

«Già. Mi fa malissimo quando provo a muoverla,» rispose lui.

«Sta' fermo.»

Devon chiuse gli occhi. Stormy si tirò seduta e gli passò le mani sul petto, tra i radi peli scuri, poi gli premette le dita sui muscoli, spingendo e strofinando. Quando poi passò alle braccia, Devon si lasciò sfuggire un gemito di piacere, anche se riusciva a malapena a rimanere sveglio.

«Adesso, proviamo a girarti,» disse Stormy.

Il cornerback si mosse lentamente e sibilò di dolore quando girò il piede. Stormy si rimise al lavoro e iniziò a massaggiargli le spalle, premendo per andare più in profondità ma evitando di toccare il livido sulla spalla sinistra.

Devon incrociò le braccia e appoggiò la guancia sulle mani. «Abbiamo perso per colpa mia,» disse.

«Cosa?» Stormy si fermò per un attimo, poi continuò, scendendo lentamente lungo la schiena.

«Sì, perché ho sprecato almeno tre occasioni per intercettare la palla.»

«Non hai perso tu la partita, giocavi insieme alla tua squadra.»

«Non sapevo cosa fare. Ci ho provato, ma ero troppo fiacco.»

«Non è una tua responsabilità,» insistette Stormy.

«Aspetta di sentire cosa ne pensano i ragazzi,» ribatté Devon.

«Nessuno ti darà la colpa, giusto? Insomma, è uno sport di squadra, no? Perché gli attaccanti non hanno segnato più punti? Non è tutta colpa tua.»

«Forse non tutta, ma un po' sì. Ho fatto schifo,» si lamentò il cornerback. «Merda, sei davvero brava.»

Stormy gli massaggiò un po' il sedere, ma non voleva farlo eccitare o eccitarsi, così si spostò in fretta sui polpacci. I muscoli erano rigidi.

Immagino che non importi, tanto ormai la stagione è finita. Allora, che importa se ha i muscoli rigidi? Per un po' dovrà solo riposare.

Fu molto delicata e, quando finì, Devon stava già russando piano. La donna si sedette, piegando le gambe sotto di sé, e sorrise, poi tirò su le coperte e spense la luce. Si avvicinò di più a Devon e, quando il suo corpo caldo sfiorò il suo, il cornerback allungò un braccio e le circondò la vita. Stormy si rilassò e si assopì.

Devon si svegliò nel mezzo della notte e si lasciò sfuggire un sibilo di dolore, quando cercò di cambiare posizione e la caviglia e la spalla ricominciarono a fargli male.

Stormy alzò il capo, gli occhi mezzi chiusi per il sonno. «Che c'è?»

«Ho sete, mi sembra di aver inghiottito un deserto.»

«Non muoverti.» La donna tirò indietro le coperte e andò in bagno. La stanza era fredda, poiché il riscaldamento si abbassava automaticamente durante la notte, e il pavimento le sembrò un gigantesco blocco di ghiaccio. Rabbrividì, mentre riempiva un bicchiere d'acqua.

Quando tornò, Devon usò l'enorme forza delle sue braccia e dei suoi addominali per tirarsi seduto, prese il bicchiere che gli porgeva con entrambe le mani e bevve, mentre lasciava vagare gli occhi su di lei. Stormy indossava una camicia da notte color verde acqua pallido, praticamente trasparente, e lo sguardo di Devon le scottò la pelle, mentre osservava attentamente ogni singolo centimetro del suo corpo. Imbarazzata e consapevole del suo aspetto disordinato, cercò di pettinarsi i capelli aggrovigliati con le dita.

Devon alzò una mano per fermarla. «Non farlo, mi piaci così. Hai l'aria di una che ha appena fatto l'amore.»

Stormy arrossì e sentì la felicità crescere dentro di lei.

Quando finì di bere, Devon appoggiò il bicchiere sul comodino, le accarezzò la guancia e le diede un tenero bacio. «Grazie,» disse.

«Non c'è di che.»

Stormy riportò il bicchiere in bagno e poi tornò di corsa a letto, sfregandosi le braccia per scaldarsi.

«Samantha dice che risparmiamo un sacco di soldi, se teniamo il riscaldamento praticamente spento, ma se devi alzarti di notte, ti congeli le palle,» commentò Devon.

La donna si infilò accanto a lui sotto le coperte.

Il cornerback si girò su un fianco, gemette di nuovo per il dolore e se la tirò contro il petto. «Grazie per essere rimasta con me.»

Ti amo. Dove altro potrei essere, quando hai bisogno di me?

Devon le diede un bacio tra i capelli.

«Buonanotte, Dev. Spero che domani tu ti senta meglio,» gli augurò Stormy.

«'Notte, piccola.»

LA MATTINA SEGUENTE, Stormy si svegliò presto, scese dal letto senza disturbare Devon, andò al piano di sotto e fece il caffè. Mentre sorseggiava la bevanda calda davanti alla finestra, ammirò i boschi innevati dietro la casa e tornò con la mente alla conversazione che avevano avuto prima di cena. *Devon è un donnaiolo? E adesso dovrei trasferirmi nella sua camera da letto come un rimpiazzo semplice, veloce e conveniente per Jackie? Tra loro è veramente finita? Jackie tornerà? Perché lui dovrebbe stare con me, invece che con una supermodella? Non ha senso.*

Quelle domande le vorticavano nella mente, ma non trovò alcuna risposta. Solo Devon Drake poteva dirle quello che aveva bisogno di sapere, ma lui stava dormendo come un sasso e forse avrebbe continuato a farlo ancora per ore.

Si sentiva a disagio, lo stomaco che gorgogliava e il cuore che batteva rapido. Devon la stava usando come sostituta di Jackie, e avrebbe continuato a farlo finché non avesse potuto stare di nuovo con la donna che voleva davvero? Era stato così dolce con lei, ma se fosse stato solo un trucco per portarsela a letto? Stormy scosse la testa. *Il Devon Drake con cui sono cresciuta non si comporterebbe così, ma la gente cambia. Il successo e i soldi possono cambiare una persona. E se avessero trasformato il bravo ragazzo che conoscevo in un tipo che sfrutta le donne?*

Prese un barattolo di yogurt dal frigo e si riempì di nuovo la tazza, poi si sedette al tavolo della cucina, si portò il cucchiaio alla bocca e rifletté. Il suo istinto le diceva che Devon era ancora una brava persona, anche se l'aveva umiliata alle superiori. Non aveva mai capito perché l'avesse fatto, ma era passato molto tempo e ormai non importava più. Lo aveva perdonato, eppure si chiedeva se l'avrebbe rifatto di nuovo.

La verità era che per lei era troppo tardi, non poteva semplicemente smettere di volergli bene. Lo aveva amato per troppo tempo e dirgli addio non era più un'opzione possibile, a quel punto. Se lui l'avesse messa da parte, l'avrebbe accettato, ma solo a quel punto sarebbe stata disposta a cambiare idea sul cornerback. Fino a quel momento, sarebbe stata felice di amarlo.

«Mio fratello è un idiota.»

Stormy fece un balzo, quando udì quella voce tagliente.

«Cosa?»

«Devon è uno stronzo.» Samantha entrò in cucina, con addosso solo una vestaglia e i capelli scuri in disordine. Si riempì una tazza di caffè e poi fece lo stesso con la sua.

«Lascialo stare, Sam, è solo preoccupato per te,» ribatté Stormy.

«Ah! Questo è quello che dice lui. Si preoccupa solo che io viva la mia vita e la smetta di prendermi cura di lui.»

«Dev non è così.»

«Sì che lo è. Dev è un po' egoista, lo è sempre stato. Adesso ha tutto quello che vuole, fa quello che ama e ha una cuoca, autista, lavandaia e cameriera che vive a casa sua, ovvero me. Niente male. Quindi, perché dovrebbe incoraggiarmi a trovarmi un uomo? O a sposarmi, magari. Se lo facessi, per lui sarebbe una grave perdita,» dichiarò Samantha.

«Potrebbe assumere qualcuno per fare tutte quelle cose,» le fece notare Stormy.

«Ma poi lo dovrebbe pagare.»

«Perché, non ti paga?»

Sam scosse la testa. «Ho vitto e alloggio gratis, quindi immagino che siamo pari.»

«Devon ha bisogno di una dieta speciale.»

«Lo so, è per questo che lui e Sly vogliono assumerti.»

«Davvero? Sarebbe fantastico, potrei preparare dei menù speciali per entrambi,» si rallegrò Stormy.

«Forse Dev potrebbe imparare a conoscere un po' Sly. Insomma, se mangiassero gli stessi cibi,» rifletté Sam.

«Potrebbero non mangiare gli stessi cibi, ma se preparassi qui i loro pasti, tu potresti portarli a Brodsky. Per te andrebbe bene?»

Samantha sorrise. «Sei una vera amica.»

«Non sto cercando di farla in barba a Dev o qualcosa del genere. Qualcuno dovrebbe comunque occuparsi di consegnare il cibo, quindi mi faresti un favore. Magari potrei perfino pagarti qualcosa per la consegna, che ne dici?» propose Stormy.

Sam le diede un colpetto sul braccio. «Non mi devi pagare nulla,» le assicurò.

«Ma così non dovrebbe essere un segreto.»

«Io non ho intenzione di dirlo a Dev, se è a questo che vuoi arrivare.»

«Non posso rimanere coinvolta in questa storia. Io ti darò il cibo e le istruzioni, quello che vuoi dire o non dire a tuo fratello è affar tuo,» concluse Stormy.

«Giusto.»

«Stormy, ho bisogno di te,» chiamò una voce maschile insonnolita.

«Sembra che il mostro si sia svegliato,» commentò Sam, sorseggiando un'altra tazza di caffè.

«Già, è sveglio e ha bisogno di aiuto,» replicò Stormy.

«Meglio tu che io,» disse la sua amica, e se ne andò.

DEVON ZOPPICÒ FINO allo spogliatoio dello stadio, crollò su una panchina e si abbandonò alla sua depressione. Poi, una voce profonda lo fece sobbalzare.

«Che ci fai qui? Non dovresti riposarti?» gli chiese il Coach Bass.

«Il dottore voleva vedermi, ha detto qualcosa riguardo a esami e riabilitazione,» rispose il cornerback.

Il Coach annuì e iniziò a girare per la stanza.

«Mi dispiace,» disse Devon.

L'altro uomo si bloccò. «Cosa?»

«Di averci fatto perdere la partita. Mi dispiace.»

L'allenatore indugiò sulla porta, appoggiò le braccia agli stipiti e sospirò. «Devon, non ci hai fatto perdere la partita.»

«Invece sì. Non ho fermato Lucas,» ribatté Dev.

«Sì che hai fermato Lucas, e anche Willis.»

«Ma non ho intercettato la palla, l'ho solo buttata giù. Non sono arrivato in tempo, non ho assunto la posizione corretta, non ho...»

«Smettila! Andiamo, Drake, lo sai che questo è uno sport di squadra. Abbiamo perso perché gli avversari giocavano meglio di noi, ecco tutto. Non è stata colpa di nessuno,» dichiarò il Coach Bass.

«Devo impegnarmi di più,» insistette il cornerback.

«Dobbiamo farlo tutti, e se lo faremo, la prossima volta vinceremo.»

«Okay. Ho capito.»

«Per prima cosa, devi lasciar guarire quella caviglia, poi potrai allenarti. E ti allenerai fino a crollare,» disse l'allenatore.

«Lo farò, Coach. Mi dispiace di averla delusa,» replicò Drake.

Il Coach rientrò nella stanza e gli scompigliò i capelli. «Non mi hai deluso, non preoccuparti. Lo stress non aiuta, limitati a rimetterti in sesto. Quest'anno andremo in ritiro prima del solito.»

«Farò anche calare questa pancia,» dichiarò il cornerback, dandosi uno schiaffetto sullo stomaco.

«Quello non farebbe male né a te, né a Bull.»

«La mia amica Stormy è una nutrizionista, mi aiuterà a tornare sulla retta via.»

«Buona idea. Il prossimo anno andrà meglio. Non essere troppo duro con te stesso, ragazzino.»

Devon annuì e il coach uscì in corridoio. Il cornerback appese la giacca nell'armadietto, poi si trascinò fino all'ufficio del dottore.

Dopo alcuni esami, il medico si sedette di fronte a lui alla scrivania e gli disse: «Chiamiamo questo trattamento con l'abbreviazione R.G.C.E.»

«R.G.C.E?»

«Riposo, ghiaccio, compressione ed elevazione. Si spiega da solo. Non tenere il ghiaccio troppo a lungo, però, o ti gelerai i muscoli, e questo non sarebbe un effetto positivo. Mettilo e toglilo, mettilo e toglilo.»

«Capito. Ora posso andare?» chiese Devon.

«Torna tra una settimana e ti darò degli esercizi da fare, se sarai pronto. Dobbiamo rimetterti in sesto, così potrai correre di nuovo a tutta velocità,» rispose il dottore.

«Giusto, lo farò. Grazie, doc.»

«Buona fortuna. E ricorda, R.G.C.E.»

Il cornerback annuì, mandò un messaggio a Stormy e la aspettò alla porta. Dopo dieci minuti, la donna arrivò.

Devon si accomodò sul sedile davanti, accanto a lei. «Grazie,» le disse.

«Non mi ringraziare, continuerò a farlo per molto tempo,» ribatté Stormy.

«Giusto.»

«Che ha detto il dottore?»

Devon le raccontò tutto, poi si appoggiò al sedile e chiuse gli occhi.

«Non ti rilassare troppo, abbiamo un sacco di lavoro da fare. Per prima cosa, ho un paio di menù da farti vedere, e dobbiamo parlare dei cibi che non ti piacciono e di quelli a cui sei allergico,» gli ricordò Stormy.

«Okay.»

«Allora, io cucinerò per te e tu mangerai tutto quello che preparerò. Niente più ciambelle, niente pizze, niente bibite zuccherate e solo una birra al giorno.»

«Una birra?» ripeté Devon, contrariato.

«Esatto. Prima che tu te ne accorga, sarai già tornato al tuo peso ideale,» rispose la nutrizionista.

«Potrò mangiare le ciambelle, allora?»

«Potrai averne una per le occasioni speciali, forse. Dovrai attenerti a questo piano per sempre, praticamente.»

«Per sempre è un tempo molto lungo. Non posso bere una sola birra al giorno per sempre,» protestò il cornerback.

«Vediamo come va giorno per giorno e come te la cavi.»

«E chi giudicherà come me la cavo, tu?» Devon inarcò le sopracciglia e le lanciò un'occhiata gelida.

«Sì, io. Qualche problema?» Stormy svoltò nel loro isolato.

Devon inghiottì a vuoto, guardò fuori dal finestrino e spostò di nuovo lo sguardo su di lei. «Okay. Sì, okay.»

«Bene. Cominciamo oggi, sono andata a fare la spesa mentre eri dal dottore.»

«Quanto mi costerà?»

«Visto che sto facendo lo stesso per Bull, per ora ti lascerò tranquillo.»

Devon strinse gli occhi. «Quanto?»

«Trecento dollari a settimana, per ogni fase, e questo include cibo, preparazione e consegna,» rispose Stormy.

«Milleduecento dollari al mese. Cucinerai tu tutto il cibo?»

«Sì, e te lo servirò.»

«Affare fatto. E Bull?»

«Ha detto che mi faccio pagare troppo poco.»

Devon rise.

Stormy si fermò nel vialetto e il cornerback prese la stampella dal sedile posteriore. «Aspettami, è scivoloso,» disse la donna, e gli strinse forte la mano sinistra tra le sue, ridendo.

«Non è divertente.»

«Un po' lo è, il fatto che tu debba appoggiarti a me. Non sono sicura di esserti molto d'aiuto.»

«Non mi sembra così buffo, mi stai aiutando a non cadere,» ribatté Devon.

«Scusa, ti deve far male,» disse Stormy.

«È ora del R.G.C.E., ricordi?»

«Sì, ti stavo ascoltando. Riposo, ghiaccio, compressione ed elevazione. Entriamo dentro.»

Quando entrarono in casa, Devon si diresse verso il divano e si tolse lo stivale protettivo. Stormy prese un impacco di ghiaccio dal freezer e gli sollevò il piede.

«Cosa mi darai da mangiare? Germogli d'erba medica e lattuga?» scherzò il cornerback.

«Lasciami controllare il menù,» rispose lei.

«Il menù? Posso vederlo?»

«Se ti comporti bene. Hai degli antidolorifici?» chiese Stormy.

«Il dottore mi ha detto di prendere tre o quattro compresse di ibuprofene.»

«Vado a prenderle. Devi mangiare, prima di prenderle.»

«Non ho fame.» Devon incrociò le braccia sul petto.

Mi sta tenendo il broncio come un bambino. Stormy si voltò per nascondere un sorriso. «Torno tra qualche minuto.»

Devon mise da parte il ghiaccio e la seguì, vederla cucinare gli metteva sempre appetito. In cucina, Stormy prese degli avanzi freddi di bistecca, dei pomodori, una cipolla rossa, maionese ipocalorica e pane challah. Preparò tre piccoli sandwich con dentro qualche fetta sottile di bistecca, pomodori e cipolla, poi versò del latte ipocalorico in un bicchiere e mise delle fette di agrumi che aveva tagliato per preparare un'insalata in una scodellina.

Samantha irruppe nella stanza urlando. Si fermò davanti a Devon, i pugni sui fianchi e le gambe larghe, e dichiarò: «Non puoi impedirmi di frequentare qualcuno che voglio frequentare.»

«Vivi a casa mia? Allora devi seguire le mie regole. Sta' lontana dai ragazzi della squadra,» ribatté suo fratello.

Stormy appoggiò il cibo sul tavolino davanti a lui in silenzio.

«Non puoi controllarmi.»

La nutrizionista aprì un contenitore, si versò tre pillole sul palmo e le offrì a Devon.

«Non voglio che tu rimanga ferita, non lo capisci?» Il cornerback si infilò le medicine in bocca e le mandò giù con il latte.

«Stai dicendo che non ci si può fidare dei tuoi compagni di squadra?» gli chiese Samantha.

«Non so chi di loro sia degno di fiducia e chi no. Sta' lontana da loro e basta, sarà meglio per te.»

«Non puoi saperlo.»

Devon spostò la sua attenzione sul cibo. «Ha un aspetto fantastico,» si complimentò, poi prese un sandwich e gli diede un morso.

«Non puoi controllarmi, quindi non ci provare.» Samantha gli rubò il bicchiere e bevve un grosso sorso.

«Non sto cercando di controllarti, sto cercando di proteggerti. Non lo vedi?» Devon stava cominciando ad alzare la voce. «Ehi, quello è il mio latte.»

«Mi dispiace che tu abbia subito un infortunio, ma io voglio vivere la mia vita. Mi sono trovata un lavoro, metterò da parte dei soldi e mi comprerò una casa mia,» dichiarò Sam.

«Cosa?» Il cornerback alzò lo sguardo di scatto.

«Esatto, è ora che vada a vivere da sola.»

La donna uscì dalla stanza con passo deciso.

«Samantha! Samantha,» gridò Devon, ma gli rispose solo il silenzio. «Samantha Jane Drake!»

L'unico rumore che si sentì fu quello della porta della camera di Sam che sbatteva.

Capitolo Otto

Anche se non ci sarebbero state altre partite di football per un paio di mesi, il lavoro dell'amministrazione non si fermò. Jo Parker si tolse la giacca e la appoggiò sul retro della poltrona. Ora che la stagione era finita, il suo fidanzato, il coach Pete Sebastian, veniva al lavoro più tardi e con tutta calma, ma lei aveva un sacco di cose da fare. Doveva programmare alcune interviste prima dell'inizio della stagione successiva e anche degli eventi per supportare il New Life, visto che Lyle Barker, il proprietario della squadra, aveva dato l'okay al suo progetto per raccogliere soldi destinati al rifugio locale per donne e bambini vittime di abusi.

Dopo il successo delle raccolte fondi dell'anno prima, per Jo era stata una vera sfida inventare programmi sempre più grandi e migliori. Lavorava sodo per mantenere il nome dei Connecticut Kings sotto gli occhi del pubblico e sotto una luce positiva.

Inoltre, aveva anche un matrimonio da organizzare, e stavolta era il suo. Dopo un anno di corteggiamento, la coppia aveva deciso di sposarsi prima dell'inizio del ritiro, a luglio, e ormai era già febbraio. Jo si mordicchiò un'unghia mentre rifletteva su come poteva fare a organizzare un evento così importante in così poco tempo. Aveva bisogno d'aiuto, per questo aveva assunto Samantha Drake. Il rumore di qualcuno che bussava alla porta la riscosse bruscamente da quei pensieri.

«Salve, signorina Parker. Sono qui e sono pronta per cominciare.» Sulla porta c'era Samantha, con addosso una semplice gonna di lana nera, un maglione turchese e degli stivali di pelle scamosciata neri.

«Entra, entra, Sam. Per favore, chiamami Jo.» La donna dai capelli biondi si alzò e offrì alla sua nuova dipendente la poltrona di fronte alla scrivania.

«Qual è esattamente il mio incarico?» chiese subito Sam.

«Sto organizzando il mio matrimonio e quindi non riuscirò a occuparmi di tutto quello che devo fare per organizzare la campagna pubblicitaria per Kings dell'anno prossimo. Per questo mi serve il tuo aiuto,» rispose Jo.

Il viso di Samantha si illuminò. «Ti dovrò aiutare anche con il matrimonio?»

«Non posso chiedere a Lyle di pagarti lo stipendio perché tu mi aiuti a organizzare il mio matrimonio.»

«Non posso farlo nel tempo libero? Potrei fare gli straordinari per occuparmi della pubblicità dei Kings e poi organizzare il matrimonio con te.»

Jo sorrise. «Sei molto dolce e mi farebbe veramente piacere, ma non ho tempo e devo occuparmi di così tante cose.»

«Non ti è rimasto niente del matrimonio di Emmy e Buddy che puoi riusare?» chiese Samantha.

«Ho una lista di fornitori. Sai, fioristi e fotografi. Il mio matrimonio sarà al country club, Lyle si è generosamente offerto di usare il suo stato di socio per prenotare uno spazio per la cerimonia e la reception,» rispose Jo.

«Non dovremmo iniziare dalla lista degli ospiti?» Sam rovistò nella sua borsa e tirò fuori un blocchetto e una penna.

Jo si morse il labbro. «Credo di sì, ma ci sono solo un paio di persone che vorrei invitare.»

«Il Coach inviterà tutta la squadra?»

«Non credo che potremo evitare di farlo. Io volevo qualcosa di semplice, ma non penso che riuscirò a ottenerlo.»

«Vediamo.» Samantha cominciò a scrivere. «Tutta la squadra, il Coach, le sue figlie, qualche altro famigliare?»

«Suo fratello e la sua famiglia, ma i suoi genitori potrebbero essere troppo lontani per riuscire a venire.»

«Ne dubito, perché non dovrebbero venire al matrimonio del loro figlio? Amici?»

«A parte i Kings, non so.»

«E lei?» chiese Sam.

«I miei genitori e la mia migliore amica, Beth. E Mitzi? Forse. Questo è tutto,» rispose Jo.

«Tutto qui?»

«Sono una persona solitaria.»

«Facendo il conto, vengono settantacinque persone, no, forse un centinaio, se contiamo anche gli assistenti allenatori e tutti gli altri.»

«Sono molti di più di quanto pensassi, ma dovrò rassegnarmi,» rifletté Jo.

«Avete già deciso una data?»

«Ho sempre voluto sposarmi in giugno, quindi abbiamo scelto il quindici. Avremo il tempo per una breve luna di miele prima dell'inizio del ritiro.»

Samantha prendeva appunti mentre Jo continuava ad aggiungere nuovi dettagli alla sua lista di cose da fare. «Wow! Che lista lunga,» esclamò alla fine.

«Penso che dovremo scegliere il vestito abbastanza presto, ci vuole molto tempo per fare tutte le modifiche necessarie. Quello di Emmy è stato fatto di fretta, ci sono volute sei settimane,» disse la P.R.

«Ooohhh, il vestito! Posso venire a sceglierlo con lei?»

Jo sorrise. «Certo.»

«Sua madre verrà ad aiutarla?»

L'espressione della donna si incupì. «È a Seattle e sta per partire per il Canada, quindi non sarà coinvolta nei preparativi.»

Un silenzio scomodo calò sulla stanza come una nebbia gelida.

Samantha si mosse nervosamente sulla sedia. «I suoi genitori verranno al matrimonio?»

«Non lo so.»

Jo sospirò piano e arrossì.

«Se dovrò, chiederò a Lyle di accompagnarmi lungo la navata. Organizzeremo il matrimonio da sole e sono sicura che il risultato sarà fantastico,» dichiarò.

«Assolutamente!» concordò Samantha.

«Facciamo una lista di negozi che vendono vestiti da sposa in Connecticut. Se non riuscirò a trovare nulla qui, dovrò andare a New York.»

Quel giorno passò rapidamente per Jo. Alternò le mansioni di cui si doveva occupare per i Kings, come contattare i suoi contatti nei media per organizzare le interviste dei mesi successivi, con quelle che riguardavano il matrimonio, come compilare liste di servizi di catering, negozi e sarti.

A fine giornata, le girava la testa. Il New Haven Register o le rose rosa? Un vestito senza spalline o una caccia al tesoro per il Ringraziamento per i bambini del rifugio? Decisioni, opzioni e idee le si mischiarono in testa creando una gran confusione. Alle cinque, lei e Samantha si salutarono e Jo andò nell'ufficio di Pete, che aveva i piedi appoggiati sulla scrivania e stava lanciando palline di carta nel cestino.

«Hai finito, piccola?» le chiese.

«Ho mal di testa,» rispose Jo, e crollò su una comoda poltrona.

«Ci sono già dei problemi? Manca ancora molto all'inizio della stagione.»

«Ma il matrimonio è proprio dietro l'angolo.»

Pete abbassò le gambe e si sedette dritto. «Ehi, se ti causa troppi problemi, possiamo sempre fuggire insieme e sposarci di nascosto.»

«Non mi sono mai sposata prima. Voglio un vero matrimonio,» ribatté Jo, puntando i grandi occhi azzurri su di lui.

«Voglio che tu abbia tutto quello che vuoi, quindi non risparmiare su nulla. Insomma, non ingaggiare il Mormon Tabernacle Choir o qualcosa del genere, ma se è qualcosa di più ragionevole, fallo pure, dolcezza. Voglio che tu sia felice.» Il suo fidanzato si sporse per darle un bacio.

«Andiamo, ho bisogno di bere qualcosa.»

Salirono sull'auto di Pete e accesero il riscaldamento al massimo.

Jo appoggiò la schiena contro il sedile. «Dobbiamo invitare tutta la squadra?»

Pete inspirò e condusse l'auto con attenzione sulla strada ghiacciata. «Beh, dove stabilisco il limite? Voglio dire, invito solo i giocatori della formazione ufficiale? Non voglio far incazzare nessuno. Invitarli tutti sarebbe un problema?»

«Sono sicura che non verranno proprio tutti, ma saranno comunque in molti. Ci saranno più giocatori che parenti e amici messi insieme.»

«Ma loro sono la mia famiglia e i miei amici,» protestò Pete.

«Okay, va bene, allora inviteremo tutta la squadra,» cedette Jo.

«Grazie. È già abbastanza difficile convincere alcuni di loro a fare quello che devono fare, anche senza che si incazzino perché non sono stati invitati al nostro matrimonio.»

Quando arrivarono a casa, Pete si diresse verso il camino, mentre Jo tirava fuori gli avanzi dal frigo. Dopo aver acceso il fuoco, il coach riempì due bicchierini di brandy. La donna divise le porzioni di cibo e i due mangiarono seduti a gambe incrociate davanti alle fiamme.

Dopo cena, Jo sorseggiò il raffinato liquido ambrato mentre Pete le massaggiava le spalle. Quando la tensione svanì, mise da parte le sue preoccupazioni e si concentrò su quelle del suo fidanzato. «Ti senti depresso per via del Super Bowl?» gli chiese.

«Un po',» ammise Pete.

«Perché non abbiamo vinto?» I muscoli della donna si rilassarono sotto il suo tocco.

«Abbiamo mandato tutto a puttane. C'erano troppi giocatori che non giocavano al meglio e abbiamo preso troppe penalità. Ricordami che dobbiamo dare ai ragazzi qualche indicazione su come evitare le penalità, durante il ritiro.»

«Quindi, è stata colpa di tutti?» Jo chinò la testa, così che Pete potesse massaggiarle il retro del collo.

«Sì. Non è stata colpa di nessuno, in realtà. I Sidewinders hanno giocato meglio di noi, questo è tutto. Hanno portato a termine più passaggi, intercettato molte delle nostre azioni di gioco, corso più velocemente, bloccato i nostri giocatori in modo più efficace. E hanno giocato più pulito di noi. Abbiamo avuto il cinquanta per cento di penalità in più di loro. Sono stai più bravi di noi, maledizione.»

«Mi dispiace, tesoro.»

«È difficile vincere per due anni di fila, ma adesso conosco i nostri avversari, conosco i loro punti di forza e le loro debolezze. Farò allenare i ragazzi fino a farli crollare, al ritiro, e la prossima stagione vinceremo.»

«Scommetto di sì.» Jo fece una smorfia, quando il suo fidanzato strinse troppo forte. «Ahi, fa' piano.»

«Scusa, tesoro, scusa.» Pete allentò la presa e le baciò il collo.

La donna sospirò, quando le mani del Coach iniziarono a vagare sulle sue spalle, scesero sul petto e le strinsero piano i seni.

«Credo di conoscere un modo per alleviare la tua tensione,» sussurrò Pete, e il suo fiato le solleticò l'orecchio.

Jo inarcò la schiena, spingendosi contro i suoi palmi. «Ottima idea.»

Pete la lasciò andare e raddrizzò la schiena. Quando Jo si girò per guardarlo in viso, alzò le sopracciglia con aria maliziosa. La donna ridacchiò e gli diede uno schiaffetto sulla spalla e lui si tirò in piedi e allargò le braccia. Jo si gettò subito nel suo abbraccio e la bocca di Pete catturò la sua in un bacio appassionato.

Quando si scostarono, il Coach le tese una mano e la condusse su per le scale, fino alla loro camera da letto, affacciata sull'oceano. Fare l'amore con Pete era la cura preferita di Jo per quasi tutto.

DALL'ALTRA PARTE DELLA città

Samantha fu la prima ad alzarsi, era così eccitata per il suo nuovo lavoro che si strappò di dosso le coperte e balzò giù dal letto. Durante il giorno lavorava con Jo Parker, e due sere alla settimana continuava a fare la volontaria al rifugio New Life. Cercava di stare più lontana che poteva da suo fratello.

La maggior parte dei giocatori smetteva di andare allo stadio subito dopo la fine della stagione, non venivano nemmeno per allenarsi e si prendevano un mese di totale riposo. Alcuni di loro, però, si riunivano per fare esercizio insieme nella stanza dei pesi. Bullhorn Brodsky veniva a fare sollevamento pesi quasi tutti i giorni. Era inevitabile che lui e Sam si incontrassero, e infatti quel giorno si scontrarono nella piccola cucina.

«Ehi, Sam. Ciao,» la salutò il robusto attaccante, che indossava solo un paio di pantaloni e un asciugamano attorno al collo.

Sam cercò di non guardargli il petto, ma non resistette.

«Che fai?» le chiese Sly, mentre apriva il frigo.

«Adesso lavoro per Jo,» gli rispose.

«Quindi starai qui tutti i giorni?» Il giocatore prese un piccolo cartone di latte.

Sam annuì.

«Fantastico! Ora sì che ho una ragione per tenermi in forma. Stormy ti ha detto che l'ho assunta?»

«Sì, me l'ha detto. Buona idea.» Samantha si versò una tazza di caffè.

«Mi ha detto anche che sarà lei a portarmi il cibo, ma preferirei che fossi tu a farlo,» disse Sly.

«Non penso che Devon sarebbe d'accordo.»

«Che vada al diavolo. Hai più di diciotto anni, giusto?»

«Sì.»

«Allora, puoi decidere da sola.»

«Giusto.»

«Posso offrirti un hamburger al The Savage Beast, stasera?» chiese Bullhorn.

«Stormy ti ha detto che lo puoi mangiare?» lo punzecchiò Sam.

«Sì. Niente patatine né birra, ma l'hamburger va bene, perfino quello al gorgonzola.»

«Certo, perché no?» *È un appuntamento?*

«A che ora esci dal lavoro?» chiese Sly.

«Alle cinque, poi vado al rifugio fino alle sette e mezza,» rispose Sam.

«Allora poi verrò a prenderti.»

«È un appuntamento, allora.» I due si diressero verso la porta nello stesso momento e la donna urtò per sbaglio il giocatore di football. Gli strinse le dita attorno alla spalla, cercando di non cadere, ma Sly la afferrò per la vita e la tirò su, premendola contro di sé ed evitando che perdesse l'equilibrio. Samantha sentì il cuore battere più rapidamente e alzò lo sguardo, incrociando quello dell'uomo: era certa che lui l'avrebbe baciata, ma la voce allegra di Jo Parker li interruppe.

«Buongiorno, Sam. Sono felice che tu sia arrivata prima, oggi abbiamo un sacco di lavoro da fare. Ciao, Bull,» disse la P.R.

Sly le fece un cenno con la testa, lasciò andare Sam e si diresse verso le scale. Sam fece qualche respiro profondo e il suo cuore tornò a battere a un ritmo normale. Abbassò lo sguardo, per evitare le occhiate interrogative di Jo. «Siamo solo inciampati sulla porta, non c'era spazio,» si giustificò, poi riprese a camminare e l'altra donna la seguì.

«Ho una lista di pubblicazioni. Dobbiamo aggiornare alcune email e aggiungerne delle altre, poi voglio confermare le date delle interviste. E poi, c'è il vestito da sposa,» elencò Jo.

«Io ho la lista dei negozi,» replicò Samantha.

«Eccellente.»

Le due chiacchierarono un po' mentre tornavano nell'ufficio di Jo. Samantha tirò fuori le informazioni che aveva raccolto e insieme esaminarono diversi siti internet, guardando i vestiti in vendita.

«Che stile preferisci?» chiese Sam.

«Lo saprò quando lo vedrò,» rispose semplicemente Jo.

«Quest'anno vanno i vestiti senza spalline.»

«Dovrei continuare a tirarlo su per evitare che cada.»

Samantha ridacchiò. «Sarebbe un incidente memorabile.»

Le donne risero e sorseggiarono i loro caffè, cliccando su una pagina dopo l'altra e ammirando molti abiti eleganti. Alcuni avevano dettagli in pizzo, altri gonne ampie o strascichi, ma nessuno ottenne l'approvazione di Jo.

«Forse non mi serve un abito bianco,» rifletté la P.R.

«Ma devi vestirti di bianco!» insistette Samantha.

«Non sono esattamente una vergine.» Jo ridacchiò.

«Sì, ma è il tuo primo matrimonio. Non vuoi fare le cose per bene?»

«Quand'ero bambina, sognavo il matrimonio perfetto, con una dozzina di damigelle tutte vestite di rosa, un vestito enorme con uno strascico lungo tre metri e un velo. Adesso, so che probabilmente inciamperei e basta, se indossassi qualcosa del genere.»

«Andiamo, Jo, cerca di entrare nello spirito della cosa.» Sam strinse gentilmente la mano della sua nuova amica.

«Hai ragione. Damigelle d'onore. Hmm. Mi chiedo se alle figlie di Pete piacerebbe partecipare al mio matrimonio, e poi ci sono anche la mia amica Beth ed Emmy. Quindi, sarebbero quattro. Sono abbastanza, giusto?» si chiese Jo.

«Perfetto. E per Pete?»

«Ha un fratello, ma ci servono ancora altri tre testimoni. Magari uno potrebbe essere Lyle, e un altro Griff, visto che è il quarterback?»

«Scommetto che tutti vorranno dargli una mano. A quanto dice Devon, il Coach Bass è molto popolare,» disse Sam.

«Te lo immagini, quattro damigelle e magari cinquanta testimoni?» Jo scoppiò a ridere e Samantha si unì a lei. «Pensa al corteo nuziale.»

«Con gli uomini tutti in smoking, che cercano di allargarsi i colletti?» suggerì Sam.

«Durerebbe un'ora!»

Le due donne risero così forte che non riuscivano più a parlare.

Pete passò davanti all'ufficio e si fermò. «Che succede? Risate? Allegria? Non dovreste lavorare?» domandò, gli occhi che brillavano di malizia.

«Stiamo solo immaginando come sarebbe il nostro corteo nuziale, se tutti i cinquanta e passa giocatori della tua squadra decidessero che vogliono farti da testimone,» rispose Jo.

Pete aggrottò la fronte. «Cavoli, non ci avevo pensato. A chi dovrei chiedere di farlo?»

«Io ho quattro damigelle, quindi anche tu dovresti avere quattro testimoni.»

«Quattro? O cinquantaquattro?»

Il commento dell'allenatore suscitò l'ilarità delle donne, che scoppiarono a ridere di nuovo. Pete tornò nel suo ufficio, borbottando tra sé e sé.

UN FREDDO SABATO MATTINA di fine febbraio, Jo si alzò presto e sorseggiò il suo caffè davanti a una finestra panoramica ghiacciata, fissando l'oceano gelato. Erano le otto in punto e in casa si moriva di freddo. Jo si era costretta ad abbandonare il suo comodo letto, scaldato dall'uomo che amava, perché quello era il giorno in cui avrebbe comprato il vestito da sposa. La sua mente era invasa da pensieri caotici, che passavano rapidamente dall'euforica eccitazione per il matrimonio alla tristezza che la causava la sua situazione famigliare. *La maggior parte delle donne si occupa di queste cose insieme a sua madre, ma la mia è in*

Messico a prendere il sole in piscina. Sospirò per alleviare la stretta che sentiva al petto.

Si avvolse più strettamente nella vestaglia in ciniglia, ma non era sicura se stesse cercando di scacciare il freddo invernale che pervadeva la casa o quello che sentiva nel cuore. Lasciò quasi cadere la tazza, quando un paio di grandi mani calde le si posarono sulle spalle.

«Perché ti sei alzato così presto di sabato?» domandò.

«Sono qui per salutare la mia signora, prima che parta alla ricerca di un vestito. Ma non è solo un vestito, è *il* vestito, giusto?» rispose Pete.

Jo annuì e lui le mise in mano un pezzo di carta.

«Cos'è?» gli chiese, aprendolo.

«Solo un piccolo contributo.» Il suo fidanzato bevve un sorso dalla sua tazza.

Jo andò in cucina a versargli un altro caffè. «Un assegno di cinquemila dollari?»

«Non so quanto costa quella roba, ma una donna non dovrebbe pagarsi il vestito da sposa da sola.»

La donna si sentì sull'orlo delle lacrime, la gola stretta. Versò del latte e un po' di zuccherò nel caffè, girò il cucchiaino e rabbrividì. «Oh, Pete, non so cosa dire.» Si girò verso di lui e venne immediatamente avvolta nel suo abbraccio.

«Non dire nulla.»

Jo sbatté velocemente le palpebre e fece qualche respiro profondo per non scoppiare a piangere. «È troppo, non potrei mai spendere così tanto per un vestito.»

«Usa quello che rimane per qualcos'altro che ti serve per il matrimonio, allora.»

«Grazie. Sei l'uomo più dolce che abbia mai conosciuto.»

Pete la tenne stretta a sé finché Jo non smise di tremare lievemente. Lei gli appoggiò la guancia contro il petto e inspirò il suo odore, reso ancora più gradevole dal sonno e da un accappatoio lavato di fresco. Il battito del cuore di Pete era forte, il suo amore la circondava. Anche se stavano insieme da quasi un anno, Jo si meravigliò di quanto quella sensazione le sembrasse ancora nuova e deliziosa. La devozione del suo fidanzato l'aveva cambiata, ammorbidendo i suoi lati più duri, e la donna sorrideva più di quanto facesse di solito, quand'era con lui.

Dopo una rapida doccia, Jo si infilò un paio di jeans e un maglione, dei vestiti che sarebbero stati facili da togliere e rimettere in camerino. Dopodiché, passò a prendere la sua squadra di supporto, ovvero Lauren Montgomery, la moglie di Griff, che aveva acconsentito a prendersi cura del loro bambino per quel giorno, Emmy Carruthers, la moglie di Buddy, e Samantha Drake.

Le quattro donne salirono sulla sua macchina e partirono per New York, destinazione Le Creazioni di Madame Carelli's, sulla trentottesima strada ovest, nel distretto dell'abbigliamento.

C'era poco traffico. *La gente normale rimane a casa, accoccolata davanti al camino, in una giornata come questa.* La fortuna le sorrise e poterono fermarsi in un parcheggio proprio sulla strada in cui si trovava il negozio. Quando aprirono la porta, le accolse una donna con i capelli grigi e un leggero accento.

«Jo Parker. Ho un appuntamento alle dieci,» si presentò Jo.

«Oh, signorina Parker, sì, da questa parte. La stavamo aspettando.»

Le donne si riunirono in una stanzetta privata sul retro. C'erano tre divanetti accostati al muro e un vassoio con motivi a fiori con sopra delle tazzine e una teiera, accanto a un piatto carico di allettanti mini danesi e croissant al cioccolato.

«Sedetevi, rilassatevi e lasciate che vi mostriamo quello che abbiamo,» disse Madame Carelli.

Jo e le sue amiche si sedettero sui divanetti imbottiti.

«Marla,» chiamò la donna più anziana. Una bellissima ragazza con i capelli e gli occhi scuri sbucò da dietro una tendina. «Marla, cara, comincia con la linea Pura Eleganza.»

Le donne si rilassarono sul divanetto, mentre un vestito dopo l'altro veniva portato fuori da dietro la tendina ed esposto davanti a loro. Jo fissò a occhi spalancati le allettanti creazioni mozzafiato in pizzo, seta e satin bianco o crema. Lei e le sue nuove amiche bevvero caffè e mangiarono dolcetti e il loro entusiasmo le scaldò il cuore. Era come trovarsi in una favola Disney.

«Beh, mia cara, lei e le sue amiche avete selezionato dieci capi molto raffinati. Vuole provarli adesso?» le chiese Madame Carelli.

«Andiamo, Jo, facci vedere una sfilata di moda,» la incoraggiò Emmy Carruthers.

La futura sposa si alzò in piedi e seguì Madame Carelli nel camerino.

Il suo sogno continuò, quando si tolse i vestiti casual e si infilò un abito di seta charmeuse, assaporandone la fresca e morbida eleganza. Marla le tirò su la zip sulla schiena, poi la proprietaria del negozio le sprimacciò la gonna, le raddrizzò il corpetto e scostò la tendina.

Jo giurò di aver sentito la Marcia Nuziale di Handel, mentre usciva dalla stanzetta. I versi di stupore e gli applausi delle sue amiche le fecero spuntare un sorriso sulle labbra. Quando guardò nello specchio trilaterale, spalancò gli occhi: sembrava davvero una sposa.

«Come si acconcerà i capelli, mia cara?»

Jo alzò le spalle, non ci aveva pensato. Mentre organizzava il matrimonio si era concentrata totalmente sul catering, i fiori, Pete, la squadra, i suoi genitori... su altre persone. Adesso che tutta l'attenzione era puntata su di lei, le si inumidirono gli occhi. La consapevolezza di quel che stava facendo la colpì così forte che riuscì a malapena a riprendere fiato.

«Stai bene?» le chiese Lauren.

Jo annuì. Ma stava bene veramente? Ne dubitava.

«Vuoi sederti?» propose Samantha.

Jo appoggiò una mano al muro e cercò di riprendere a respirare normalmente. Avrebbe fatto un grande passo, unendo la sua vita a quella dell'uomo dei suoi sogni, ma Pete era davvero quello giusto? Doveva farlo? Poteva ancora tirarsi indietro? Sorrise e fece pensieri rassicuranti. *Una sposa può tornare indietro in qualsiasi momento, prima di percorrere la navata. Hai un sacco di tempo per farti prendere dall'ansia.*

«Succede a molte giovani donne, quando si vedono con addosso il vestito. Il matrimonio non è solo giocare a farsi belle, è un passo che ti cambia la vita,» commentò la proprietaria, poi le passò un braccio attorno alle spalle e aggiunse: «Va tutto bene, cara, la capisco. Lei lo ama?»

Jo, che ancora non era riuscita a riprendere fiato, annuì.

«È un brav'uomo?»

Fece un altro cenno d'assenso.

«Allora, andrà tutto bene e avrete una bella vita.» Detto questo, Madame Carelli uscì dalla stanza.

Emmy saltò giù dal divanetto e andò ad abbracciarla. «Sei bellissima. Non preoccuparti, andrà tutto bene,» le assicurò, poi fece un passo indietro.

«Non questa volta,» ribatté Jo, girandosi di qua e di là, l'ampia gonna che seguiva i suoi movimenti con un fruscio. «Mi ucciderò. Di sicuro cadrò dalle scale, con questo vestito addosso. Ci saranno un matrimonio e un funerale lo stesso giorno.» Iniziò a ridere. «E poi è troppo pacchiano, troppo decorato.»

Madame Carelli tornò con un bicchiere d'acqua. «Vedo che la nostra sposa si è ripresa. Questo non le piace? Proviamo il prossimo, allora.»

Jo provò vestito dopo vestito, calandoseli sopra la testa o alzandoseli sulle gambe, e le sue tre amiche ebbero opinioni diverse su ognuno di essi. La donna decise che si sarebbe occupata in seguito dell'acconciatura, perché quando avrebbe trovato l'abito giusto, avrebbe anche capito come portare i capelli.

L'ottavo vestito da sposa fu quello che attirò di più la sua attenzione. Si scostò i capelli, mentre Madame Carelli le tirava su la zip.

«Ah, sì,» disse l'altra donna, annuendo. «Questo, questo è quello giusto, signorina Parker.»

Quando Jo tornò nella stanza, le sue amiche, che stavano chiacchierando tra di loro, ammutolirono. La P.R. tremò davanti al loro silenzio, poi avanzò lentamente verso lo specchio e fece un verso sorpreso quando vide il suo riflesso. L'aveva trovato, era l'abito perfetto.

Il corpetto aderente era senza maniche, aveva una scollatura a cuore che rivelava un accenno di seno e le spalline erano spesse più di un centimetro. Il vestito era ricoperto di raffinato pizzo e avvolta intorno alla vita c'era una fascia di satin bianco. La gonna candida di chiffon di seta le ricadeva dolcemente sui fianchi, allargandosi verso il fondo e sfiorando il pavimento in morbide onde. Il doppio strato di tessuto creava una gonna opaca che non richiedeva l'uso di una sottoveste o una sottogonna.

Era un abito incredibilmente elegante, sembrava uscito da un sogno o da un film con Cary Grant. Jo quasi non si riconosceva, con indosso quel vestito magnifico. «È quello giusto,» sussurrò dolcemente.

«Pete andrà fuori di testa,» mormorò Emmy.

«Sei... indescrivibile, Jo,» concordò Samantha.

La futura sposa si passò le mani sotto i capelli e li sollevò. «Penso che li raccoglierò.»

Tutte le donne si dissero finalmente d'accordo sull'acconciatura scelta.

Mentre chiacchieravano e mangiucchiavano, Jo girò l'etichetta con il prezzo. *Duemila dollari. Costoso, ma vale ogni centesimo.* «Lo prendo,» annunciò. Ammirò il proprio riflesso, girandosi di qua e di là. *Non avrei mai pensato che avrei vissuto questo sogno. Ti amo, Pete Sebastian.*

Madame Carelli sorrise e le sue amiche esultarono.

«Dobbiamo prenderle le misure.»

«Quanto ci vorrà perché sia pronto?»

La donna più anziana corrugò le sopracciglia. «Hmm. Sei settimane?»

«Bene.»

Jo aspettò pazientemente mentre la sarta le prendeva le misure. Il pensiero di avanzare lungo la navata le faceva venire la nausea alla bocca dello stomaco, così si concentrò sulla prima notte di nozze. *Mi serve della nuova lingerie.* Non riuscì a trattenere un sorriso furbo, quando le vennero in mente certe idee maliziose con cui avrebbe sorpreso il coach.

La sposa pagò un anticipo e lei e le sue amiche uscirono dal negozio. Jo era ancora frastornata, non si sentiva affamata, anche se l'orologio segnava le dodici e mezzo.

«Andiamo a pranzo,» propose Lauren.

«Conosco un posto dove fanno della pasta ottima,» suggerì Emmy.

«Pago io,» disse Jo. «Siete state tutte fantastiche, grazie per essere venute con me.»

«Ti servivano degli altri occhi su cui contare. Credo che tu abbia trovato il vestito perfetto, sembri un angelo,» si complimentò Samantha.

«Ah! Un diavolo vestito da angelo! Vada per la pasta. Dove andiamo, Emmy?» Jo si appoggiò al sedile e lasciò che la sua amica le indicasse la strada.

Capitolo Nove

Stormy aveva rifiutato di trasferirsi nella camera e nel letto di Devon, nonostante lui l'avesse invitata a farlo. Benché fosse certa dei sentimenti che provava nei confronti del giocatore, non era sicura di quelli di lui. Le sembrava tutto troppo veloce, troppo perfetto, troppo scontato. Stava aspettando di ricevere una brutta sorpresa, e non dovette attendere a lungo.

Ogni mattina, la giovane nutrizionista andava a fare la spesa, preparava il pranzo e la cena di Devon e Bullhorn e poi consegnava a Bull i suoi pasti verso le dodici e mezzo. Devon, invece, pranzava all'una.

«Dai, mangia insieme a me,» la invitò il cornerback, sedendosi davanti a un invitante piatto d'insalata di tonno ipocalorica e verdure.

Prima che Stormy potesse rispondere, il campanello trillò. La donna andò ad aprire la porta e un uomo le spinse in mano un pacco enorme. Stormy firmò la ricevuta e portò il pacco in cucina.

«Per te,» annunciò, appoggiandolo sul tavolo.

Devon prese la piccola busta appoggiata sul pacco, lesse il bigliettino all'interno e poi lo aprì: dentro, c'era un cestino di delizie proveniente da un famoso negozio. Stormy spalancò gli occhi. Il grosso, squisito cesto di vimini di forma rettangolare era pieno fino a scoppiare di confezioni di biscotti, rugelach, caramelle ricoperte di cioccolato, popcorn al formaggio e al caramello, brezel e crema al burro.

«Oh, mio Dio. Una scorta di cibo spazzatura,» borbottò Stormy.

«È fantastico,» esclamò il cornerback.

«Non puoi mangiare nulla. Chi te l'ha mandato?»

Le guance di Devon si tinsero di rosso. «Nulla?»

«Forse un paio di dolcetti. Chi te l'ha mandato?» Stormy sentì una sensazione di nausea crescerle nello stomaco.

«Non importa. Se non posso mangiarli, non posso. È davvero un peccato, però. Ci sono anche le mie caramelle preferite,» rispose Devon.

La donna gli strappò di mano il biglietto e lo lesse. Si sentì girare la testa e dovette aggrapparsi alla sedia, in preda alle vertigini. *Jackie.*

Ehi, Dev,

Mi dispiace tanto per quello che è successo al Super Bowl. Ti mando qualcosa per farti sentire meglio, finché non potrò venire io a farlo di persona.

Jackie

«Mangia quello che vuoi, mangiati tutto. Io qui ho finito.» Stormy gettò il biglietto sul tavolo e si diresse verso la sua stanza.

«Aspetta, Stormy, aspetta!» Devon la seguì e riuscì a raggiungerla prima che arrivasse a destinazione. La afferrò per il braccio, la fece girare in modo che lo guardasse in viso e le chiese: «Che c'è?»

«C'è quel biglietto,» rispose semplicemente lei.

«Jackie? Non posso farci nulla, se ha deciso di spedirmi qualcosa,» ribatté il cornerback.

«Non è solo la roba che ti ha mandato, è il messaggio. Se lei torna, io me ne vado.»

«Primo, non puoi abbandonarmi così. Ti ho assunta...»

«Allora, mi licenzio.»

«Non puoi licenziarti. Devo rimettermi in forma e ho bisogno del tuo aiuto,» la pregò Devon.

«Sono sicura che Jackie saprà aiutarti molto meglio di me,» ribatté Stormy, sarcastica.

«Secondo, non voglio Jackie. Voglio te.» Il cornerback si chinò su di lei e la baciò.

Stormy si dimenò, ma la dolce insistenza dei suoi tocchi e il calore delle sue braccia che la stringevano sciolsero la sua resistenza. *Non lo amo, non lo voglio. È un egoista, un arrogante.* Ma il suo cuore non la stava ascoltando, stava esultando.

Devon fece un passo indietro. «Andiamo,» disse, stringendole forte la mano e conducendola verso la sua camera da letto. Quando furono dentro, ricominciò a baciarla e chiuse la porta con un calcio. Rotolarono insieme sul letto, poi il cornerback le premette i gomiti contro il materasso. «Devo essere sicuro che non proverai a colpirmi,» scherzò.

«Non lo farò, lo prometto,» replicò Stormy.

«Come quella volta che me l'avevi promesso mentre giocavamo a wiffleball?» le ricordò Devon.

«Non volevo farti male, stavo solo testando la mazza di plastica.»

«Mi hai spezzato quella maledetta cosa sulla schiena.»

«Visto? Non era una mazza molto robusta.»

Devon scoppiò a ridere e la guardò. Il calore del suo sguardo le scaldò il sangue, i suoi occhi azzurro ghiaccio erano tutto tranne che freddi mentre le fissavano il seno. «Qualcuno qui è troppo vestito,» disse, poi le catturò la bocca con la sua.

I suoi baci avidi la mandarono a fuoco. Devon la lasciò andare e trovò qualcosa di meglio da toccare dei suoi gomiti, l'aria fresca che sentiva sul petto la allertò del fatto che le aveva sbottonato la camicetta. Una mano calda che le scorreva sulla pelle e la carne morbida fece montare dentro di lei il desiderio.

Devon abbassò i fianchi, premendole l'erezione contro la pancia, e d'istinto Stormy alzò il ginocchio, permettendogli di sistemarsi tra le sue gambe.

«Stormy, piccola,» sussurrò il cornerback, la voce roca per la passione, il suo fiato caldo sul suo collo.

Il desiderio le riempì le vene e la donna si inarcò contro di lui e lo massaggiò attraverso i pantaloni, finché non lo sentì gemere. Devon le slacciò il reggiseno in pochi secondi e ci infilò sotto le mani per massaggiarla.

«Hai una carrozzeria grandiosa,» le disse.

«Davvero?»

«Per un po' ho pensato che le tette non ti sarebbero mai cresciute, ma poi... e ora... wow.»

Stormy spinse contro la sua spalla e si tirò seduta. «Tu cosa?»

Il collo e il viso di Devon si tinsero di rosso. «Beh, eri una ragazzina,» si difese.

«Ho cominciato a svilupparmi... è così che si dice, *svilupparsi,* non farsi crescere le tette... quando avevo tredici anni.»

«Quando avevi dodici anni, non avrei mai pensato che ti sarebbero spuntate.»

«Mi guardavi il petto quando avevo dodici anni?» chiese Stormy.

«Avevo quattordici anni. Cosa pensavi che facessi?»

«Pensavo che giocassimo a gin rummy e all'acchiapparella perché eravamo amici.»

«Era così, certo,» confermò Devon, ma arrossì ancora di più.

«Le bugie hanno le gambe corte.» *Si è mai interessato a me? Non può essere.* Stormy incrociò le braccia sul petto.

Devon gliele scostò con delicatezza. «Ehi, mi stai coprendo la vista.»

Stormy scoppiò a ridere, senza riuscire a trattenersi, e poi Devon si chinò, le baciò entrambi i seni e le prese in bocca un capezzolo. Anche se lui le avesse infilato un dito del piede in una presa elettrica, la scossa che avrebbe sentito non sarebbe stata potente quanto quella che la attraversò in quel momento, partendo dalle labbra di Devon e arrivandole dritta tra le gambe.

Devon alzò lo sguardo. «Dimenticati di quando avevi dodici anni, adesso ti sono cresciute... uh, ti sei sviluppata, ecco. Adesso, ti sei sviluppata molto bene, e sono bellissime.»

Stormy ridacchiò. *Non ha mai perso il suo fascino da ragazzino.* Nascose il viso contro il suo collo e inalò il suo profumo così unico, chiudendo gli occhi e ricordando la prima volta che l'aveva sentito. Era bloccata su un albero e aveva paura di scendere, ma Devon l'aveva convinta a saltare giù, tra le sue braccia. Lui aveva dodici anni, lei dieci. Era atterrata su di lui, facendolo cadere a terra, e il viso le era finito nello spazio tra il suo collo e la sua spalla. Era stato quello il momento in cui aveva sentito per la prima volta l'odore di Devon Drake: allora le era piaciuto, ma adesso lo amava.

Durante la sua infanzia, Devon era stato il suo eroe ed era stato naturale innamorarsi di lui, ma ora? Era lo stesso ragazzino di allora, solo trasformato in un uomo stupendo? O la fama, il successo, i soldi e una certa supermodella l'avevano cambiato?

Stormy represse le sue insicurezze, determinata a godersi quei momenti insieme a lui. Il giovane uomo che conosceva era cresciuto e diventato un amante esperto. *Non rovinare tutto, potrebbe non succedere mai più.*

Devon le sfilò la camicetta, poi si tolse i pantaloni e la maglietta. «Forza, toglitele,» disse, tirandole giù le mutandine.

La donna se le tolse e si infilò sotto le coperte, nascondendo la sua timidezza sotto gli strati di cotone e il piumino.

«Non puoi sfuggirmi così facilmente,» scherzò Devon, seguendo il suo esempio. Le prese entrambe le mani, intrecciando le dita alle sue, e gliele fece alzare sopra la testa, poi la lasciò andare e le fece scorrere i palmi lungo le braccia, fino ad arrivare al seno. «Non scappare via da me,» sussurrò, cercando il suo sguardo.

«Tu non hai bisogno di me, ci sono un sacco di donne famose, sexy e magre che ti vogliono,» ribatté Stormy.

«Ma io non voglio loro, voglio te.»

«Perché?»

«Perché tu sei vera.»

Stormy rise.

«E ho un sacco di altri motivi per volerti. Per esempio, sei bellissima,» aggiunse Devon.

«Stai tornando sui tuoi passi? Ti capisco. Io sono qui, mentre lei è a Los Angeles.»

«Ti sbagli, davvero. Lascia che ti ami, piccola, lascia che ti mostri quello che provo.»

Devon impedì a Stormy di continuare a discutere catturandole la bocca con la sua e il suo bacio affamato le mozzò il fiato. Le passò le mani sulla schiena, scese fino a stringerle il sedere e infine tornò sul davanti per accarezzarle la coscia.

Il suo tocco sulla sua gamba aumentò il desiderio di Stormy e lei si dimenò, ansiosa di sentirlo dentro di sé mentre la riempiva e spingeva con forza. Tutto quello che Devon fece, però, fu torturarla, risalendo con le dita verso la sua apertura più lentamente che poteva.

«Ti prego, Dev,» mormorò la donna, il respiro accelerato.

«Mi sto prendendo tutto il tempo che mi serve,» ribatté lui.

«È proprio questo il problema.»

Devon ridacchiò, mentre si premeva contro la sua carne calda e bagnata. Stormy gli passò una gamba attorno alla vita e lo spinse più vicino con un piede, finché non sentì la sua erezione rimbalzare contro di lei. *Se mi spostassi un po' e mi muovessi...* Prima che la donna potesse finire quel pensiero, Devon spinse in avanti ed entrò.

«Così è abbastanza veloce per te?» le chiese, penetrandola completamente.

Stormy sospirò e chiuse gli occhi. «Oh, mio Dio, è fantastico.»

Devon grugnì, si mise in ginocchio e spinse forte dentro di lei. In pochi attimi, il calore che Stormy si sentiva dentro crebbe fino a incanalarsi in qualcosa di simile a un tornado, poi si intensificò e salì sempre di più, finché non esplose, rilasciando tutta la sua tensione. La donna vide dei lampi di luce, mentre i muscoli le si contraevano e i suoi fianchi si muovevano al ritmo di quelli di Devon.

«Oh, piccola, adoro quando vieni,» disse piano Dev, la voce roca e la fronte madida di sudore.

Stormy riaprì gli occhi e vide che lui la stava fissando con un'espressione che non aveva mai visto prima. *Amore? Nah, è solo lussuria. Si somigliano.*

Devon le strizzò il sedere e si sdraiò sulla schiena, senza uscire da lei. Adesso era Stormy a stare sopra, ma erano le dita di lui posate sulle sue cosce a dettare il ritmo a cui si muovevano. La donna si muoveva come se stesse cavalcando, facendo gemere il cornerback a ogni spinta. Stormy gli appoggiò i palmi sui pettorali e accelerò.

La passione annebbiò lo sguardo di Devon, mentre Stormy si muoveva più velocemente, contraendo e rilassando i muscoli accarezzandolo mentre era ancora dentro di lei. Devon le prese i seni tra le mani e glieli strizzò, poi la trascinò giù, verso di sé, e catturò la sua bocca bruscamente e con prepotenza, possedendola.

Continuando a stringerla a sé, Devon ribaltò di nuovo le loro posizioni e spinse violentemente dentro di lei ancora per qualche secondo, poi venne. Gemette contro il suo collo, le accarezzò i capelli con la punta delle dita e si fermò. I loro corpi umidi di sudore scivolarono l'uno contro l'altro e Stormy gli incrociò i piedi dietro la schiena, come se tenendolo prigioniero in quel modo potesse costringerlo ad amarla e tenerlo sempre con sé.

Devon si puntellò sui gomiti e le scostò qualche ciocca ribelle dal viso. «Fantastico. Tu sei... meravigliosa,» disse, poi la baciò teneramente sulle labbra.

«Anche tu,» rispose Stormy. Il desiderio, l'amore e la commozione la soffocavano. Gli scostò le ciocche scure dalla fronte e gliela baciò, poi gli passò le nocche sulla guancia non rasata.

«Ti piace, o dovrei rasarmi?» le chiese il cornerback.

«Prima rasati, poi lascia che sia io a giudicare.»

Devon si tirò in piedi, rapido come una gazzella che saltava oltre una siepe. «L'ultimo che entra nella doccia è un uovo marcio,» la sfidò, e iniziò a correre, sfoggiando la sua impareggiabile velocità.

Stormy si girò su un fianco e rise. Quando lo raggiunse, il bagno era già piacevolmente pieno di vapore caldo, così entrò subito.

Devon si stava massaggiando la testa, ma si tolse la schiuma dagli occhi per squadrarla. «Entra, voglio lavarti.»

La donna gli passò le braccia attorno al corpo nudo e bagnato e si posizionò sotto il getto tiepido della doccia. La felicità le riempì il cuore come il calore che stava riempiendo la stanza.

Devon si sciacquò via lo shampoo. «Ora è il tuo turno.»

Stormy alzò lo sguardo per vederlo in viso. Dev prese lo shampoo e gliene versò un po' in testa, poi iniziò a massaggiarla con le dita.

Sono morta e sono andata in paradiso.

A CASA DI GRIFF MONTGOMERY.

«Tu cosa?» Lauren Montgomery si tirò seduta sul letto.

«Hai bisogno di riposarti per evitare un aborto spontaneo, ma con il piccolo Hank a cui badare, beh, come puoi riuscirci? Non voglio assumere un estraneo, quindi questa mi è sembrata la scelta più logica,» rispose Griff.

«Hai invitato tuo padre a trasferirsi qui per prendersi cura di Hank?»

«Solo finché sarai incinta, e poi arriverà solo una settimana prima del ritiro.»

«Non pensi che avresti potuto chiedermelo?»

«Oh, andiamo, è un'ottima idea, e non volevo disturbarti.»

«Io non piaccio a tuo padre,» puntualizzò Lauren.

«Sì che gli piaci, e poi gli manca il bambino. Hank ha il diritto di conoscere suo nonno,» ribatté Griff.

«Certo, ma non basterebbe che venisse a farci visita per una settimana? Invece di trasferirsi?»

Griff scostò le coperte e lasciò scivolare le gambe lunghe oltre l'orlo del letto. «Affronta la realtà, avrai bisogno di riposarti, e come diavolo ci riuscirai, con un bambino piccolo in casa? E Hank non è nemmeno un bambino normale. Cristo, il piccolo ha più energia di tutta la mia squadra!»

«Avresti potuto chiedermelo,» insistette Lauren.

«E tu non mi avresti detto di no, come stai facendo adesso. Lui è molto eccitato all'idea di venire qui.»

«Vorrei esserlo anch'io. Non avremo più la nostra privacy.»

«Quella l'abbiamo persa quando è nato Hank. Il piccolo viene qui ogni volta che gli va, ormai.»

«Però si addormenta sempre verso le sette.»

«Mio padre non interferirà. Mi conosce, e poi una volta anche lui è stato giovane. Maledizione, l'ho detto davvero? Che schifo, devo levarmi quell'idea dalla testa,» disse il quarterback.

Lauren lo prese per il braccio. «Il bambino sta ancora dormendo. Torna a letto.»

Griff si girò verso sua moglie.

«Niente precauzioni,» sussurrò lei.

Griff ghignò e salì sul letto. Le si avvicinò gattonando, come una pantera che si preparava a catturare la sua preda. «Sdraiati, piccola. Oggi offro io.»

Un'ora più tardi, Lauren andò in cucina, si sedette e appoggiò i piedi su uno sgabello mentre osservava Griff dare da mangiare dei cereali al piccolo Hank. Il bambino, che ormai aveva due anni, aveva un grande appetito. La donna amava guardare il quarterback passare del tempo con il figlio, il loro legame le riempiva l'animo di gioia. In passato le avevano spezzato il cuore molte volte, non avrebbe mai pensato che quell'intensa felicità potesse essere sua.

Il ritiro della squadra incombeva, e poco dopo sarebbe iniziata la stagione del football. Lauren si stava godendo il tempo che poteva passare con Griff e il bambino, sapendo che non sarebbe durato a lungo. Aggrottò la fronte, riflettendo. Per quanto avesse discusso con suo marito, sapeva che lui aveva ragione. Avevano bisogno d'aiuto, se voleva dare alla luce il loro secondo figlio.

Non voleva assumere una babysitter, una donna che magari sarebbe stata piena d'invidia e avrebbe fatto solo il minimo indispensabile per Hank. Griff sapeva quello che stava facendo, il nonno di Hank gli avrebbe certamente dato l'affetto e l'attenzione di cui aveva bisogno. Inoltre, il suo lato più pratico le ricordò che non si sarebbe fatto pagare.

Ma dovrò fargli da mangiare. Maledizione, gli uomini Montgomery mangiano un sacco, tutti e tre. Lauren ridacchiò tra sé e sé.

«Che c'è di divertente?» le chiese Griff.

«Hank ha ereditato il tuo appetito,» rispose lei.

Il quarterback la guardò, radioso. «Tra le altre cose.»

Lauren gli diede uno schiaffetto giocoso sulla spalla.

La settimana seguente, Griff andò a prendere suo padre all'aeroporto di Hartford. Lauren cercò di rilassarsi prima del loro arrivo e portò il piccolo Hank nel cortile sul retro, dove giocarono a passarsi la palla.

La donna aveva poche energie, adesso che era incinta, o così le sembrava. Suo figlio Hank, invece, era un tornado umano che non la smetteva mai di muoversi. Lauren si sedette su una sedia e gli disse di tirare direttamente la palla verso di lei. Si massaggiò il collo, mentre aspettava che il bambino dai capelli scuri e gli occhi azzurro intenso, ereditati dal padre, le passasse di nuovo il pallone.

Hank, il padre di Griff, non era stato felice che Lauren e Griff fossero andati a vivere insieme prima del matrimonio, era un uomo all'antica. La donna sperava che ormai fosse riuscito a passarci sopra, però. Al loro matrimonio, aveva sorriso a tutti, aveva ballato con la sposa e le aveva dato un bacio sulla guancia, e aveva stretto la mano a tutti i compagni di squadra e al coach di Griff.

Lauren sorrise al ricordo di quanto era stato felice quel giorno. Era stato suo fratello Don ad accompagnarla all'altare, dal momento che suo padre era morto. Griff, Lauren e i loro ospiti avevano ballato e mangiato e bevuto qualsiasi cosa si trovassero davanti, e la coppia non era riuscita a togliersi le mani di dosso nemmeno per un attimo. Ora che l'euforia iniziale era passata, avevano avuto un figlio e ne stavano aspettando un altro, Lauren si chiese come si sarebbe evoluto il suo rapporto con il padre di Griff.

Il rumore della portiera che sbatteva l'avvertì dell'arrivo dei due uomini. Hank era già venuto a far loro visita appena il piccolo Hank era nato, ma non si erano più visti da quel momento.

«Sono arrivati il papà e il nonno,» annunciò Lauren, alzandosi dalla sedia.

«Pa'!» strillò il bambino, salendo le scale sul retro che portavano alla cucina.

Quando gli uomini entrarono in casa, stavano parlando tra di loro, ma non appena Hank vide il piccolo Hank, ammutolì. Con un sorriso a trentadue denti, prese il bambino tra le braccia e lo sollevò. Il piccolo gridò di paura e scoppiò a piangere, così Griff lo prese in braccio.

«È un po' timido con gli estranei,» spiegò Lauren, porgendo a Griff un pannolino in tessuto per asciugarsi la spalla.

Il bambino si calmò immediatamente, tra le braccia di suo padre. Hank corrugò la fronte per un attimo, poi raggiunse Lauren, la abbracciò e le diede un rapido bacio sulla guancia.

«È bellissimo,» le disse, girandosi per guardare il suo nipotino.

«Guardagli le mani, papà. Di sicuro diventerà un quarterback.» Griff prese le mani del bambino nelle sue per fargliele esaminare. I due uomini annuirono e ridacchiarono. Il quarterback si strinse il piccolo Hank al petto, tenendolo con un solo braccio, e diede una leggera pacca sulla pancia a Lauren con l'altra. «E ora Lauren sta lavorando sul suo ricevitore,» aggiunse.

«E se fosse una ragazza?» Lauren inarcò un sopracciglio.

«La prima donna a giocare nella NFL?»

La donna andò a preparare il pranzo e Hank la seguì. «Lascia fare a me. Sono qui per aiutarti, non per farmi servire. Hai già abbastanza di cui occuparti, siediti. Cosa avevi intenzione di servire?» le chiese.

La donna cercò di nascondere la sua sorpresa. *Non è un irritante maschilista? Che carino.* «Visto che me l'hai chiesto, stamattina ho fatto le uova sode. Volevo preparare dei sandwich con insalata di uova. Il piccolo Hank le può mangiare, ma senza maionese.»

«Arrivano subito.» Il padre di Griff si lavò le mani e si diresse verso il frigorifero. Lauren si sedette al tavolo della cucina e osservò Griff posare il bambino sul seggiolone. Il quarterback sparse un po' di Cheerios sul vassoio e il piccolo Hank si avventò su di essi.

«Ci confonderemo, se siete entrambi Hank,» puntualizzò Lauren, prendendo una manciata di cereali per sé.

«Per come la vedo io, il ragazzino è tale e quale a suo nonno,» disse Hank.

«Perfetto, papà! Mentre sei qui, lo chiameremo Chip,» annunciò Griff.

«Chip?» Lauren alzò le sopracciglia.

Hank scoppiò a ridere.

«Perché no? Che ne dici, Lauren?» Il quarterback si voltò verso sua moglie.

«Okay, vada per Chip.» Lauren sorrise e iniziò a mangiare.

Il bambino fece un urletto di gioia, quando suo nonno gli mise davanti due pezzetti di uova. Li ingurgitò subito, poi afferrò la tazza con il beccuccio che Griff aveva riempito di succo di mela.

«Dopo pranzo, andiamo allo stadio. Devi assolutamente vedere gli spogliatoi.»

Hank annuì alle parole di suo figlio, mentre sistemava dei sandwich e dei sottaceti davanti agli adulti.

«Chip e io facciamo un sonnellino, dopo pranzo,» disse Lauren.

«Per me va bene,» disse Hank, e diede un morso al suo panino.

Quando finirono di pranzare, il padre di Griff lavò i piatti e Lauren si sdraiò, mentre suo marito metteva a letto Chip. La donna chiuse gli occhi, ascoltando la ninnananna stonata che Griff stava cantando al figlio. Quella canzone la fece sorridere e si addormentò ascoltando il suono della sua voce.

GRIFF ACCOSTÒ VICINO all'edificio. Faceva freddo, per essere aprile. I due uomini andarono dritti verso gli spogliatoi, dove appesero le giacche, poi il quarterback fece fare un tour a suo padre. Finirono nella stanza dei pesi, e Griff fu sorpreso di vedere il Coach Bass che si allenava con uno dei macchinari.

«Allora, lei è l'uomo che ha allenato la nostra star?» chiese il Coach, asciugandosi il sudore dal viso con un asciugamano.

«Immagino di sì, ma ha sempre avuto un talento naturale, quindi è stato molto semplice insegnargli,» rispose Hank.

«Ed è stato sempre lei a rimetterlo in forze dopo il suo infortunio.»

«Una clavicola rotta non può fermare un Montgomery,» disse il padre del quarterback, osservando gli attrezzi.

«Quale macchinario le piace di più?»

«Il tapis roulant. Alla mia età, è quello più sicuro.»

I due uomini risero.

«Non sei vecchio,» intervenne Griff.

«Sono un nonno, adesso. Devo stare attento. Vi siete organizzati davvero bene,» ribatté Hank.

«Andiamo, papà. Quante flessioni riesci a fare?»

I tre uomini si scambiarono storie e un paio di battute sboccate, mentre si allenavano insieme. Hank gettò la spugna per primo, seguito dal Coach Bass. I due i si sedettero e trangugiarono dell'acqua, mentre osservavano Griff affrontare i macchinari più impegnativi.

«Ha mai considerato l'idea di diventare un coach?» chiese Pete.

L'altro scosse la testa. «Non ho la pazienza necessaria.»

Il Coach Bass rise.

«Ho provato ad allenare la lega di football giovanile della nostra città, ma non ce l'ho fatta. Quei ragazzini mi facevano impazzire, dovevo sempre trascinarli via da quegli stupidi videogame e costringerli ad allenarsi. Alla fine, mi sono arreso.»

«E gli adulti?»

«I giocatori di football diventano mai adulti?»

Pete ghignò. «Mi manca un assistente allenatore. Il ritiro inizia tra un paio di mesi e il mio staff non è al completo.»

«Mi sta chiedendo di lavorare per lei?» chiese Hank.

«Le interessa?»

«Certo.»

«Bene. Passi dal mio ufficio, prima di andarsene.»

Hank annuì e il Coach si tirò in piedi e si diresse verso la porta. Griff si asciugò il sudore e raggiunse suo padre. Quando il giocatore ebbe finito di bere due bottigliette d'acqua, si girò verso Hank.

«Ti darebbe fastidio se lavorassi qui?» gli chiese lui.

«Sarebbe fantastico,» rispose Griff.

Suo padre gli sorrise e gli scompigliò i capelli. «Non interferirei troppo con la tua vita?»

«Per niente, e poi potresti stare più spesso con i ragazzi.»

«Era proprio quello a cui stavo pensando. Inoltre, un po' di soldi mi farebbero comodo.»

Griff sorrise. Gli era mancato avere attorno il suo vecchio, e ora sarebbero stati una vera famiglia. Si chiese come si sarebbe sentita Lauren al riguardo. *Prima o poi papà dovrà trovarsi un altro posto dove vivere, ma Lauren si abituerà alla sua presenza.*

Come se gli avesse letto nella mente, suo padre gli chiese: «Pensi che Lauren si opporrà?»

«Puoi conquistarla,» gli assicurò il quarterback.

«Oggi ci ho provato.»

«Hai fatto progressi. Sembrava abbastanza rilassata, a pranzo.»

«Quindi, va bene?»

«Andiamo di sopra e chiudiamo l'affare.» Griff diede una pacca sulla spalla a suo padre.

Dopo un'ora passata a discutere del lavoro, dello stipendio e dei benefici associati nell'ufficio dell'allenatore, Hank e Pete raggiunsero un accordo e il Coach stampò un contratto e lo diede a suo padre perché lo firmasse. I due si strinsero la mano, poi il coach prese il cellulare.

«Se può aspettare un po', ci sono un paio di ragazzi che avevano bisogno di cominciare ad allenarsi già la settimana scorsa,» disse Pete.

Hank rise. «Sono in pessima forma?»

«Le loro condizioni non sono così disastrose, ma hanno bisogno d'aiuto.»

«Okay, me li porti.»

«Saranno qui tra mezzora. Griff le ha già fatto fare un giro?»

«Sì.»

«Le va un caffè?»

«Mi piacerebbe molto.»

I due uomini chiacchierarono mentre Griff versava il caffè. Prima che finissero le loro bevande, le sagome di due uomini comparvero la porta.

«Eccoli qua,» annunciò il Coach.

I giocatori entrarono nell'ufficio del Coach Bass e Hank si alzò in piedi.

«Hank Montgomery, questi sono Bullhorn Brodsky e Devon Drake,» li presentò Pete.

Brodsky e Drake strinsero la mano al loro nuovo allenatore.

«Hank Montgomery è il padre di Griff ed è qui per farvi rimettere in forma prima dell'inizio della stagione.»

I giocatori annuirono.

«Forza, signori, andiamo di sotto e vediamo di che pasta siete fatti. Spero che siate pronti a mettervi al lavoro,» disse Hank.

«Sissignore,» replicò Bull.

Griff rimase a osservare suo padre che metteva alla prova i suoi compagni di squadra e sorrise, pensando che il nuovo supervisore sarebbe stato duro con loro. Ricordò come suo padre lo avesse spinto al limite, quando andava alle superiori e al college, e provò subito compassione per il cornerback e l'attaccante. *Lavoreranno più di quanto abbiano mai fatto.*

Il cuore gli si gonfiò d'orgoglio. *Papà è stato assunto per lavorare nella NFL. Quanti padri e figli riescono a lavorare nella stessa squadra di football a livello professionale? Zero, probabilmente.* Ora anche Hank Montgomery avrebbe contribuito alle vittorie dei Kings, a modo suo. *La mamma sarebbe stata così contenta.* Quando pensò a quanto sarebbe stata eccitata, se fosse vissuta per vedere quel momento, sentì una fitta al petto.

Capitolo Dieci

Stormy passò delle ore a fare la spesa all'alimentari e molte altre a cucinare per Devon e Bullhorn. Samantha era impegnata a lavorare per Jo Parker, così dovette effettuare lei le consegne. A fine giornata, si sentiva esausta.

Quando tornò a casa, Sam fremeva di gioia all'idea di riferire a lei e a suo fratello tutti i dettagli della sua nuova carriera. La donna si mise a tessere le lodi dei giornalisti che aveva incontrato e di Jo Parker e Stormy e Devon ascoltarono ogni singolo particolare del matrimonio della P.R. e i titoli di tutti i giornali che stavano scrivendo un articolo sui Kings.

«Spero che tu non sia gelosa, ma questo è il miglior lavoro del mondo,» concluse Sam.

«Non sono gelosa. Adoro organizzare menù e cucinare e mi piace stare da sola. E poi, le verdure non si mettono certo a discutere, quando le cucini,» ribatté Stormy.

«Stavi spesso da sola, quand'eravamo bambini,» ricordò Dev.

«Avevamo dei problemi a casa.» La donna tirò fuori una casseruola dal forno.

«Mi ricordo che spesso sentivamo delle urla provenire da casa tua,» aggiunse Samantha, mentre apparecchiava la tavola.

Stormy fece un verso a metà tra uno sbuffo e una risata. «Ma davvero?»

«Chi era che urlava?» chiese Devon, sedendosi a tavola.

«I miei genitori, la maggior parte delle volte. A volte urlavano contro di noi, altre volte si urlavano addosso a vicenda. Era per questo che venivo così spesso a casa vostra.»

«E tua madre ci mandava quelle torte come ringraziamento perché ci prendevamo cura della pecora nera della famiglia, giusto?» Devon prese un sorso dal suo bicchiere d'acqua.

«Esatto, ero proprio la pecora nera,» rispose Stormy.

«Che buon profumino. Cos'è?» cambiò argomento Sam, indicando un piatto bianco e blu in vetroceramica.

«Zucchine, zucchine gialle e scalogno in casseruola... con del formaggio cheddar.»

«È sulla lista dei cibi che Devon può mangiare?»

«Sì, deve mangiare le verdure,» rispose Stormy.

«Nessuno le fa come te,» si complimentò Devon, versandosene una generosa cucchiaiata sul piatto.

Il pasto si concluse con una tagliata e un po' di riso selvatico. I tre mangiarono di gusto e, anche se Stormy aveva preparato quel cibo specificamente per Devon, lo gradirono tutti. Come suo fratello, anche Samantha aveva già perso qualche chilo.

Devon fece il bis e il suo entusiasmo per la sua cucina le scaldò il cuore. Rendere la gente più sana fornendole il giusto nutrimento era lo scopo della vita di Stormy.

«Hai già mangiato le caramelle e tutta quella roba?» gli chiese.

«Quali caramelle?» domandò a sua volta Devon in tono confuso.

«Quelle che ti ha mandato Jackie.»

«Devon me le ha date da portare al rifugio, i bambini le hanno adorate,» intervenne Sam.

«Davvero?» Stormy posò la forchetta e si girò verso il cornerback.

Lui arrossì. «Mi avevi detto di non mangiarle, ma non potevo buttarle via.»

La donna sentì lacrime di commozione inumidirle gli occhi. «Che cosa meravigliosa da fare.»

«Le ho solo... uh... riciclate,» ribatté Dev, imbarazzato, e masticò un pezzetto di tagliata.

Stormy gli diede un bacio sulla guancia. «Continui a sorprendermi.»

«Non essere così sorpresa, abbi un po'di fiducia in me.»

«Hai ragione, dovrei proprio farlo. Scusa.»

«Ecco, brava.» Gli occhi di Devon brillavano di una luce giocosa. «Che c'è per dolce?»

Stormy lasciò vagare lo sguardo dalle sue iridi alla barba scura e incolta sulla sua guancia, fino ad arrivare alle spalle larghe. *Io, tesoro, su un piatto d'argento.* «Macedonia di frutta,» rispose, abbassando lo sguardo per evitare il suo.

Le nuvole scure che si addensavano nell'aria e il gelo invernale spinsero il trio ad andare a letto presto. Quando Stormy andò a chiudere la finestra per tenere fuori il freddo, annusò l'aria e sentì odore di umidità. Nonostante il suo soprannome, aveva paura dei tuoni e dei lampi. Da bambina, nonostante cercasse di sopportarli assumendo un atteggiamento coraggioso, finiva sempre per rannicchiarsi nel letto di sua sorella maggiore, che per questa ragione l'aveva marchiata con il nomignolo *Stormy.*

Una terribile tempesta risalì lungo la costa, bombardando Monroe con un'acqua che sembrava indecisa se trasformarsi in pioggia o in ghiaccio. Il rumore di minuscoli ghiaccioli che picchiettavano contro la finestra tenne sveglia la nutrizionista, e il rombo minaccioso e profondo di un tuono fece sbattere i vetri, mentre un lampo di luce accecante illuminava il prato di sotto. Stormy si premette le mani sulle orecchie, poi il cuscino, ma non servì a nulla, quei venti ululanti non avevano intenzione di farsi ignorare.

Quando la tempesta divenne più intensa, anche il tuono si fece più rumoroso, e se prima le sembrava un basso ringhio, ora esplose in un colpo tanto forte e tanto violento, che fece gridare e saltare per la paura Stormy. Un secondo schianto assordante la indusse a cercare la vestaglia. La donna scappò in corridoio e corse verso la sicurezza della camera di Devon.

Prima di entrare nella stanza, si fermò bruscamente e rifletté, ma poi un altro tuono la spinse a prendere una decisione. Aprì lentamente la porta ed entrò in punta di piedi.

Il cornerback dormiva, russando piano. Stormy si schiarì la gola, ma lui non si mosse, così lo fece di nuovo. Ancora nulla.

«Devon. Devon!» chiamò.

Un'altra esplosione scosse la casa, facendola volare per aria e finire dritta sul letto di Devon.

Lui spalancò gli occhi. «Ma che...?» cominciò.

«Posso dormire con te?» si lasciò scappare Stormy.

Il lento sorriso che si allargò sulle labbra del cornerback le fece intuire che aveva capito male.

«Non in quel senso,» chiarì, picchiettandogli il petto con un dito. «Ascolta, non senti?»

«Cosa, il rumore del mio cuore che batte?» Devon le passò le braccia attorno alla vita e la tirò a sé.

«La tempesta. È una grossa, anzi enorme, e ci sta martellando addosso proprio in questo momento.»

I due sedettero in silenzio. Devon batté le palpebre un paio di volte. Un tuono rimbombò nella casa, seguito da un lampo di luce e un forte schianto, e Stormy trasalì.

Dev le posò una mano sulla spalla. «Stai tremando,» notò.

«Ho paura delle tempeste.»

«Ti chiami Stormy, e hai paura delle tempeste?» Il cornerback scoppiò a ridere.

Stormy fece una smorfia contrariata, sapendo che lui l'avrebbe vista grazie alla luce della luna che filtrava dalla finestra. «Non è divertente.»

«L'ironia della situazione è lampante.»

«Non se sei nei miei panni.»

«Sdraiati.» Devon la prese tra le braccia e se la premette contro i pettorali.

Stormy si accoccolò sotto le coperte, finché solo i suoi occhi rimasero visibili.

«Quando ti nascondi sotto le coperte così, sembri un topolino,» osservò Devon.

Il calore del suo corpo la aiutò a calmarsi. Il cornerback le passò un braccio sul petto e premette le ginocchia contro il retro delle sue. Stormy sospirò, quando le diede un bacio tra i capelli.

«Va meglio?»

«Sì.»

La loro conversazione venne interrotta da un basso ringhio proveniente dal cielo. Stormy rabbrividì.

Devon le diede un altro bacio e la strinse più forte. «Non preoccuparti, piccola, ora sei al sicuro.»

Lo sono davvero?

«Dormi. Domani ho un appuntamento con il nuovo allenatore.»

IN UNA CITTÀ COSÌ PICCOLA, era inevitabile che Stormy si imbattesse in Edgy Mason, prima o poi. Erano passati mesi dal loro ultimo incontro e lei si era convinta che l'uomo se ne fosse andato e non sarebbe più tornato a infastidirla. Quel pensiero le aveva tolto un peso dal cuore, tanto che, quel giorno, un'ingannevole sensazione di sicurezza la spinse a canticchiare, mentre controllava la lista della spesa. Quando girò l'angolo della corsia dell'alimentari, però, andò dritta a sbattere contro un carrello della spesa.

Una voce famigliare attirò la sua attenzione: «Stormy!»

La donna inghiottì a vuoto, sentendo all'improvviso la bocca secca. «Ciao, Edgy,» riuscì a dire.

Edgy lasciò vagare lo sguardo sul suo corpo. «Hai un aspetto piuttosto sexy.»

Stormy si strattonò la gonna corta, desiderando che fosse più lunga. «Che ci fai qui?» chiese.

Lui scoppiò a ridere. «Scherzi, vero? Sto comprando della roba da mangiare, che altro?»

«Ma pensavo che te ne fossi andato da Monroe.»

«Pensavi male. Perché dovrei andarmene? È una bella città.»

«È vero.» Stormy spostò nervosamente il peso da un piede all'altro.

«Posso passare a trovarti?» le chiese Edgy, con voce dolce e suadente.

«Non credo che sia una buona idea.»

«Sono un uomo migliore, adesso.»

«Hai smesso di bere?» Stormy si rigirò il pezzo di carta tra le mani.

«Più o meno,» rispose Edgy.

«Più o meno non va bene per me, devi smettere del tutto.»

«Se smetto, uscirai con me?»

«Devi smettere per te stesso, Edgy, non puoi farlo per me.»

Stormy spinse il carrello in avanti di mezzo metro, ma Edgy tese un braccio per fermarla.

«Se lo facessi, tu usciresti con me?» ripeté.

Dovrei dirgli di sì? Sarebbe una bugia, perché io non voglio nessuno, a parte Devon. Forse lo aiuterebbe a rimanere sobrio, però. Ma cosa succederebbe, se tornasse a cercarmi e scoprisse che gli ho mentito? Le cose potrebbero mettersi male. «Sto già con qualcun altro,» rispose Stormy.

«Con chi? Quel Drake? Pensi che voglia te, quando si sta già scopando quella sventola di lusso?»

Le parole di Edgy bruciavano come le punture di una dozzina di calabroni.

«Lasciami passare, per favore,» gli disse.

«Dovresti stare con me.»

Stormy si girò verso Edgy, le narici allargate per la rabbia. «Sul serio?» domandò, inarcando un sopracciglio. «Perché dovrei? Così tu potresti colpirmi di nuovo? Picchiarmi? Tu mi hai fatto male, mi hai fatto veramente male, Edgy. Non ti concederò mai una possibilità, mai! Capito? Ora, fammi passare, o chiamerò il direttore.»

Edgy arretrò, come se gli avesse tirato uno schiaffo. «Te ne pentirai, vedrai. Posso cambiare e, quando l'avrò fatto, tu vorrai me, invece di quello stronzo. Quando ti mollerà per quella modella che si porta a letto.»

Le sue parole furono come una lama ardente sulla sua carne sensibile, aveva fatto leva su una paura che la donna stava cercando di ignorare. Un lampo di dolore le attraversò il cuore. *E se stesse dicendo la verità?* Stormy si scostò le ciocche ramate dal viso, lanciò un'occhiataccia a Edgy e avanzò.

«Buona fortuna, Edgy,» lo salutò, poi girò il carrello e si diresse verso la corsia dei prodotti freschi.

«Signorina? Non riesce a trovare qualcosa?» le chiese un commesso, affiancandola.

Stormy scosse la tessa e andò per la sua strada. Lisciò con attenzione il foglietto con la lista della spesa, che aveva continuato ad accartocciare nervosamente, poi fece un respiro profondo, prese una penna dalla borsa e diede un'occhiata al banco frigo. Il battito del suo cuore rallentò, fino a tornare a un ritmo normale. *È ora che mi concentri sul mio lavoro.*

Stormy esaminò ogni ortaggio e frutto per assicurarsi che fosse il più fresco e quello di più alta qualità, prima di metterlo nel carrello. Dev e Bull la pagavano bene, quindi si meritavano il meglio. Il suo cellulare trillò, segno che aveva appena ricevuto un messaggio. La donna chiuse gli occhi e pregò brevemente che non fosse da parte di Edgy. Era Devon.

Dove sei? Io sono nel parcheggio. Muovi quel bel culetto, ragazza.

Il cornerback si era tolto lo stivale protettivo dalla caviglia ed era tornato a farle da autista, veniva sempre a prenderla dopo aver finito di allenarsi. Doveva muoversi. Mentre raccoglieva le scatole e i cartoni di cibo, si ricordò della notte che avevano passato insieme. Accoccolata nel suo abbraccio, aveva dormito bene ed era riuscita a riposarsi, nonostante la tempesta.

E poi, era arrivato il mattino, e svegliarsi tra le sue braccia era stato come un sogno che si avverava. Chiuse gli occhi per un attimo, ricordando la sensazione delle labbra di Devon sul suo collo, e le venne la pelle d'oca. Mentre ripensava alla dolcezza con cui avevano fatto l'amore mentre il sole sorgeva, sentì un brivido correrle lungo la schiena. *Mi sta aspettando, devo andare.*

«Si sbrighi, signorina,» ringhiò una signora più anziana, in coda dietro di lei alla cassa.

Stormy le sorrise e avanzò. «Mi scusi.»

Si era completamente dimenticata di Edgy, finché la sua voce famigliare non disse: «Sta facendo sogni a occhi aperti su un giocatore di football. Rimarrete qui tutto il giorno.»

Stormy sentì il collo andarle a fuoco, il calore che risaliva verso il viso. *Sono arrossita?* Spostò la sua attenzione sul nastro trasportatore e continuò a scaricare il cibo dal carrello, poi, quando ebbe finito, scrisse un messaggio a Devon e si avviò verso l'uscita. Quando il cornerback accostò davanti all'entrata, Edgy era lì ad aspettarlo.

«Che ci fai qui?» gli chiese Devon, scendendo dalla macchina.

«Avevo un appuntamento con Stormy, ci incontriamo qui una volta alla settimana. Non te l'ha detto?»

Devon si girò verso Stormy, scrutandola con uno sguardo indagatore, mentre apriva il bagagliaio.

«È una bugia! Una grossa, grassa bugia! Perché dovrei vedermi con un uomo che mi ha picchiata? Sei spregevole, Edgy Mason, sei la forma di vita più meschina che sia mai esistita. Vattene e lasciami in pace,» esplose la donna.

«Ti sta solo gettando fumo negli occhi. Le ho chiesto di sposarmi e lei mi ha detto di sì,» ribatté Edgy.

Stormy fece un verso di sorpresa così forte che entrambi gli uomini si girarono a guardarla. Grosse lacrime le rotolarono sulle guance, ma se le asciugò rapidamente con una mano. «Non credergli, Devon. Tu non gli credi, giusto?» lo pregò, il cuore che sembrava aver smesso di battere e il respiro bloccato in gola.

«Certo che no. Un uomo che picchia una donna si abbasserebbe anche a mentire. E poi, ti conosco e so che non lo faresti mai,» le assicurò Devon, caricando le borse in macchina.

Il cuore di Stormy riprese a battere all'improvviso e ingranò la quarta. La donna sospirò. «Grazie a Dio.»

«L'ha fatto, l'ha fatto,» insistette Edgy.

«Sali in macchina, piccola,» la invitò Devon, aprendole la portiera.

Stormy salì sull'auto con un balzo e il cornerback si sedette al volante, si tolse un fazzoletto dalla tasca e glielo porse. La ragazza si asciugò il viso.

«Non gli credi, giusto?» ripeté.

«Dopo questa mattina?» Devon ridacchiò. «Nessuna donna fa l'amore in quel modo, se ha intenzione di sposare un altro uomo.»

«Grazie a Dio.» Stormy si accasciò contro il sedile.

«Inoltre, tu non sei pazza, e solo una donna pazza tornerebbe con un uomo del genere.»

Stormy si sporse per dare a Devon un bacio sulla guancia. *Sì che sono pazza. Pazza di te.*

ALLO STADIO, BUDDY Carruthers buttò il borsone nell'armadietto. Doveva vedersi con Griff Montgomery per fare esercizio insieme, erano abituati a farlo da molto prima che entrambi trovassero la donna dei loro sogni e si sposassero. Ora che il ritiro si avvicinava sempre di più, Buddy doveva rimettersi in forma. Anche il suo compagno di squadra si era lasciato andare, era evidente che preferiva passare del tempo con sua moglie e il loro bambino, piuttosto che sollevare pesi.

Griff entrò nello spogliatoio subito dopo di lui. «Ci facciamo una corsa, per cominciare?»

«Devo fare riscaldamento. Cavoli, sono tutto teso.» Il ricevitore puntò un piede sulla panchina e si piegò in avanti.

«Troppo sesso, è una cosa da sposi novelli. L'unico muscolo ancora agile in tutto il tuo corpo è il cazzo,» scherzò Griff, alzando le braccia per scaldarle.

«Riesci ancora a ricordarti i vecchi tempi?»

«Molto divertente.»

Bullhorn Brodsky e Trunk Mahoney si unirono a loro.

«Ehi, perché voi due non siete a letto con le vostre mogli?» chiese Bull, togliendosi la felpa.

Buddy diede un'occhiata al suo orologio. «Sono le nove, dobbiamo pure fermarci, a un certo punto. Non vorrei far stancare troppo la mia signora.»

Gli uomini ridacchiarono.

«Come se una mezzacalzetta come te potesse riuscirci,» disse Trunk.

«Ti piacerebbe sapere se è davvero così, vero? Non tengo il conto, nulla del genere, ma ho fatto più sesso da quando mi sono sposato che... beh, usa la tua immaginazione,» ribatté Buddy.

«Certo. Lo sappiamo tutti che i sì si trasformano in no, non appena metti l'anello al dito di una donna,» sbuffò Mahoney.

«Forse per te, ma per me? Wow.» Il ricevitore fece un sorriso malizioso.

«Buddy ha ragione, Lauren è una belva. Beh, lo era, prima di avere il bambino,» intervenne Griff.

«Bambini. Adesso è troppo stanca, giusto. È quello che dicono tutte,» replicò Trunk.

«Non intendevo questo. Io mi occupo spesso di Chip, e vengo ricompensato per questo. In camera da letto.»

I giocatori risero, mentre si cambiavano e mettevano a posto le loro attrezzature. Buddy e Griff andarono alla pista e iniziarono con una corsa lenta.

«Com'è la vita matrimoniale?» domandò il quarterback.

«Meravigliosa. Mi sveglio accanto a lei ogni mattina e ceniamo insieme ogni sera, è fantastico,» rispose Buddy.

«Ci è voluto un sacco di tempo perché vi metteste insieme.»

«Non pensavo che sarebbe mai successo davvero.»

«Scommetto che tutto quel sesso non ti dispiace.»

Buddy sbuffò una risata. «Esatto. Merda, Emmy è, beh, uh, pronta, capace e motivata, direi.» Ridacchiò tra sé e sé.

«Gli uomini single non sanno cosa si perdono. Anche con il bambino, Lauren è... beh, credo che c'entri il suo istinto materno, non lo so, ma ha ingranato la quarta, lascia che te lo dica. Wow, è... beh, non dovrei dirlo. Ma riesce a tenermi testa in tutti i modi,» disse Griff.

«È bello non doversi preoccupare di trovare una donna da scopare,» commentò Buddy, accelerando per non rimanere indietro rispetto al suo amico dalle gambe lunghe.

«Proprio così,» ghignò Griff.

Quando aumentarono la velocità, continuare a parlare divenne impossibile, così si limitarono a correre insieme in un silenzio amichevole. Buddy era grato che il quarterback di punta della squadra fosse suo amico, oltre che suo compagno di squadra. Sbuffando e ansimando, tornarono negli spogliatoi, si asciugarono il sudore dal collo e le spalle, bevvero un sacco di acqua e si diressero verso la stanza dei pesi.

Trunk e Bull erano già lì. Bull stava usando il tapis roulant nell'angolo, mentre Trunk si dedicava al sollevamento pesi.

«Dicono che Harley Brennan entrerà in squadra,» disse, mettendo giù il bilanciere.

«Harley Brennan? Dei Demons?» Griff fece qualche esercizio per i bicipiti.

«Già.»

«È nella lista della formazione?» chiese Buddy.

«Come ricevitore. Sembra che avrai un po' di competizione, Carruthers.»

Buddy trovò la lista in corridoio e la scorse con il dito. Eccolo lì, Brennan, in fondo. Sembrava che fosse stato aggiunto all'ultimo minuto. Il ricevitore tornò agli attrezzi, la fronte aggrottata.

Il Coach Bass entrò nella stanza con un asciugamano attorno al collo. «Ehi, ragazzi, che succede?»

«Ci stiamo solo preparando per il ritiro.»

«Ma davvero?»

«Che ci fa Harley Brennan nella nostra formazione, Coach?» Buddy non era il tipo che si perdeva in giri di parole.

«Marquel Johnson ha una gamba rotta, quindi non potrà giocare, questa stagione,» rispose l'allenatore.

«Quindi Brennan lo rimpiazzerà?»

«Per adesso, ma poi potremmo dargli un'altra posizione da running back. Non ho mai pensato che il ricevitore fosse il ruolo migliore per lui, in ogni caso.»

Buddy posò il peso che stava usando. «Non mi toglierà dalla formazione ufficiale, vero?»

«Stai scherzando? Cavoli, Buddy, datti una svegliata. Abbiamo bisogno di te.» Il Coach Bass si sdraiò su un tappetino e cominciò a sgranchirsi.

Il ricevitore sorrise e iniziò a fare sollevamenti con le gambe.

«Perché vuole lasciare i Demons?» domandò Griff.

«Anche il loro quarterback di punta, Mark Davis, si è rotto una gamba, e in diversi punti. Lui rimarrà in panchina a tempo indeterminato e Brennan non vuole giocare con il suo sostituto, perché vuole stare in una squadra che ha la possibilità di vincere,» spiegò il coach.

«Quest'anno li faremo neri,» concordò il quarterback.

«Ci farebbe comodo, una vittoria facile, ma non bisogna mai sottovalutare gli avversari. Il loro allenatore potrebbe ingaggiare un nuovo quarterback, o magari il sostituto potrebbe rivelarsi un bravo giocatore.»

Quando tornarono negli spogliatoi, i cinque uomini andarono a farsi la doccia.

Mentre Buddy si insaponava, udì la voce di Bull, chiara e forte sopra il picchiettare costante dell'acqua. «Ce l'hai ancora il cazzo, Carruthers? O te lo sei consumato tutto scopandoti tua moglie?»

«Ne ho ancora di più di quanto tu ne avrai mai, Brodsky.»

Il ricevitore ghignò, quando le sue parole vennero seguite da risate fragorose. Anche il Coach Bass ridacchiò insieme ai suoi uomini. A fine stagione, iniziava a fare la doccia insieme ai membri della sua squadra, rinunciando alla privacy del bagno riservato ai membri più anziani dello staff.

«Ehi, Coach, il prossimo è lei!» esclamò Trunk Mahoney.

«Non manca molto,» concordò l'allenatore.

«Comincia a sudare freddo?» gli chiese Griff.

«Stai scherzando?»

«La signorina Parker è sexy,» disse Buddy.

«Possiamo chiamarla signora Coach?» domandò Bull.

«Potete fare tutto, finché non mi fate domande sul mio cazzo.»

I giocatori scoppiarono a ridere.

Buddy si pettinò i capelli con molta cura. Da quando si era sposato, prestava più attenzione al suo aspetto, perché andare a letto con una rockstar ogni notte lo aveva reso più consapevole della sua immagine. Usava perfino un linguaggio più pulito. Non aveva mai vissuto con una donna che non fosse sua madre.

A volte, apriva il cassetto di Emmy semplicemente per toccare la sua lingerie. Rigirarsi tra le dita quelle sete sottili lo eccitava, gli ricordava la sua pelle soffice e tenera, o il piacere che gli provocava sfilare quella biancheria così elegante dalle sue forme deliziose. Anche i colori della stoffa lo affascinavano: babydoll, mutandine e camicie da notte in sfumature delicate di rosa, turchesi luminosi e beige semitrasparenti lo seducevano notte dopo notte.

Quando arrivò a casa ed entrò nel vialetto con la sua auto di lusso, il sole era scomparso dietro una nuvola e nell'aria c'era l'odore di una pioggia fredda e imminente. Gli venne l'acquolina in bocca, mentre pregustava la scodella di stufato di manzo, chili o zuppa fatta in casa che di sicuro Gert gli aveva preparato.

Buddy percorse le scale due gradini alla volta, aprì la porta e captò le flebili note della chitarra di Emmy. Sua moglie iniziò una canzone, si fermò e ricominciò di nuovo. Quando il vento freddo penetrò nel calore della casa, smise di suonare, alzò lo sguardo e gli rivolse un sorriso brillante.

«Ciao, piccola. Hai scritto una nuova canzone?» le chiese Buddy, alzandosi la felpa sopra la testa.

«Sì, ed è tutta per te.»

«Per me? Sul serio?»

«Già.» Emmy si alzò in piedi e lo raggiunse. Il ricevitore la prese tra le braccia e le diede un bacio carico di passione. «Sei fantastico, Buddy. Sei come il coniglietto della Energizer, non ti stanchi mai,» scherzò sua moglie.

Buddy ridacchiò e andò in cucina, dove aprì una birra e si girò verso il fornello. «Cos'ha cucinato Gert, stasera? Ha un profumo fantastico,» chiese.

«Stufato d'agnello. L'ho cucinato io, oggi Gert era malata ed è rimasta a casa. È Lauren che mi ha dato la ricetta.»

«L'hai cucinato tu? Ha un profumo ottimo.» Buddy bevve un sorso dalla bottiglia.

Emmy si accomodò su una sedia.

«Ti prendo una birra?» le chiese lui.

Sua moglie scosse la testa.

«Non ti va di bere?»

«Mi prendo una pausa.»

«Cavoli, odio bere da solo. Andiamo, piccola,» si lamentò Buddy. Emmy si alzò.

Si passò una mano sulla pancia piatta e gli disse: «Abituati.»

«Che vuoi dire? Non mi stai lasciando, vero?» chiese il ricevitore, sentendo la fronte che iniziava a sudare.

«Certo che no, piccolo, non fare lo sciocco,» lo rassicurò lei.

Buddy le strinse le braccia tra le dita. «Allora, cos'è successo?»

Emmy si sporse verso di lui e gli sussurrò all'orecchio: «Sono incinta.»

«Sul serio?» Buddy sapeva di avere gli occhi larghi come piattini da caffè.

Emmy rise. «Sul serio,» confermò.

Capitolo Undici

Infine, Stormy aveva ceduto e acconsentito a passare tutte le notti nel letto di Devon. Non era ancora convinta dei sentimenti che il cornerback provava nei suoi confronti, però, così lasciò le sue cose nella camera degli ospiti. *Bisogna sempre avere un piano di fuga.* La donna corse giù dalle scale e andò a preparare la colazione, con un sorriso sulle labbra. Samantha stava già facendo il caffè.

«Ti sei svegliata presto,» la salutò.

«Tra una settimana c'è il matrimonio di Jo, e tra tre settimane inizia il ritiro, quindi stiamo impazzendo tutti, al lavoro,» spiegò Sam.

«Sei invitata al matrimonio?» chiese Stormy, prendendo tre tazze.

«Almeno, non devo preoccuparmi di trovarmi un vestito. Dov'è Devon? Oggi deve pesarsi.»

Come se avesse aspettato solo quel momento, il cornerback apparve sulla porta. «Mi avete chiamato?»

«Molto divertente. Oggi devi pesarti. Passerai il test?» Samantha corrugò la fronte e sorseggiò il suo caffè.

Devon si diede uno schiaffetto sulla pancia. «Piatta come un pancake. Ho già perso undici chili, grazie a te,» disse, girandosi verso Stormy e facendole un inchino. «E anche grazie al nuovo allenatore, Hank. È uno tosto.»

«Eccellente, sono molto sollevata,» ammise Sam.

«Lo sono anch'io. Dovrei avere la strada spianata per diventare un cornerback di punta.» Dev accettò la tazza di caffè bollente che Stormy gli porse.

 Jean Joachim

«Dimmi del matrimonio,» cambiò argomento la donna dai capelli rossi.

Il suo ragazzo fece una smorfia. «Devo sentirvi parlare di vestiti e fiori e tutta quella roba a colazione?»

«Il tuo completo buono è pronto?» gli chiese sua sorella.

«Indosserò uno smoking, l'ho preso in affitto.»

«Uno smoking?» Samantha aggrottò le sopracciglia, confusa.

«Già. Farò da testimone al Coach,» rispose Devon.

«Sul serio? E da quando?»

«Da quando, beh, credo che me l'abbia chiesto. Non ne sono sicuro. Comunque, sarò pronto, quando arriverà il momento.»

«Oddio. Quanti altri giocatori credono di dover fare da testimoni per il Coach Bass?»

Devon alzò le spalle. «Non so.»

«Stormy, tu sei a posto?» chiese Sam.

«Ho un vestito fantastico in seta turchese,» rispose lei.

«Perfetto, ti starà benissimo.»

«Lei verrà con me,» aggiunse il cornerback, appoggiandosi contro lo schienale della sedia.

Stormy gli rivolse un sorriso.

«Certo. Vi farò sedere accanto a Sly Brodsky,» disse Samantha.

«Sly? Intendi Bull?» chiese Devon.

La donna scrollò le spalle. «Come vuoi, non sederti al suo tavolo.»

«Devo proprio farlo?»

«Non lamentarti e non fare il bambino. Fattene una ragione, fratellone.»

Mentre i due fratelli litigavano riguardo al matrimonio e a Bullhorn Brodsky, Stormy raccolse gli ingredienti per la colazione ipocalorica e ad alto contenuto di proteine di Dev. Mentre preparava il pentolino per le uova in camicia, il campanello squillò.

«Merda,» esclamò Devon. «Sam, puoi andare ad aprire tu?»

Sua sorella si allacciò meglio la vestaglia e uscì dalla stanza.

«Signor Drake?» chiamò una voce dal tono ufficiale dall'ingresso. Sulla porta c'era un poliziotto in uniforme.

Devon fece un balzo dalla sorpresa. «Sono io. C'è qualcosa che non va?» chiese.

«Solo un aggiornamento sulla sua richiesta.»

«Aspetti un attimo, mi lasci infilare un paio di pantaloni.» Il cornerback indossava solo i boxer.

L'agente sollevò una mano. «Non c'è fretta.»

Samantha gli offrì una tazza di caffè ma lui rifiutò, entrò in casa e si tolse il cappello.

Devon corse di sopra e tornò indietro a tempo di record. «Okay, adesso sono in condizioni decenti. Cos'è successo?»

«Si ricorda della sua richiesta riguardo a Ellis Mason?» cominciò il poliziotto.

«Ellis?» ripeterono Devon, Sam e Stormy all'unisono.

«Conosciuto anche come Edgy.»

«Oh, certo.»

«Abbiamo contattato il signor Mason e abbiamo parlato con lui e con la sua famiglia. Tornerà a Oak Bend e starà dai suoi genitori per un po', dopo aver partecipato a un corso di riabilitazione nei paraggi.»

Stormy spalancò gli occhi.

L'agente si girò verso le due donne. «Chi di voi è Allison Gregory?» domandò.

«Sono io,» rispose lei, alzandosi in piedi.

«Ho informato anche la polizia di Boston e stanno lavorando a un nuovo ordine restrittivo. Adesso, dovrebbe essere al sicuro.»

«Perché l'ha fatto?» chiese Stormy.

«È stato il signor Drake a chiamarci. Ci piace aiutare i nostri atleti locali, quando possiamo, ed era una richiesta semplice. Il signor Mason non ha fatto obiezioni, o almeno non troppe.» L'uomo in uniforme blu ridacchiò. «Partirà questo weekend.»

Stormy sentì la gola ostruita dalle lacrime trattenute, ma riuscì a gracchiare un *grazie*. Il poliziotto si rimise il cappello e si diresse verso l'uscita. La ragazza vide Devon salutarlo e chiudere la porta d'ingresso, prima di tornare in cucina.

«Beh, ecco fatto.» Il cornerback posò la tazza e si sedette di nuovo. «Non stavi facendo le uova?»

Stormy scoppiò a piangere e gli diede un bacio sulla guancia. «Arrivano subito,» rispose con voce tremante, poi si mise al lavoro al bancone e dietro i fornelli.

Devon le si avvicinò da dietro e le passò un braccio attorno alla vita. «Non lascerei mai che ti accadesse qualcosa,» le disse.

Stormy sorrise, mentre spargeva scaglie di formaggio sulle uova che bollivano.

DALL'ALTRA PARTE DELLA città, a casa del Coach Bass

Jo Parker stava passeggiando avanti e indietro davanti alla finestra panoramica affacciata sulla spiaggia. L'oceano si era colorato di un blu freddo e profondo e onde furiose si abbattevano sulla spiaggia, eruttando spuma bianca nell'aria. Anche se era ormai giugno, l'acqua era gelida, e non si sarebbe scaldata abbastanza per nuotare per circa un altro mese. Jo ammirò il paesaggio con il cuore che batteva sempre più forte. *Manca solo una settimana al mio matrimonio.*

Persa nei suoi pensieri e concentrata sui dettagli che rimanevano da sistemare, fece un balzo, quando il Coach Bass le toccò la spalla.

«È tutto a posto? Continuavi a rigirarti nel letto, la scorsa notte,» le chiese il suo fidanzato.

«Ho dormito male. Sto bene, sono solo un po' nervosa.»

Pete aggrottò le sopracciglia. «Non hai paura, vero?»

«Di te? No. Del matrimonio? Cavolo, sì. Ci sono ancora così tante cose da fare, così tante cose che potrebbero andare storte.» Jo riprese a fare su e giù, contando le cose di cui si era già occupata sulle dita della mano sinistra.

Pete le posò le mani sulle spalle. «Calmati e fa' un respiro profondo,» le disse.

Jo seguì il suo consiglio.

«Dolcezza, l'unica cosa che importa è che ci sposeremo. Ecco tutto. Anche se tutto il resto andasse in malora, e allora?» la rassicurò il Coach.

«E allora?» La voce della donna si alzò di un'ottava. «Questo non è solo un matrimonio, è un evento. Ci sarà la stampa.»

«Non mi importa un cazzo di chi ci sarà. Per quanto mi riguarda, l'unica persona importante in tutto questo casino sei tu. Oh, e il giudice.»

«Davvero?» chiese Jo.

«Davvero. Ora, calmati, perché se continui così, avrai un crollo nervoso.»

«Sono sotto stress, lo ammetto.»

«Forza, andiamo a berci una tazza di caffè. Ti faccio i pancake.» Pete la prese tra le braccia. «Finché noi due ci sposiamo, non me ne frega nulla del resto del mondo. Siamo solo tu e io, tesoro. E basta.»

Jo si rannicchiò nell'abbraccio, appoggiando il viso contro la camicia per inalare il suo profumo di virilità, e gli posò una mano sul petto. Pete passò le dita sulla stoffa leggera e setosa della sua corta vestaglia e le fece scorrere l'altra mano lungo la schiena, su e giù. La donna sospirò, circondata dal suo calore. «Non so cosa farei, se non ci fossi tu,» confessò.

«Non lo so nemmeno io.» Pete rise e poi aggiunse: «Ma non dovrai mai più cavartela senza di me.»

Jo sentì un'ondata di felicità travolgerla, si sentiva il cuore pieno di gioia e le gambe leggere come una piuma. Si scostò per guardare il suo uomo negli occhi marrone chiaro e lui le diede un bacio.

«Non mi avevi promesso dei pancake?» gli ricordò la donna con un ampio sorriso.

«Pancake? Qualcuno ha detto pancake? Con i pezzetti di cioccolato?» domandò Alyssa, la figlia del Coach, irrompendo nella stanza con addosso solo una camicia da notte e alle calcagna la sua gemella Alexis.

Pete abbassò il braccio che teneva ancora sulle spalle di Jo e insieme seguirono le ragazze in cucina. Lexie prese una terrina dalla credenza e Lyssa aprì il frigo.

Il Coach Bass prese la sua piastra speciale. Giurava che il segreto dell'ottimo sapore dei suoi pancake derivasse dall'uso di quell'elettrodomestico, ma secondo Jo in realtà era la generosa dose di panna acida che aggiungeva all'impasto a fare la differenza.

I quattro si sedettero a tavola e iniziarono a mangiare. Persa nei suoi pensieri, la donna si godette quel momento di pace.

«Dov'è il tuo vestito?» le chiese Lyssa, tagliando un pezzetto di pancake con la forchetta.

«Quanti invitati ci saranno, in tutto?» domandò Lexie.

«Che colore hai scelto per i fiori, alla fine?»

«Non ho visto i nostri vestiti. Dove sono?»

«Non siete andate a fare la prova finale?» le interruppe Jo, la voce che si alzava sempre di più ad ogni parola.

Le ragazze scossero la testa.

«Oh, mio Dio! Dovete farlo subito. Oggi stesso.»

Pete rimase in silenzio ad ascoltare le tre donne che discutevano di ogni singolo dettaglio del matrimonio. Ogni tanto, Jo gli lanciava un'occhiata. Aveva un sorriso allegro e un po' ebete stampato sulle labbra.

«Se ci date il foglio con la disposizione degli invitati, possiamo accoglierli al ricevimento,» propose Lyssa.

«Possiamo assicurarci che tutti trovino il loro posto,» aggiunse Lexie.

«Quando arrivano i tuoi genitori?»

La domanda di Alyssa rimase sospesa nell'aria come una spessa nebbia.

Pete corrugò la fronte. «Credo che siano all'estero, giusto, Jo?»

Jo sentì una stretta al cuore, aveva la gola serrata dall'emozione. *Non reagire in modo esagerato. Sai che non verrebbero comunque, quindi perché essere triste? Non li vuoi qui, continuerebbero a criticarti e ti sarebbero solo d'intralcio. Si metterebbero al centro dell'attenzione, soprattutto la mamma. Chi ha bisogno di qualcosa del genere? Eppure, tutte le ragazze desiderano che il padre le accompagni all'altare.* «Lyle mi accompagnerà all'altare,» disse semplicemente.

«Scommetto che Tiffany sarà gelosa,» ridacchiò Lyssa.

«Ne dubito.»

«Tu sei molto più bella di quanto lei potrà mai essere.»

«Lei è sua moglie, l'ha già conquistato. E poi, io mi sono presa un uomo migliore del suo.» Jo lanciò un'occhiata a Pete, che arrossì leggermente.

«Assolutamente,» borbottò Lyssa, ficcandosi una forchettata di pancake in bocca.

IL QUINDICI FU UN GIORNO bellissimo. La notte prima del suo matrimonio, Jo era andata a dormire a casa di Buddy ed Emmy Carruthers. Si svegliò in preda all'agitazione, ma poi si ricordò del modo in cui lei e Pete si erano salutati la sera prima.

«Ricorda, non farti prendere dalla paura all'ultimo momento. Ci devi essere, Jo, okay? Me lo prometti?» Il Coach aggrottò le sopracciglia, gli occhi due pozze color caramello colme di preoccupazione.

Jo gli aveva accarezzato la guancia, l'aveva baciato e aveva cercato di rassicurarlo. Vederlo così ansioso l'aveva commossa. *Sì, mi ama veramente.*

Ora che non aveva più dubbi, era pronta ad affrontare il suo matrimonio con il cuore pieno di gioia. Finché il suo cellulare non squillò.

Era il fiorista, che doveva controllare a quanti tavoli servivano dei centritavola. Le chiamate continuarono a susseguirsi: prima Samantha, che voleva sapere il numero delle sedie da spedire al country club; poi di nuovo il fiorista, a cui serviva la conferma del numero delle boutonnière che aveva ordinato; e infine le gemelle, che si lamentarono dei fiori nei loro bouquet.

Jo rassicurò, adulò, persuase, e alla fine si mise a strillare contro il fiorista, il servizio di catering e la compagnia da cui aveva ordinato le sedie. Poi il leader della band le telefonò per dirle che il loro chitarrista di riserva si era rotto il polso e, a quel punto, la donna appoggiò la testa sul tavolo e scoppiò a piangere.

«Non preoccuparti, va tutto bene,» cercò di calmarla Emmy.

«Niente musica? A un matrimonio?» ribatté Jo.

«Lasciami fare un paio di telefonate,» disse la cantante.

«Come pensi di aiutarmi?»

«Non ti piacerebbe, se una rockstar cantasse al tuo matrimonio?»

«Lo faresti veramente?» Jo alzò lo sguardo sulla sua amica, il viso bagnato di lacrime.

«Per te? Puoi scommetterci. Tu rilassati e va' a farti un bagno caldo. Ho degli ottimi bagnoschiuma.» Emmy le tese una mano e la condusse al suo magnifico bagno degli ospiti.

Jo si immerse nella vasca. Le parole di Pete le riecheggiarono nella testa: *«Finché noi due ci sposiamo, non me ne frega nulla del resto del mondo. Siamo solo tu e io, tesoro. E basta.»*

Smise di pensare al matrimonio e si concentrò sulla luna di miele. Il suo fidanzato aveva prenotato la suite luna di miele del Plaza Hotel di New York per due notti, poi sarebbero volati a Parigi. Si era rifiutato di dirle che progetti aveva, ma Jo aveva curiosato in giro, dato un'occhiata al conto della sua carta di credito e fatto un po' di ricerche su internet. Pete aveva prenotato una favolosa suite all'hotel Le Parc d'Or, un albergo piccolo ma molto esclusivo, noto per la privacy e il servizio eccellente.

Si sentiva fremere tutta, fino alle dita dei piedi, all'idea di essere coccolata da Pete in quel posto. Stare da sola con lui in un hotel di lusso parigino era una fantasia irresistibile. I ricordi di tutte le volte che aveva fatto l'amore con quell'uomo così ricco d'esperienza le attraversarono tutto il corpo, facendo montare il desiderio dentro di lei. Avrebbe mai smesso di volerlo? Ne avrebbe mai avuto abbastanza? *Forse tra cinquant'anni.* Sorrise, divertita.

Quando si accorse di avere i polpastrelli raggrinziti uscì dalla vasca, si infilò un morbido accappatoio di spugna e tornò al piano di sotto a piedi nudi. Quando vide la folla che la stava aspettando, spalancò la bocca.

In fondo alle scale c'erano Samantha, Alyssa, Alexis, Emmy, il fiorista, la parrucchiera, un'estetista e due musicisti con gli strumenti in mano. Nell'angolo, c'era anche Buddy.

«Beh, era ora,» esclamò Sam, mettendosi le mani sui fianchi.

«Pensavamo fossi annegata,» scherzò Lexie.

Le gemelle la aiutarono a prepararsi, poi la parrucchiera le asciugò i capelli e glieli raccolse in una bellissima acconciatura. Jo era sulle spine, continuava a cercare di usare il cellulare anche mentre l'estetista le faceva le unghie dei piedi e delle mani. Samantha andò a controllare la location e ad assicurarsi che tutto stesse andando come doveva, mentre le ragazze caricavano il vestito della sposa nell'auto.

«C'è una valigetta sulla sedia. Dentro c'è una borsa di velluto,» indicò Jo.

Alyssa tirò fuori la morbida busta. «Questa?»

La donna annuì. «Aprila.»

La ragazza abbassò la zip con attenzione ed estrasse con cautela una collana di pietre rosso cupo e un paio di orecchini coordinati.

«Erano di mia nonna. Sono granati, li portò qui dalla Cecoslovacchia molto tempo fa,» spiegò la sposa.

«Sono bellissimi.»

Jo fece un respiro profondo e cercò di mantenere la voce salda. «Quando compii vent'anni, me li regalò e mi disse di indossarli al mio matrimonio.»

«Fantastico,» commentò Alyssa.

«È morta l'anno scorso.»

Il silenzio calò sulla stanza, perfino la parrucchiera e l'estetista si fermarono per un attimo.

«Le volevo molto bene,» disse Jo, sentendo la commozione riempirle il petto.

«Questo conta come qualcosa di vecchio o qualcosa preso in prestito?» domandò Lexie.

«Qualcosa di vecchio,» disse la parrucchiera.

Quando capelli e unghie furono a posto, Jo si mise i gioielli, la lingerie, le calze e le scarpe, poi si infilò una vestaglia e salì sull'auto delle gemelle.

«Ragazze, non so cos'avrei fatto senza di voi,» confessò.

«E noi non sappiamo cos'avrebbe fatto papà senza di *te*,» replicò Lexie con voce tremante.

Jo la abbracciò. «Non preoccuparti, non lo lascerò mai. Lo prometto.»

La ragazza si asciugò gli occhi.

«Che fai, piangi? Ti verranno gli occhi tutti gonfi.» Alyssa rallentò.

«Sono sicura che sarà bellissima,» ribatté Jo.

«Meglio che lo sia, perché ci sarà tutta la squadra. Alcuni di quei ragazzi sono davvero fighi.»

«Non farti sentire da tuo padre, non vuole assolutamente che vi avviciniate a quegli uomini.»

«Peccato per lui.» Lyssa spinse sull'acceleratore. «Non siamo bambine, faremo quello che vogliamo.»

Lexie tirò su con il naso e annuì.

A CASA DEI DRAKE, STORMY indossò un abito di seta morbida che la fasciava perfettamente, si mise le scarpe e si fermò davanti alla porta della stanza di Devon. «Hai bisogno d'aiuto?» chiese.

«Sì, con questa maledetta cravatta,» sbuffò il cornerback.

«Lasciami fare.» Stormy prese il comando, poi fece un passo indietro e ammirò il suo lavoro.

«Vediamo,» disse Devon, posizionandosi davanti allo specchio. «Perfetto. Sei assunta.»

«Mi hai già assunta.»

«Come allacciatrice di cravatte, intendo.»

Stormy ridacchiò. Devon si stava ancora mettendo la giacca e le scarpe, quando il campanello suonò.

«Vado io,» disse la donna. Sentiva l'eccitazione ribollirle nel petto e volò giù dalle scale canticchiando la Marcia Nuziale di Handel. *Magari, un giorno, tutto questo succederà anche a me e a Devon.*

Aprì la porta e rimase pietrificata.

«Ciao, Devon è in casa?» Jackie Lawrence, con indosso un completo color crema di seta, un braccialetto d'oro massiccio abbagliante e una collana coordinata, oltrepassò la soglia.

«Che ci fai qui?» le chiese Stormy, spalancando gli occhi.

«Devon deve andare al matrimonio del suo allenatore e gli serve un'accompagnatrice come si deve. Che sarei io.» La modella, che con i tacchi arrivava quasi a un metro e ottantadue d'altezza, la guardò dall'alto in basso.

«Devon ha già un appuntamento,» ribatté la ragazza dai capelli rossi.

«Davvero?» Jackie inarcò un sopracciglio. «Con chi? Con te?»

Stormy fece un cenno d'assenso, non riusciva a parlare.

«Lasciamo che sia Devon a decidere.» L'altra donna la spinse via, entrò in casa e si diresse verso le scale. «Dev! Devon?» chiamò.

Stormy rimase sulla porta, congelata. Le sue gambe non ne volevano sapere di muoversi, le parole le si erano bloccate in gola e i suoi polmoni avevano smesso di funzionare. Devon apparve in cima alle scale, un'espressione confusa sul viso.

«Eccoti qua! Sono arrivata, e sono così contenta che tu mi abbia aspettata,» cinguettò Jackie.

«Che diavolo sta succedendo?» Il cornerback rimase immobile.

«Sei quasi pronto? Quando inizia il matrimonio?» chiese la modella, ignorandolo.

«Che ci fai qui, Jackie?»

«Ti accompagno al matrimonio.»

«Vado già con qualcun altro,» provò a spiegare Devon.

«Quella ragazzina?» La modella fece uno sbuffo di derisione. «Onestamente, vuoi che la stampa ti fotografi con lei o con me?»

Quando udì quelle parole, Stormy prese la borsa dal tavolino all'ingresso e spalancò la porta.

«Stormy, aspetta!»

Quando sentì Devon che la chiamava, si stava già dirigendo a passo di marcia verso la sua auto. Era un veicolo vecchio, aveva già quindici anni, l'aveva comprato con i soldi che aveva guadagnato cucinando per Devon e Bullhorn. Si mise al volante e rovistò nella borsa alla ricerca delle chiavi, gli occhi colmi di lacrime.

Vide Devon percorrere i gradini all'ingresso di corsa, scalzo, ma accese il motore, premette sull'acceleratore e partì con un rombo prima che potesse raggiungerla. Non riuscì a sfuggire alle sue parole, però.

«Aspetta, Stormy! Aspetta! È stato tutto un errore!»

Certo, è stato proprio un errore. È stato un errore fidarmi di te. Girò a sinistra e imboccò Wakefield Street, dirigendosi verso il country club. Percorse due isolati, poi dovette accostare, aveva la vista troppo sfocata per continuare a guidare. Appoggiò la testa sul volante e pianse. Mentre si asciugava il viso, il suo cellulare trillò, ma Stormy sporse le labbra in un broncio e decise di lasciarlo squillare. *Devon Drake non riuscirà a cavarsela con così poco.*

Alla fine, però, la curiosità ebbe la meglio su di lei, così prese il telefono e controllò le chiamate perse. *Bill McLean!* Si affrettò a richiamarlo.

«Ciao, Stormy,» la salutò l'uomo.

«Ehi, Bill. Che succede?»

«Ho ricevuto una chiamata da un poliziotto di Monroe. È lì che vivi, adesso?»

«Un poliziotto?» ripeté Stormy.

«Ha detto che ha parlato con Edgy Mason e che quel tizio sta per partecipare a un corso di riabilitazione,» spiegò Bill.

«È vero.»

«Devi sentirti sollevata.»

«Non sai quanto.»

«Stavo pensando... visto che non siamo riusciti a rimpiazzarti, e che quel pazzo di Mason ora è fuori dai piedi, considereresti l'idea di tornare qui?»

«Sei molto dolce, Bill, grazie. Ma in questo momento sto lavorando qui,» rispose Stormy.

«Sei felice?» le chiese Bill.

Non rispondere. «Certo.»

«Peccato. Oh, mi dispiace, non volevo dire che è un peccato che tu sia felice, ma solo che, se non lo fossi, magari potresti tornare qui. Mi manchi.»

«Dici davvero?»

«Sai che è così.»

Stormy non replicò.

«Almeno, dimmi che ci penserai,» la pregò Bill.

«Okay, ci penserò.»

L'uomo rise. «La solita, vecchia, onesta Stormy. Hai il mio numero, in caso cambiassi idea.»

«Grazie per avermi chiamata, Bill.»

Stormy fece un respiro profondo e rimise in moto la macchina. Non dovette guidare a lungo per raggiungere il club e, quando arrivò, i parcheggiatori le indicarono dove poteva lasciare il suo macinino arrugginito. La donna si avviò verso la collina dove si sarebbe tenuta la cerimonia e, quando la vide, non riuscì a credere ai suoi occhi. Se li strofinò con le mani, li sbatté e poi fissò quello che aveva davanti.

Un cameriere le mise un calice pieno di champagne in mano, quando la alzò per contare. *Quarantacinque. Quarantacinque uomini in smoking con il fiore all'occhiello?*

Samantha corse da lei, bevve il suo champagne tutto in un sorso, posò il bicchiere vuoto sul vassoio di un cameriere lì vicino e ansimò. Era rossa in viso.

«Che succede?» le chiese Stormy.

«Non so cosa fare. Jo andrà fuori di testa,» rispose Sam.

«Cos'è questa storia?» La donna dai capelli rossi indicò i giocatori e i loro completi impeccabili con un cenno della mano.

«Ci sono quarantacinque uomini che credono di dover fare da testimoni per il coach.»

«Cosa?»

«Quarantacinque accompagnatori e quattro damigelle,» confermò Samantha.

«Porca miseria.» Anche Stormy buttò giù lo champagne.

Capitolo Dodici

Jo batté il piede per terra, cercando di rimanere immobile mentre Alexis le tirava su la zip del vestito, poi si aggiustò il reggiseno e le spalline. «Perfino con questi tacchi, Pete dovrà abbassarsi per baciarmi,» commentò, mentre si guardava allo specchio.

Una delle sale riunioni era stata trasformata in un camerino a disposizione della sposa. Lo sposo, invece, era arrivato già vestito di tutto punto. Alyssa si stava occupando di lui, e si teneva in contatto con sua sorella scrivendole dei messaggini.

«Hai un aspetto magnifico. Sei meravigliosa, davvero,» disse Lexie.

Jo corrugò leggermente la fronte, mentre studiava il suo riflesso. «Il vestito è fantastico, cade molto bene. Vorrei non essere così pallida.»

«Sarai bellissima, papà rimarrà senza fiato.» Alexis fece un passò indietro per ammirare la donna che sarebbe diventata la sua matrigna.

«Grazie, tesoro.» Jo le rivolse un sorriso caloroso. «Puoi chiedere a Samantha se ha tutto sotto controllo?»

La ragazza chiamò l'altra donna e andò in un angolo in disparte a telefonare.

Jo si sistemò meglio la collana e indugiò, rigirandosi le pietre tra le dita ancora per un attimo. *Nonna, vorrei che fossi qui per vedere tutto questo.* Sbatté le palpebre per scacciare le lacrime e si lisciò la gonna di chiffon.

Lexie concluse la chiamata.

«Beh? Tutto a posto?» chiese la sposa.

«Più o meno.»

Jo si voltò di scatto verso la ragazza. «Che vuol dire più o meno?»

«Sembra che abbiamo più testimoni che damigelle,» rispose Lexie.

«Pete.» La donna sorrise. «Non voleva ferire i sentimenti di nessuno. Va bene, anche se ce ne sono un po' di più del previsto, ogni damigella verrà accompagnata lungo la navata da due testimoni.»

«Beh...» Lexie iniziò a tormentarsi il polsino e abbassò lo sguardo.

«Che c'è?»

«Ci sono un po' di più di otto testimoni.»

«Quanti di più?»

«Forse è meglio che tu ti sieda.»

Dopo che Lexie le ebbe spiegato la situazione, Jo fece una telefonata. «Pete? C'è qualcosa che vorresti dirmi?»

«Non mi viene in mente nulla,» rispose lo sposo.

Dalla voce, sembra nervoso. «Ne sei sicuro?»

«Sì,» insistette Pete. Jo poteva quasi sentirlo cercare di allargarsi il colletto.

«A quanti membri della squadra hai chiesto di farti da testimone?»

«Un po'. È quello che hai detto tu, chiedilo a un po' di loro.»

«E quanti sono un po'?» Jo iniziava a sentire la pressione sanguigna che saliva.

«Non so, forse cinque? Dieci?»

«Perché non provi con quarantacinque?»

«Quarantacinque? Non mi ricordo di averlo chiesto a così tanti dei ragazzi,» si stupì Pete.

«Te l'hanno chiesto loro?» domandò Jo.

«Alcuni l'hanno fatto, sì.»

«E tu hai detto di sì perché non volevi dirgli di no?»

«Non lo so, potrei averlo fatto.»

«E, magari, l'hai fatto quarantacinque volte?»

«Sono stato convocato al banco dei testimoni o cosa? Qual è il problema?» chiese Pete, allarmato.

«Hai già visto la collina dove si terrà la cerimonia?»

«Alyssa non mi lascia uscire dal club.»

«Quindi non lo sai?» chiese Jo.

«Cosa?»

«Ci sono quarantacinque Kings in smoking che vogliono farti da testimoni.»

«Porca puttana! Sul serio, Jo? Non stai scherzando?»

«Ti pare che mi metta a scherzare su qualcosa del genere? Questa storia finirà in prima pagina su tutti i giornali e le riviste sportive prima di questo fine settimana.»

«Proprio fantastico, cazzo.»

«Bella mossa, Pete.»

«Mi dispiace, Jo, mi dispiace tanto. Immagino di non averli presi sul serio, quando si sono offerti,» si scusò il Coach.

«Quindi, hai *davvero* detto a quarantacinque giocatori che potevano dare i testimoni?»

«Potrei averlo fatto. Sai, quando uno te lo chiede all'improvviso e tu non lo stai veramente ascoltando e dici *certo, certo?*»

«Oh, Pete, questo matrimonio è una farsa. Rideranno di noi sulle pagine di ogni singolo giornale dello Stato,» si lamentò Jo con voce tremante.

«Andiamo, tesoro, non preoccuparti. Forse si sono messi lo smoking perché pensavano che bisognasse vestirsi eleganti,» cercò di consolarla Pete.

«Svegliati, sai qual è la verità. È colpa tua.» La donna batté rapidamente le palpebre. Non poteva assolutamente piangere, Lexie aveva appena finito di truccarla e non aveva alcuna intenzione di rovinare il suo lavoro.

«Mi dispiace, ma cosa potevo dire? Non potevo rifiutarli.»

Jo interruppe la chiamata e iniziò a camminare su e giù per la stanzetta, il respiro affannato.

«Credo che tu abbia bisogno di bere qualcosa. Champagne?» le chiese Lexie.

«Perfetto, ho bisogno di qualcosa per attenuare... tutto.»

La ragazza uscì dalla stanza e tornò in un lampo. «Cavoli, quando dici che la sposa ha bisogno di champagne, la gente scatta subito. Ecco qua.»

Jo buttò giù un terzo del contenuto del calice e il calore dell'alcol la fece sentire subito meglio.

«Va tutto bene, Jo. I ragazzi volevano solo far parte del matrimonio di papà, non puoi fargliene una colpa,» le disse Lexie.

«Non incolpo loro, ma Pete!»

«Non ci stai ripensando, vero?»

Jo sorrise. «Certo che no. Lo amo, anche se è un pazzo.»

«Menomale.»

Il cellulare di Jo squillò, era Pete.

«Non fuggirai via, vero?» le chiese.

«Vuoi che lo faccia?» replicò la donna.

«Oddio, no, Josie. Ti prego, ti amo così tanto. Dimmi che mi sposerai.»

«Certo che ti sposerò,» confermò Jo.

«Bene. Per un attimo mi avevi fatto paura,» ammise Pete.

«Ti amo anch'io. Ma questo, questo...»

«Andrà tutto bene, credimi. Ricordati quello che ti ho detto. Tu e io, solo tu e io.»

«E il giudice.»

«Oh, sì, mi ero dimenticato di lui.» Il Coach ridacchiò. «Vorrei poterti abbracciare.»

«Anch'io.» Jo sospirò. «Ci vediamo presto.»

«Ci puoi scommettere, tesoro. Ti amo.»

«Ti amo anch'io.» La donna attaccò.

Lexie controllò l'orologio. «È ora. Sei pronta?»

«Sono pronta quanto potrò mai esserlo per vedere quarantacinque testimoni,» scherzò Jo.

La ragazza le aprì la porta. «Ricordati che sei una bellissima sposa.»

Quando Jo uscì dalla stanza, Lexie le sistemò il velo e si incamminò dietro di lei. Le damigelle indossavano abiti rosa scuro e portavano in mano bouquet di fiori bianchi, mentre la sposa aveva un bouquet rosa.

Quando raggiunsero l'inizio della collina, tutti si erano già messi in posizione. Jo notò che Pete spostava nervosamente il peso da un piede all'altro e si massaggiava il retro del collo. *Odia gli smoking.* Poi, vide i testimoni, in fila a dieci a dieci accanto al Coach, così tanti che era quasi impossibile vedere lo sposo.

«Dov'è Lyle?» chiese la sposa.

«Proprio qui, signorina.» Il proprietario della squadra le si avvicinò, con i capelli pettinati alla perfezione e uno smoking che si adattava alla sua corporatura robusta. «È un onore, Jo.»

Jo annuì, ma sentì una fitta di dolore al cuore. *Papà.* Scacciò il ricordo di suo padre dalla mente e accettò il braccio che Lyle Barker le porgeva, poi si girò verso Lexie e disse: «Okay, sono pronta.»

La ragazza corse via, mentre Jo e Lyle percorsero la morbida collina senza fretta. Quando raggiunsero la vetta, udirono una voce che li chiamava.

«Aspettate! Aspettate!»

Lyle si girò verso Jo. «C'è qualcuno che vuole impedire il tuo matrimonio?»

La sposa sentì il sangue andarle alla testa e un'ondata di nausea la spinse ad aggrapparsi al braccio dell'uomo con entrambe le mani. «No, per quanto ne so io.» Si girò e rimase a bocca aperta, quando vide un uomo con lo smoking correre verso di loro. Si strofinò gli occhi con le mani. *Non può essere.*

Il gentiluomo affascinante e dall'aria distinta rallentò, mentre si avvicinava. Tese una mano verso Lyle e gliela strinse. «Sono Cabot Parker, il padre della sposa. Me ne occupo io, da qui in poi,» si presentò.

Lyle lo fissò, poi guardò Jo, le fece togliere le dita dal suo braccio e arretrò. «È così che dovrebbe essere,» dichiarò.

«Grazie comunque, Lyle,» disse Jo.

Il proprietario dei Kings annuì.

Quando furono soli, Jo si voltò verso suo padre. «Che ci fai qui?» chiese bruscamente.

«Accompagno mia figlia all'altare. Non è forse un mio diritto?» rispose semplicemente lui.

«Hai ancora dei diritti?»

«Andiamo, Jo, è il giorno del tuo matrimonio. Perdona e dimentica, anche solo per oggi. Ti sei scelta un brav'uomo, da quel che ho letto e sentito. Festeggiamo.»

«Se ti fossi preso il tempo di conoscere Pete, l'avresti scoperto da solo.» Jo sentì le lacrime riempirle gli occhi. «Maledizione! Non voglio rovinarmi il trucco!» si lamentò.

Suo padre le offrì un fazzoletto e lei lo prese e si tamponò gli occhi.

«Ho aspettato tutta la tua vita che arrivasse questo giorno, lo attendevo con ansia. Ti voglio bene, principessina mia.» La voce del padre della sposa si ruppe, quando pronunciò il soprannome con cui la chiamava una volta. Cabot Parker si passò il dorso della mano sugli occhi.

Jo gli strinse forte la mano e sorrise. «Okay, papà. Ti concedo una tregua, ma solo per oggi.»

Lui alzò una mano. «E io la accetto,» disse, poi si infilò una mano in tasca e prese un pacchetto. «Me l'ero quasi dimenticato. È un regalo da parte di tua madre. Verrà anche lei, ma arriverà un po' in ritardo.»

«Tipico. Cos'è?»

Suo padre le porse il pacchetto e Jo strappò via l'involucro di carta. Era una giarrettiera blu.

«Era sicura che ti servisse qualcosa di blu.»

«Aveva ragione.» Anche se gli invitati potevano vederla benissimo, Jo si alzò la gonna e si infilò l'elastico. «Penso che adesso siamo pronti,» dichiarò, poi alzò lo sguardo, incrociando quello di Lexie, e annuì.

Suo padre le offrì il braccio e insieme si avviarono verso l'altare. Quando vide Pete, il cuore di Jo fece una capriola: era così affascinante, quando si vestiva elegante. Ma poi vide anche la folla di giocatori da football vestiti da pinguini che tentava di rimanere immobile accanto all'allenatore, e non poté non ridere. Avevano un aspetto ridicolo. *Il nostro matrimonio verrà ricordato come la cerimonia più buffa di sempre, ma un po' di pubblicità non ci farà certo male. Riesco già a immaginare i titoli dei giornali: Questo Coach è un tale pezzo di pane che ha invitata tutta la sua squadra a fargli da testimone. Tutto questo potrebbe tornarci utile.*

Nell'aria risuonarono le prime note della Marcia Nuziale per pianoforte con accompagnamento di violini. Jo sentì suo padre tirare su con il naso, mentre percorrevano la navata.

«Non cominciare, papà,» scherzò.

«Sarai sempre la mia piccolina,» replicò lui.

Jo gli diede una piccola pacca sul braccio e fu sorpresa di scoprire che anche lei aveva le lacrime agli occhi.

Pete avanzò verso di lei, la fronte madida di sudore ma un largo sorriso stampato sulle labbra.

Il padre della sposa fece un passo verso il coach e Jo lo lasciò andare. «Prenditi cura di lei,» disse Cabot Parker, poi alzò il velo di sua figlia e le diede un bacio sulla guancia.

Pete gli strinse la mano e annuì. «Lo farò, signore, lo farò,» promise, poi prese la sua fidanzata sottobraccio e i due sposi si voltarono verso il giudice.

La donna sentì un'ondata infinita di eccitazione, felicità e ansia attraversarla, mentre si preparava a diventare la moglie del Coach Bass.

Ogni dubbio era ormai sparito e Josephine Parker pronunciò ogni parola dei suoi voti in modo completamente sincero, convinta che, dopotutto, il Principe Azzurro esistesse veramente. Forse la sua corona era un po' ammaccata e assomigliava più a un cappellino con scritto sopra *Kings,* e forse la sua armatura era una maglietta con la scritta *Coach,* ma lei lo amava ed era questo tutto quello che importava.

STORMY PRESE UN FAZZOLETTINO dalla borsa. Piangeva sempre ai matrimoni, le lacrime di gioia che le provocava la vista degli sposi le scaldavano il cuore. Lanciò uno sguardo al gruppo dei testimoni, cercando Devon. Il cornerback era accanto a Bullhorn Brodsky e aveva la fronte aggrottata. I due giocatori parlarono tra di loro, ma la sua espressione cupa non si rasserenò.

Stormy si girò a guardare gli ospiti, per vedere se era venuta anche Jackie. Ed eccola lì, ovviamente, impegnata a parlare con un fotografo. Sembrava che stessero flirtando. *È venuta insieme a Dev? Probabilmente.* La donna stirò le labbra in una linea sottile, mentre immaginava come dovessero essere come coppia. *Stupida, stupida Stormy. Perché dovrebbe uscire con te, se può stare con lei, ricevere un sacco di attenzioni e portarsi a letto una donna bellissima?*

Accasciò le spalle, le sue gambe le sembravano pesare ognuna cento chili. Il giudice di pace si schiarì la gola. Stormy tornò a concentrarsi sugli sposi e si avvicinò un po' di più all'altare, ascoltando attentamente, finché non riuscì a sentire chiaramente le parole dell'officiante. Vide Pete e Jo guardarsi in viso e scambiarsi prima parole d'amore e fedeltà e poi gli anelli.

La commozione le riempì il petto e le lacrime le punsero gli occhi. *Sembrano così innamorati.* Sentì un lieve dolore al cuore. Voleva quello che avevano quei due, e lo voleva con Devon Drake. Strinse il fazzoletto e se lo rigirò tra le mani, cercando di evitare lo sguardo del cornerback. Alla fine, non riuscì a trattenersi, alzò lo sguardo e si accorse che lui la stava fissando. Devon sorrise e le fece un cenno con la testa, era incredibilmente affascinante in smoking.

Desiderare che Devon scegliesse lei al posto di Jackie non avrebbe fatto sì che succedesse davvero. Stormy si chiese cos'avrebbe fatto, se fosse stata nei suoi panni.

Il volume della musica si alzò all'improvviso e la donna tornò di nuovo a guardare gli sposi, che adesso si stavano baciando. Presto sarebbe risuonato l'inno di chiusura della cerimonia, poi ci sarebbero stati il ricevimento, la cena e le danze. Stormy controllò il bigliettino che le era stato dato all'ingresso. Sopra c'era il numero del suo tavolo. *Tavolo sei.* Strinse forte il fazzolettino e pregò di non doversi sedere accanto a Dev e Jackie. *Non potrei sopportare di vederli insieme.*

Quando la folla se ne andò, Stormy indugiò, lasciando che gli altri invitati la superassero. Sparire tra uomini alti e donne con i tacchi le sembrava un'idea allettante. *Se potessi scomparire del tutto, sarebbe meraviglioso.* Qualcuno la prese per mano, impedendole di continuare a riflettere su quei pensieri. Stormy girò il viso di scatto e vide Devon alla sua sinistra. «Che stai facendo?» gli chiese.

«Mi unisco a te, se non sbaglio siamo seduti allo stesso tavolo. È il numero sei, giusto?» replicò semplicemente il cornerback.

Stormy annuì. «E Jackie?»

«Dubito che le abbiano riservato un tavolo. Non credo nemmeno che abbia ricevuto un invito.»

«Non l'hai invitata tu?»

«Perché avrei dovuto farlo?»

«Per via di tutto quello che è,» disse Stormy. *E di tutto quello che io non sono.*

Devon scoppiò a ridere. «Sei tu la mia accompagnatrice.»

Gli spintoni e i mormorii della folla impedirono ai due di continuare a parlare. Stormy strinse la mano al Coach e ricevette un abbraccio da Jo.

Devon afferrò due calici di champagne, quando un cameriere si avvicinò per porgergliene uno. «Posso berlo, capo?» le chiese, un bagliore malizioso negli occhi.

«È un'occasione speciale,» mormorò Stormy, poi bevve un sorso.

Il cornerback le prese la mano e gliela fece posare sui suoi addominali. «Visto? Niente più ciccia.»

«Sei stato bravo, sono orgogliosa di te.»

«Grazie. Non sono più dipendente dalle ciambelle, e devo ringraziare te per questo.»

«Hai fatto tutto da solo. Io ti ho solo fatto da guida,» disse Stormy.

Devon si chinò per darle un bacio, ma si rialzò di scatto quando qualcuno fece un fischio derisorio. Era Brodsky.

«Bene, bene. C'è un'altra coppia che sta per fare il grande passo? Qualcuno blocchi il giudice, non lasciatelo andare via.»

Dev arrossì e Stormy desiderò che la terra si aprisse e la ingoiasse.

«Sta' zitto, Brodsky,» ringhiò il cornerback.

L'attaccante rise e gli diede uno schiaffetto sulla spalla. «Prenditela, prima che lo faccia qualcun altro.»

Stormy chinò il capo, strinse le dita attorno al pollice di Devon e lo guidò fino al loro tavolo. Ogni tavolo aveva otto posti, e tutti erano coperti con tovaglie viola scuro e adornati da centritavola di fiori rosa e bianchi. I tovaglioli erano rosa. Devon le scostò la sedia.

Jackie gli si avvicinò di soppiatto. «Vorrei che mi avessi invitata, Dev, ma se portassi un'altra sedia al tavolo, credi che mi servirebbero?» chiese.

«Non essere ridicola. Non rovinare il matrimonio,» rispose il giocatore.

«Sei venuto con lei?» La modella puntò un dito lungo e magro e coronato da un'unghia leccata di rosso contro Stormy.

«Esatto.»

«Oh, okay, allora io vado. Avresti dovuto invitare me, però. Ti avrei procurato un po' di pubblicità.» Jackie aprì la borsetta di perline e prese un tubetto di rossetto.

«Non ho bisogno di pubblicità, gioco a football,» ribatté Devon.

«Comunque, non ti farebbe male. Insomma, non c'è paragone, davvero.» Jackie lanciò un'occhiata carica di disprezzo a Stormy e scrollò le spalle. «Ti chiamo io.»

«Fallo,» disse il cornerback, prendendo la mano della sua ragazza nella sua.

Un cameriere interruppe la discussione iniziando a servire piatti d'insalata a tutti gli ospiti. Stormy non aveva più appetito, ma le verdure fresche, l'avocado e i gamberetti la tentavano e così cominciò a mangiare, continuando a tenere d'occhio Jackie.

«Io vado. È stato un piacere conoscerti,» la salutò la modella, poi si sporse per dare un grosso bacio sulle labbra a Devon, che, a giudicare dalla sua espressione, non se lo aspettava affatto. Dopodiché, attraversò il prato, oscillando i fianchi, fino ad arrivare a una limousine che la stava aspettando nel vialetto del club.

TRE TAVOLI PIÙ IN LÀ, alla destra di Devon Drake, c'era il tavolo quattro. Griff e Lauren Montgomery, accompagnati dal padre del quarterback, Hank, si unirono a Buddy ed Emmy, Verna, la madre di Buddy, e il signore e la signora Trunk Mahoney. Accanto a Trunk, però, c'era un posto vuoto: Mary Mahoney, sua moglie, era assente.

Quando si furono tutti seduti, l'attaccante spiegò: «Oggi Mary non si sente bene.»

«Mi dispiace che non sia potuta venire,» replicò Lauren, ignorando lo sguardo di suo marito, che sembrava pregarla di non dire nulla.

«Va tutto bene, non conosce né il Coach né la signorina Parker, quindi non importa. Ehi, ora Jo è la signora Coach, giusto?» Trunk sorrise, divertito.

«Qualcuno può presentarmi questa bella signorina seduta accanto a me, per favore?» chiese Hank Montgomery.

«Papà, quella è la mamma di Buddy, Verna Carruthers,» rispose Griff, e si avventò sull'insalata.

Hank rivolse alla donna un sorriso caloroso. «È un piacere conoscerla.»

«Anche per me. Lei è il nuovo coach?» gli chiese Verna, portandosi la forchetta alla bocca.

«Sono il nuovo assistente allenatore, non il coach.» I luminosi occhi azzurri del padre di Griff danzavano.

Verna indossava un vestito rosa e leggero che si adattava benissimo alla sua figura. Anche se era magra, aveva ancora le curve, e il calore dello sguardo di Hank la fece arrossire. Nessuno uomo l'aveva più guardata in quel modo, come se quello che vedeva gli piacesse molto, da quando suo marito era morto. Anche Hank Montgomery era abbastanza magro, e le piacevano i suoi capelli grigio ferro e i suoi occhi intensi. Sì, era decisamente un uomo attraente. «Benvenuto a Monroe. Ha intenzione di venire a vivere qui?» gli chiese.

«Andrò dovunque andranno Griff e la sua famiglia. Non vorrei perdere l'occasione di passare del tempo con i miei nipoti.»

«Capisco. Monroe è un bel posto in cui vivere, magari le verrà voglia di rimanere qui.»

«Da quando vive qui?» Hank si ficcò in bocca una forchettata d'insalata.

«Ci siamo trasferiti quando Buddy è entrato nei Kings,» rispose Verna.

«Noi? È sposata?»

«Sono vedova.»

«Oh, mi dispiace molto per la sua perdita. Anch'io lo sono. Vedovo, intendo,» disse Hank.

«Che peccato,» commentò Verna, posandogli per un attimo la mano sull'avambraccio. Anche se era avanti con gli anni, i suoi muscoli erano ancora forti, sotto la pelle. Qualcosa dentro di lei rimasto sopito per molto tempo si risvegliò all'improvviso, quando lo toccò. Imbarazzata per via delle sue reazioni, la donna sentì le guance scaldarsi. *Sperò che non lo noti.*

«Lavora?» le chiese Hank.

«Sono una pianificatrice finanziaria. Mi occupo delle finanze di Buddy e anche di quelle di Griff,» gli rispose.

«Quindi lei è la donna che gestisce i soldi di mio figlio? Io non ci capisco nulla, di quella roba.»

«Sarei felice di aiutarla a raccapezzarsi.» *Che diavolo stai facendo? Ci stai provando con lui? Verna, riprenditi.*

«Sarebbe fantastico! Quanto vuole per farlo?» chiese Hank.

«Non le farei pagare nulla. È il padre di Griff e lavora con Buddy.»

«Magari potrei offrirle una cena in un bel ristorante, invece.»

«Sarebbe bello,» disse Verna. *Mi ha appena chiesto di uscire?*

Una cameriera li interruppe, appoggiando davanti agli invitati piatti di filet mignon, patatine al prezzemolo e piccoli asparagi.

Verna alzò lo sguardo in tempo per cogliere l'occhiataccia che le lanciò Buddy. *Oh, oh.* Gli sorrise. *Sto mettendo in imbarazzo Buddy. Ho sessant'anni, sono troppo vecchia per le storie d'amore.*

«Tenga, può scrivermi il suo numero sul telefono? Io metto sempre i pollici nel posto sbagliato, quando uso questo coso. Me l'ha regalato Griff e ci lotto contro ogni giorno. Finora, ha sempre vinto questo maledetto telefono.» Hank le porse il suo cellulare.

Verna inserì il suo numero nella rubrica senza fare nemmeno un errore. *Quanti anni sono passati, dall'ultima volta che ho dato a un uomo il mio numero? Mi sembrano secoli.* Guardò verso Buddy, vide la sua espressione arrabbiata e decise di spostare lo sguardo altrove. Notò che Griff sembrava divertito.

Mangiarono tutti in silenzio, godendosi il sapore del cibo cucinato alla perfezione. Per dessert ci fu la torta nuziale, poi andarono a ballare.

Prima che la serata finisse, Stormy prese il bouquet della sposa al volo, mentre Hank Montgomery afferrò la giarrettiera.

I Kings si scatenarono sulla pista da ballo. I balli più rapidi spinsero perfino i giocatori più seri a dimenarsi, piroettare e saltellare, poi la musica si fece più lenta. Jo ballò con suo padre e poi con Pete. La coppia felice si mise a sussurrare, scambiandosi segreti, le fronti che si toccavano, ballando così stetti l'uno all'altra che nemmeno un pezzetto di carta sarebbe riuscito a infilarsi tra di loro.

Verna sospirò, ricordando il giorno che aveva sposato il padre di Buddy.

«Vederli le riporta alla mente molti ricordi, vero?» le chiese Hank.

«I matrimoni così belli mi ricordano sempre il mio,» rispose lei.

«La fanno ripensare a dei tempi felici.»

«Certo.»

«Le va di ballare?» Hank alzò le sopracciglia, uno sguardo incerto negli occhi.

Verna sorrise. «Mi piacerebbe molto,» disse, prendendo la sua mano.

Buddy le passò accanto, con un'espressione ancora più cupa di prima. Prima che lei e Hank si allontanassero, lo sentì ringhiare, rivolto al suo migliore amico, Griff: «Se tuo padre tocca mia madre anche solo con un dito, gli stacco una mano.»

Capitolo Tredici

Samantha si sentì tremendamente in colpa, quando aprì la porta del The Savage Beast, ma tirò su le spalle con aria decisa. *Ho tutto il diritto di frequentare chiunque io voglia.* Sapeva che suo fratello avrebbe disapprovato, ma quando Bullhorn Brodsky, ovvero Sly, le aveva chiesto se voleva unirsi a lui per un hamburger e una birra, la donna aveva colto l'occasione al volo.

Sam aveva lavorato sodo per organizzare la campagna pubblicitaria per l'imminente stagione sportiva e il matrimonio di Jo e, adesso che il suo capo era in luna di miele, poteva finalmente respirare un po'. Non aveva detto a Devon che non sarebbe tornata a casa per cena, solo a Stormy. Sperava che la sua amica mantenesse il segreto e che si inventasse qualche scusa per non fare insospettire suo fratello.

Samantha non sapeva cosa provava per Sly Brodsky. Certo, era un uomo affascinante e lei trovava attraenti la sua stazza e il suo aspetto un po' da orso, ma chi era veramente? Finora, aveva visto solo il suo lato divertente, quindi voleva conoscerlo meglio. E al Beast, un locale confortevole dove servivano ottimo cibo, avrebbe avuto l'opportunità perfetta per farlo.

Si lisciò la gonna rosa di cotone e strattonò la canotta bianca. Ferma sulla porta ad aspettare che i suoi occhi si abituassero alla penombra del bar, si rigirò tra le dita la lunga e sottile sciarpa a stampe bianche e rosa.

«Samantha!» Sly si diresse subito verso di lei. «Sono felice che tu sia venuta,» disse, poi le posò una mano sul gomito, la condusse verso un tavolo in un angolo e le scostò la sedia.

Conosce le buone maniere. Sam si accomodò sulla sedia in paglia e lo fissò. Era molto alto, ma si muoveva rapidamente e in modo aggraziato. Notò che aveva le spalle larghe e, per un attimo, si chiese come sarebbe stato stare sotto di lui, mentre facevano l'amore. Quel pensiero le fece venire la pelle d'oca. *Grazie a Dio, non può leggermi nel pensiero.*

Carla si avvicinò al tavolo e porse loro i menù. «Ti porto qualcosa da bere, tesoro?» le chiese.

«Avete del vino bianco?» domandò Sam a sua volta.

«Certo. Prendetevi tutto il tempo che vi serve per decidere cosa ordinare, io torno subito. Un'altra birra, Bull?»

Sly annuì. I suoi capelli biondo scuro e i suoi occhi grigio chiaro le fecero battere forte il cuore. L'uomo bevve un sorso dal suo bicchiere.

«Mi piacerebbe proprio sapere perché mio fratello è tanto contrario al fatto che io mi veda con te.»

Prima che Sly potesse risponderle, Carla tornò con il drink di Sam. I due ordinarono degli hamburger al gorgonzola, la specialità del The Savage Beast.

Quando la cameriera se ne andò, Samantha fissò l'attaccante. «Beh?» insistette, incrociando le braccia sul petto.

Sly abbassò lo sguardo sulle sue dita e giocherellò con il tovagliolo di carta, poi tornò a guardarla. «I ragazzi sono un po' sboccati negli spogliatoi ma, ehi, gli uomini sono fatti così, sai? Facciamo cose, diciamo cose. Non significa nulla.»

«Allora, perché Devon è così convinto che stare con te sarebbe una cattiva idea, per me?»

«Non lo so.»

«Ci dev'essere di più di qualche parolaccia negli spogliatoi, dietro questa storia,» provò ancora Sam.

«Facciamo di più che dire parolacce,» ammise Sly, e le guance gli si tinsero di rosa.

«Oh?» La donna inarcò un sopracciglio.

«Non posso dirtelo. Insomma, ci sarebbe troppo da dire. Ci limitiamo a scherzare, ma l'atmosfera può diventare un po' pesante. Volgare, immagino.»

«Così, Devon pensa che proverai a farmi tutte le cose di cui parli?» Sam sorrise, quando vide le guance del giocatore passare dal rosa al rosso. *Bingo!*

«Forse, non lo so,» borbottò lui, abbassando lo sguardo.

«Ha senso.»

«Non lo farei, davvero, non lo farei mai. Non si tratta di quella roba, con te,» si difese Sly.

«Oh?»

«Lo sai. Non sono bravo con le parole. Non farei mai nulla che possa ferirti.»

«Sei un gigante gentile? È questo che stai cercando di dire?» scherzò Samantha.

«Posso essere rumoroso, ma sono innocuo.»

«Non hai mai fatto pressioni a una ragazza per convincerla a fare sesso con te?»

«Mai.»

«Ti aspetti che io ti creda?»

«No significa no, per me,» disse semplicemente Sly.

Carla tornò con i loro hamburger. Sam aveva preso anche le patatine, al contrario del suo accompagnatore.

«Niente patatine?» gli chiese.

«Stormy mi ucciderebbe. Le patatine sono sulla lista dei cibi che non posso assolutamente mangiare.»

«Dovrebbero essere anche sulla mia, ma le adoro.»

«Tu puoi permetterti di mangiarle. Hai un aspetto fantastico.» Sly lasciò vagare lo sguardo lungo il suo corpo.

Samantha si mosse nervosamente sulla sedia e incrociò le gambe. «Grazie.»

«Mi dispiace. Non riesco a trattenermi, quando vedo una ragazza carina come te. Beh, ehi, sono un uomo,» si scusò l'attaccante.

«Continui a ripeterlo. Comincio a capire perché Devon non vuole che ti frequenti.» Sam diede un morso al suo hamburger.

«Non fraintendermi, non sono solo attratto fisicamente da te, sono anche interessato al tuo lavoro. Insomma, quello che fai al rifugio, quando dedichi il tuo tempo a quelle signore che hanno bisogno d'aiuto, e anche ai loro bambini. Maledizione, quei ragazzini sono così carini. Ho già fatto un accordo con Mahoney: alla festa di Natale di quest'anno, il costume da Babbo Natale lo indosso io.»

«Sono adorabili, non è vero?» *Forse non è così male.*

«Esci con qualcuno?» chiese all'improvviso Sly, fissandola dritta negli occhi con le iridi chiare.

«Non in questo momento,» rispose Samantha.

«Bene, neanch'io sto vedendo qualcuno.»

«Sei uno che colleziona appuntamenti?»

«Cosa?»

«Frequenti più donne nello stesso momento?» chiarì Sam.

Bull rise. «Scherzi, vero? Sono fortunato se riesco a gestire *una* donna alla volta.»

«Non è quello che dice Devon. Mi ha detto che parli sempre di tutte le donne che ti sei portato a letto. Non voglio essere solo una tacca in più sulla testiera del tuo letto.»

«Non sono così.»

«Dici davvero? Posso crederti?»

Sly arrossì di nuovo e Samantha pensò di averlo colto in fallo. «E se ci andassimo piano, all'inizio?» le chiese, spostandosi nervosamente sulla sedia.

«Che vuoi dire?» domandò Sam.

«Insomma, usciamo insieme e basta. Sai, andiamo da qualche parte e facciamo delle cose.»

«Che tipo di cose?»

«Non so.» Bull si massaggiò la fronte. «Ci sono! Un picnic. Andiamo a fare un picnic, al parco.»

«A Nutmeg Park?»

«Sicuro, ottimo. Perché no? Prenderò da mangiare in rosticceria.»

«Magari Stormy potrebbe cucinarci qualcosa.»

«Ecco, perfetto. Ingaggerò Stormy e le dirò di prepararci un picnic. Mangeremo fuori, dove tutti potranno vederci,» concluse Sly.

Samantha ridacchiò. Quell'omone era così onesto e aveva un'aria tanto sincera che doveva per forza dirgli di sì. Gli sorrise. «Okay.»

Come se avesse capito cosa voleva da lui, l'atleta le coprì la mano con la sua. «Francamente, Samantha, non ho mai incontrato una ragazza come te. Insomma, non sei solo bella, ma anche impegnata, sai? Stai lavorando a un obiettivo e stai facendo qualcosa di reale con la tua vita, invece di preoccuparti sempre dei tuoi capelli.»

«I miei capelli? Che hanno che non va i miei capelli?»

Sly scoppiò a ridere. «Nulla, assolutamente nulla. Sono bellissimi,» rispose, poi alzò una mano per passarle le dita tra le ciocche scure, le prese delicatamente il mento e si sporse verso di lei. Per un attimo, Sam pensò che l'avrebbe baciata.

Quando abbassò la mano, la sua pelle le sembrò più fredda e le mancò il calore del suo tocco.

Carla tornò al loro tavolo. «Volete anche il dessert?» domandò.

«Io sono piena,» rispose Samantha, dandosi un colpetto sullo stomaco.

«Fanno un gelato sundae con brownie e crema ganache calda fantastico,» la tentò Bull.

«Puoi mangiare quella roba?»

«Shh. Non dirlo a Stormy.» La luce giocosa negli occhi dell'attaccante la fece ridacchiare. «Mi mancano solo due chili per raggiungere il mio obiettivo. Dopo il ritiro, dovrei essere in forma perfetta. E poi, se lo dividi con me, ne mangerò solo metà.»

«Hai ragione. Okay, immagino di poter trovare lo spazio per metà gelato,» acconsentì Sam.

«Allora, portacene uno, Carla.»

«Con due cucchiaini?»

Sly annuì.

Il dolce si ergeva alto su un piattino. Sly raccolse con un cucchiaino la perfetta combinazione di brownie tiepido, gelato e ganache calda e le portò il cucchiaino alla bocca. Samantha schiuse le labbra, permettendogli di imboccarla. Il giocatore la guardò dritta negli occhi, quando allontanò la posata, facendole scorrere un lampo di desiderio in tutto il corpo. *Non è un gran seduttore? Sì, certo. Dovrò tenerlo d'occhio.*

Si imboccarono a vicenda finché il piatto non fu vuoto. Se lì vicino ci fosse stato un letto, Sam ci avrebbe buttato sopra Bull e gli sarebbe saltata addosso. Non ricordava di essersi mai eccitata tanto durante un appuntamento informale. Si scusò e corse nel bagno delle donne a tamponarsi il viso con l'acqua fredda. Quando tornò, Sly aveva già pagato il conto ed era pronto ad andarsene.

Il giocatore la accompagnò fino alla sua macchina e, mentre lei rovistava nella borsa alla ricerca delle chiavi, smosse la polvere con il piede e si ficcò le mani in tasca.

Samantha aprì l'auto e si girò verso di lui. «Grazie per la cena. Il cibo era veramente buono,» disse.

«E la compagnia era ancora meglio,» replicò Sly.

La donna sorrise, allegra. Quell'uomo la superava in altezza di quasi tutta la testa, ma per quanto fosse grosso, non aveva un'aria minacciosa.

Sly le si avvicinò di più e si chinò per posarle un tenero bacio sulle labbra, poi si allontanò. «Per quando possiamo programmare quel picnic?»

Sam toccò il labbro inferiore. «Domenica prossima? A mezzogiorno?» propose.

«Per me va bene. Grazie di esserti unita a me, stasera,» rispose l'attaccante.

Lei gli passò le braccia attorno alla vita in un veloce abbraccio. «Buonanotte.»

«Guida piano e scrivimi quando arrivi a casa, va bene?»

Sam rise. «Vivo a quattro chilometri da qui, Sly. Non corro pericoli.»

«Lo so, ma scrivimi comunque.»

«Okay.»

Quando Samantha salì in macchina, Sly le chiuse la portiera, e la salutò con la mano mentre usciva dal parcheggio. Il cuore iniziò a batterle forte, quando lo vide nello specchietto retrovisore. C'era qualcosa di triste ma anche dolce, in quell'omaccione, che le strinse il cuore. Ma era al sicuro, con lui? Perché Devon ce l'aveva tanto con lui? La donna sospirò. Avrebbe dovuto trovare una risposta a quegli interrogativi, prima di considerare l'idea di avere una relazione con lui.

Stava ancora riflettendo sull'enigma che era Sylvester Bullhorn Brodsky, quando entrò in casa, e fu sorpresa di vedere Devon seduto sulle scale.

«Dove diavolo sei stata?» le chiese suo fratello.

QUEL SABATO MATTINA, mentre beveva una tazza di caffè, Samantha si confidò con Stormy.

«Dev e io abbiamo avuto un brutto litigio,» cominciò.

«Ho sentito,» replicò Stormy.

«Riguardo a Sly.»

«Vuoi parlarmene?»

«No, in realtà. Domani esco di nuovo con lui.»

«Ma che problemi ha, Devon? Sei abbastanza grande per prendere le tue decisioni da sola,» sbottò Stormy.

Prima che le due donne potessero continuare la conversazione, il cornerback apparve sulla soglia della porta, intento a legarsi la vestaglia attorno alla vita. Lanciò un'occhiataccia a sua sorella e poi si verso una tazza di caffè. Samantha distolse lo sguardo.

«Chi vuole fare colazione?» Stormy si alzò in piedi e si diresse verso il frigo.

Le sue parole vennero accolte da un silenzio tombale.

«Andiamo, ragazzi! Siete fratello e sorella, dovete parlarvi,» provò ancora.

«Non stamattina. Prenderò qualcosa da mangiare mentre vado allo stadio. Grazie, comunque,» disse Devon.

Samantha salì di nuovo al piano di sopra.

«Bella mossa, Dev. Che hai che non va?» chiese Stormy.

«Bullhorn Brodsky non è abbastanza per Sam, ma lei non mi dà retta,» rispose il cornerback.

«Non sempre puoi impedire che rimanga ferita. Vuoi avvolgerla nella plastica per tenerla al sicuro? Lasciala respirare, o la perderai,» gli consigliò la nutrizionista.

«Sei un'esperta di queste cose?» Devon crollò su una sedia.

«So qualcosa su cosa significa avere un cuore spezzato.» Stormy ruppe due uova in una scodella.

«Davvero?»

«Dovresti saperlo. Sei stato tu a spezzarmelo.»

«Storia antica.» Devon bevve dal bicchiere di succo di frutta che lei gli mise davanti.

«Forse, ma a volte la storia si ripete.»

«E questo cosa vorrebbe dire?»

Stormy aveva giurato a se stessa che non avrebbe mai parlato di Jackie, aveva deciso di dimenticare quella faccenda e di non fare il terzo grado al suo ragazzo, ma alla fine vinsero la gelosia e l'insicurezza. Delle parole che non avrebbe mai voluto dire ad alta voce le scapparono dalla bocca prima che potesse fermarle: «Solo che tu tornerai insieme a Jackie, piantandomi in asso... di nuovo.»

«Quand'è che ti avrei piantata in asso?» chiese il cornerback.

«Al ballo.» Stormy posò un piatto di uova con il bacon sul tavolo con un po' troppa forza.

«Non ci ero andato con te. Okay, sono stato uno stronzo, ma ora dimenticati questa storia.» Devon divorò metà della sua colazione.

«E Jackie?» *Perché gliel'hai chiesto?*

«Vivo con te, non con lei. Che devo fare per provarti i miei sentimenti?»

Dimmi che mi ami. «Niente. Niente, Devon, non devi fare proprio nulla. Sono solo la tua domestica, ho capito,» rispose Stormy.

Devon gettò la forchetta sul tavolo. «Non hai capito nulla. Sei tu quella che viene a letto con me, e devo pure rassicurarti?»

«E Jackie è venuta per accompagnarti al matrimonio di sua iniziativa? Così, dal nulla? Tu davvero non sapevi del suo arrivo?»

«Se l'avessi saputo, le avrei detto di rimanere a casa,» si difese il cornerback.

«Non l'hai fatto, però. Sei stato carino con lei.»

«Le ho detto di andare via. Stormy, devi credere di più in te stessa.»

Stormy non aveva appetito, così iniziò a giocherellare con le uova che aveva nel piatto. *Ti prego, dimmi che mi ami.*

Devon finì di mangiare e mise il piatto nel lavandino. «Grazie per la colazione. Ora devo andare allo stadio, Hank Montgomery mi sta aspettando. Manca solo una settimana al ritiro e devo essere pronto.»

Stormy rimise in ordine la cucina. Quando udì il rumore della porta che si richiudeva, tornò nella sua stanza, prese la sua vecchia valigia malandata, la appoggiò sul letto e la aprì. Ripiegò i vestiti nei due cassetti in alto della cassettiera, poi prese le poche cose che aveva nell'armadio. *Viaggiare leggeri paga.*

Dopo aver terminato di fare i bagagli, chiuse la valigia e la trascinò di sotto, poi controllò l'orologio e vide che Devon non sarebbe tornato a casa per almeno un'altra ora. Sorrise tra sé e sé, pensando a quanto era migliorato: era calato di peso e aveva aumentato la velocità. *Questa sta-gione, straccerà tutti in campo.*

Si sedette alla scrivania e prese carta, penna e una busta, poi si ap-poggiò allo schienale della sedia, raccolse le idee e iniziò a scrivere una lettera al cornerback.

Quando ebbe finito, caricò i bagagli sul suo macinino arrugginito e si mise al volante. Guidò fino al distributore di benzina per fare il pieno, poi prese cento dollari al bancomat e un paio di bottiglie d'acqua.

«Quand'è che farai avverare i miei sogni?» le chiese Jimmy, il ben-zinaio.

«Mai, Jimmy. Dovrai dimenticarmi,» scherzò Stormy.

L'uomo le sorrise, mentre le puliva il parabrezza. La donna rimise la carta di credito nel portafogli e salì in macchina, poi prese il cellulare e fece una chiamata.

«Ciao, Bill.»

GUIDÒ A LUNGO SULLA polverosa strada verso Boston, in Illi-nois. L'aria condizionata della sua vecchia auto era guasta, a volte fun-zionava e a volte no. Anche quando funzionava, però, non rendeva mai l'aria fresca, alleviava solo un po' il calore. Stormy alternò l'accendere l'aria condizionata all'abbassare i finestrini, e la frustrazione che prova-va la rese ancora più determinata a guadagnare di più e mettere da parte i soldi per comprare una macchina nuova.

Dormì in un economico motel di Pittsburgh, si alzò alle sei e alle sette era già di nuovo per strada e procedeva a ritmo spedito. Il viaggio era lungo, milleseicento chilometri la separavano dalla sua meta e, nonostante tutti i suoi sforzi, le ci vollero tre giorni per arrivare a desti-nazione.

Entrò nell'edificio in cui abitava una volta, il condominio Cedar Crest Arms, a mezzanotte. La signora Armstrong, l'amministratrice, le diede un benvenuto caloroso. «Perché non dorme nella mia stanza degli ospiti, per stanotte? C'è un appartamento libero, può sistemarsi lì domani.»

Stormy era troppo stanca per discutere e accettò graziosamente quella generosa offerta. I pasti e le due notti in motel avevano ridotto il suo budget, quindi apprezzò la prospettiva di un posto dove passare la notte gratis. Passò quel mercoledì a sistemare le sue cose in un appartamento piccolo ma già ammobiliato, simile a quello che occupava una volta. Giovedì mattina, si fece la doccia, buttò giù un po' di yogurt e frutta fresca e si diresse verso la casa di riposo.

Prima di entrare, accese il cellulare: c'erano venti chiamate senza risposta e messaggi da parte di Devon Drake. Stormy aggrottò la fronte, spense il cellulare ed entrò.

La receptionist la mandò da Bill McLean. L'uomo, seduto dietro la sua scrivania, si alzò per salutarla. Era basso, solo un paio di centimetri più alto di lei, e la strinse in un abbraccio caloroso. «Bentornata,» le disse.

«Mi fa piacere rivederti,» replicò Stormy.

Si misero a discutere riguardo al lavoro della nutrizionista. Stormy richiese un salario più alto e Bill riuscì a darle qualcosa di più di quello che guadagnava prima, ma non era ancora abbastanza per permetterle di comprarsi un nuovo veicolo in un prossimo futuro. La donna sentì un peso nel petto che la mise subito di cattivo umore, all'idea di affrontare l'inverno con un mezzo di trasporto così inaffidabile.

«Posso portarti a cena fuori, stasera?» le chiese Bill. «Insomma, in ricordo dei vecchi tempi.»

«Facciamo domani? Sono un po' stanca,» rispose Stormy.

L'uomo accettò.

Stormy tornò al suo minuscolo appartamento con solo due stanze, si accoccolò sul divano con una bottiglia di birra fredda e si rinfrescò un po' grazie alla pigra brezza di un lento ventilatore da soffitto. Le mancava la casa grande e lussuosa di Devon. Lì aveva un bagno enorme con due soffioni della doccia, grazie ai quali il suo uomo poteva sempre unirsi a lei, e una toeletta con uno specchio enorme. *E la cucina...* Lanciò uno sguardo triste alla sottospecie di spazio cucina del posto in cui viveva in quel momento. Ricordi dei lunghi banconi, del doppio lavandino, dell'enorme frigorifero e freezer e dei fornelli quasi degni di uno chef professionista le riempirono la mente.

Smettila di piangerti addosso. Hai deciso tu di tornare, nessuno ti ha costretta. Si fece di nuovo la doccia per lavarsi via dalla pelle il sudore causato dal calore dell'appartamento, poi si mise a letto, nuda. Il ventilatore da soffitto in camera sua permetteva all'aria calda dentro la stanza di mescolarsi a quella che arrivava dall'esterno ed entrava dalle due finestre aperte.

Abituarsi a vivere lì sarebbe stato più difficile di quanto pensava. Il letto puzzava di vecchio, al contrario di quello in camera di Devon. Il letto del cornerback era ampio, solido e coperto da lenzuola del cotone più pregiato, che la domestica cambiava una volta a settimana. L'aria condizionata funzionava benissimo e la casa era sempre calda d'inverno, tranne la notte, quando la parsimoniosa Samantha abbassava la temperatura fino a renderla fredda come il ghiaccio. Dentro di sé, Stormy ridacchiò e si chiese se sarebbe stato lo stesso, nella sua nuova casa.

Dormire da sola, perfino stendendo le coperte per coprire l'intero spazio del letto, non la soddisfaceva più. Quel piccolo letto vuoto le ricordava Devon e tutto quello che le mancava: passare la notte accanto a lui era stato come un sogno che diventava realtà. Stormy sospirò. *Se potessi rannicchiarmi tra le sue braccia ancora una volta...*

Un temporale estivò si abbatté su Boston. I tuoni e i lampi la rendevano nervosa, ma Stormy accolse con entusiasmo il sollievo che l'umidità della pioggia le avrebbe portato. Si girò sul fianco sinistro e su quello destro, poi si voltò sulla schiena e sullo stomaco, e continuò a cambiare posizione, cercando di mettersi comoda sul materasso pieno di bozzi, ma non riusciva ad addormentarsi. Pensò di tornare indietro. *Ma se lui non mi ama, la mia vita sarà triste quanto dormire in questo letto e cucinare su quel misero fornello.*

Irrequieta, accese la lampada sul comodino e il cellulare, poi cliccò sui messaggi di Dev e li lesse tutti. Gli angoli della bocca le si piegarono in un sorriso. *Gli manco, è arrabbiato con me, mi supplica, fa battute, è disperato. Bene. Tutto questo potrebbe scuoterlo un po'. Fa' la tua scelta, Devon Drake. Io o la modella?*

La nutrizionista non riusciva ancora a rilassarsi, così si infilò un paio di pantaloni e andò a fare una passeggiata. Boston era silenziosa, alle due e mezzo del mattino. Vagò per Main Street, ricordando la piccola tabaccheria e la rosticceria all'angolo, ma poi vide qualcosa muoversi nel vicolo dietro l'alimentari. Stormy si bloccò. Lottò contro l'istinto che le diceva di mettersi a correre come un lampo, girò il viso e rimase immobile. Trattenne il fiato, quando la vide di nuovo: era un'ombra corta e bassa, che si avvicinava sempre di più.

«Chi c'è? Fatti vedere,» chiamò, cercando senza riuscirci di impedire alla sua voce di tremare. Le rispose un guaito incerto. *Un cane?* Rincuorata dal fatto che la creatura che si aggirava nel buio non era Bigfoot o un serial killer, entrò nel vicolo.

Dietro l'edificio, due larghi occhi marroni la scrutarono. Stormy si avvicinò di più, cercando di non spaventare la creaturina. *Un carlino!* Si accucciò, gli tese una mano e fece dei versi con la bocca per incoraggiarlo. Il cagnolino le si avvicinò lentamente, fissandola con occhi penetranti.

«Vieni, piccolo.» Stormy allungò il braccio e sentì il rumore di un sacchettino di brezel che frusciava nella sua tasca. Lo tirò fuori, sfregò uno degli snack per togliere il sale e poi lo offrì al cane. Lui lo annusò e si avvicinò ancora di più, con il nasino che fremeva.

Stormy gli rivolse parole dolci e rassicuranti, mentre gli offriva il brezel. Finalmente, il carlino si lanciò verso lo snack e glielo strappò dal palmo, poi si ritirò tra le ombre per mangiarlo. La donna lo udì masticare e sorrise, poi l'animale tornò da lei, annusando l'aria alla ricerca di altro cibo. Stormy aveva solo altri tre piccoli brezel da dargli, ma lui li divorò tutti.

Quando il cane si avvicinò abbastanza, lo afferrò e se lo mise sottobraccio, intrappolandolo. «Credo che ti servano cibo, acqua e un bagno, signorino,» disse, e portò la creaturina, che continuava a dimenarsi, a casa sua. La lavò nel lavandino in cucina, la asciugò con degli asciugamani di carta e aprì una lattina di manzo sotto sale macinato.

«Questa è la cosa più simile al cibo per cani che ho. Domani, ti comprerò quello vero.» Stormy fece mangiare al carlino un terzo della lattina e tenne il resto per il giorno dopo. Il cane mangiò il cibo tanto velocemente che pareva inalarlo e quando finì si leccò il muso. Il tintinnio delle targhette sul suo collare attirò l'attenzione della donna.

«Hmm, Brodie, capisco. Qui c'è il numero di telefono. Li chiameremo domani mattina,» disse.

Mentre osservava il carlino leccare l'acqua da una scodellina, Stormy si sentì travolgere dalla stanchezza. Sbadigliò e si mise al letto, ma prima di addormentarsi sentì un tonfo. Quando riaprì gli occhi, vide Brodie che la fissava.

«Okay, Brods, puoi dormire con me, ma non prenderti tutto lo spazio, va bene?» Stormy si girò su un fianco e l'animale le si accucciò dietro le ginocchia, le appoggiò la testa sul polpaccio e iniziò a russare dopo pochi attimi. La donna ridacchiò tra sé e sé e si assopì.

La mattina seguente, Stormy chiamò il numero sulla targhetta di Brodie.

«L'ha trovato. Buon Dio, la ringrazio di cuore,» le disse la donna al telefono.

«Vuole venire a prenderlo?»

La domanda di Stormy venne accolta dal silenzio.

«Pronto? È ancora lì?» chiese la nutrizionista.

«Ci sono. Brodie era il cane di mia sorella, che è morta la settimana scorsa. È da allora che ci arrovelliamo per capire cosa farne di lui.»

«Mi dispiace molto per la sua perdita. Avete deciso di lasciarlo libero?»

«È scappato quando mio marito ha lasciato aperta la porta per portare fuori un paio di cose, ed è sparito prima che potessimo riacciuffarlo. È già difficile sopportare il fatto che Eloise se ne sia andata, ma adesso, questa faccenda di Brodie... non sappiamo cosa fare. I miei bambini sono allergici ai cani.» La donna scoppiò a piangere.

«Va tutto bene. Ehi, non si preoccupi. Le dispiacerebbe se lo tenessi io?» le chiese Stormy.

«Le saremmo così grati. Posso mandarle un assegno per le spese legate al cane e per il veterinario. El si prendeva molta cura di quel piccoletto.»

«Mi paghi solo le visite dal veterinario, e per il resto, si tenga i soldi.» Stormy diede alla donna il suo indirizzo e spense il cellulare. Come se sapesse che aveva appena deciso il suo destino, Brodie si mise sull'attenti e la fissò.

«Sembra che ora tu sia mio, Brods.» Stormy si chinò per accarezzarlo e lui scodinzolò e saltò su per leccarle il viso. «Scommetto che i residenti della casa di riposo ti adorerebbero. Andiamo.» Gli legò una corda al collare, lo caricò in macchina e guidò fino al grande magazzino dall'altra parte della città.

Con il carlino sottobraccio, dovette pregare il personale di lasciarla entrare nel negozio. Alla fine, assegnarono a un membro dello staff il compito di aspettare fuori con Brodie, mentre lei comprava un'imbracatura, un guinzaglio e del cibo per cani.

Stormy mise imbracatura e guinzaglio a Brodie e andò al lavoro. «Andiamo a farci qualche nuovo amico,» esclamò.

Quando gli inquilini della casa di riposo smisero di agitarsi alla vista del suo cane, la nutrizionista si concentrò sul suo lavoro e Bill la presentò ai nuovi arrivati. Chi la conosceva già era lieto che fosse tornata.

Tutti adorarono Brodie. Il carlino sembrava nato per fare amicizia con gli anziani, scodinzolava e leccava mani e visi ovunque andasse. Stormy sospirò, sollevata, quando vide che i residenti andavano pazzi per lui. Perfino il suo capo lo accarezzò e ottenne in cambio una leccata alla mano.

«Brodie è il benvenuto, qui, Stormy. Portalo sempre con te,» disse Bill.

Stormy preparò un lettino per l'animaletto sotto la sua scrivania, si accomodò nel suo ufficio, lesse attentamente i menù e tornò alla sua vecchia vita. Era come se il tempo che aveva passato con Devon Drake fosse stato solo un sogno. Nonostante la gioia e le risate che le procurava il suo nuovo compagno a quattro zampe, si sentì travolgere dalla tristezza. *Adesso, sono tornata dov'ero prima... nel mezzo del nulla.*

L'idea di sposarsi con Bill, crescere due figli mediocri, non andare mai da nessuna parte e non vivere mai un'esperienza più eccitante di un sabato sera a base di pizza e film la deprimeva. Sapeva che quello di cui un tempo si sarebbe accontentata, ora non l'avrebbe più soddisfatta. *Cos'ho fatto?*

Capitolo Quattrodici

Intanto, a Monroe

Verna Carruthers rovistò nei cassetti del suo armadio, ma non trovò nessun vestito che non fosse vecchio di almeno dieci anni. *Ho un appuntamento a cena e non ho nulla di decente da mettermi!* Si sentì prendere dal panico. Non che Hank Montgomery fosse il Principe Azzurro, ma era un uomo single e interessato a lei, e Verna non andava più a un appuntamento da molti anni. Dopo aver perso suo marito, si era concentrata su Buddy e sul diventare una pianificatrice finanziaria abilitata.

Telefonò a sua nuora e le disse in tono urgente: «Ho un appuntamento ma non ho nulla di decente da mettermi. Aiutami.»

«Andiamo a fare shopping,» replicò prontamente Emmy Carruthers.

«Vuoi venire con me?»

«Ma certo. Vengo a prenderti tra un'ora, indossa qualcosa che ti puoi togliere e rimettere velocemente.»

«Grazie.»

Quando Emmy si fermò davanti a casa sua con la sua BMW a due posti blu metallico scuro, Verna salì in macchina e le chiese: «La sostituirai con un SUV?»

«Dopo la nascita del bambino.»

Verna ridacchiò. «È una vera bellezza, ma non sarà molta pratica da usare, quando sarete in tre.»

«Triste ma vero.» Emmy sospirò e accese il motore dell'auto sportiva.

Al The Cottage, una boutique alla moda in città, vennero accolta da Martha Raison in persona.

«Questa è la madre di Buddy Carruthers, Martha,» le presentò Emmy.

Verna e l'altra donna si strinsero la mano.

«È alla ricerca di un vestito per una cena speciale,» continuò la cantante.

«Un appuntamento?» La proprietaria del negozio inarcò un sopracciglio.

Verna sentì le guance scaldarsi. «Più o meno.»

«Sì, un appuntamento,» la corresse Emmy.

«Che bello. Dobbiamo trovarle un vestito speciale, allora.»

Emmy si diresse verso una rastrelliera di capi in svendita. «Vuoi cominciare da qui?»

Verna le posò con fermezza una mano sul braccio. «I soldi non sono un problema, oggi.»

«Ma sei sempre così parsimoniosa.»

«Non oggi. Voglio essere bella, maledettamente bella. E, quando hai sessant'anni, bisogna spendere per ottenere quel risultato. È ora che inizi a spendere un po' di soldi per me stessa.»

«Hai assolutamente ragione. Andiamo a vedere i vestiti firmati,» disse Emmy, prendendo la suocera per mano.

Verna sorrise. «Ora sì che hai capito.»

«Hank dev'essere un tipo molto speciale,» commentò la cantante.

«È il primo uomo che mi abbia chiesto di uscire, da quando sono diventata vedova.»

«Allora, troviamole un vestito favoloso, così sarà certa di ottenere anche un secondo appuntamento,» intervenne Martha.

Verna le rivolse un ampio sorriso. «Sono tutta sua.»

Martha scelse alcuni vestiti dalla rastrelliera e glieli mostrò uno per uno, mentre Verna sedeva su un divanetto e sorseggiava un espresso insieme a Emmy. La rockstar bocciò un abito rosa di tessuto increspato e decretò che un altro in nero aveva un'aria troppo severa.

«Ti farebbe sembrare vecchia, Verna. Non sei più in lutto,» dichiarò.

«Al se n'è andato molto tempo fa,» concordò Verna.

«Giusto, è tempo che tu ti riprenda la tua vita.»

Un vestito blu si rivelò troppo scollato, un altro troppo stretto.

«È davvero una taglia quarantadue?» chiese Verna, mentre Martha tentava di alzarle la zip sulla schiena.

Emmy rivolse due pollici all'ingiù a un abito bianco. «Troppo casto. Non vorrai dare a Hank l'impressione di essere un'educanda.»

«Meglio educanda che sgualdrina.»

«Okay, allora. Scordiamoci pure quello rosso.»

Martha ridacchiò, coprendosi la bocca con una mano. Poi Verna indossò un vestito di seta color foglia di tè e il silenzio calò sulla stanza.

«Fantastico,» sussurrò Emmy.

«Dici sul serio?» Verna corse allo specchio.

Trasalì, quando vide il suo riflesso. C'era qualcosa nel taglio di quell'abito che le ricordava il matrimonio dove aveva incontrato per la prima volta Al e aveva ballato con lui per tutta la sera. La gonna dell'abito blu che aveva indossato quella volta le ricadeva morbida attorno alle cosce, proprio come quella del vestito che aveva addosso in quel momento. Se chiudeva gli occhi, poteva ancora sentire la musica e vedere la location dell'evento, un patio addobbato con tante lucine colorate in una tiepida sera d'estate. Si era innamorata subito di quell'uomo affascinante che aveva insistito per essere il suo partner durante tutti i balli.

Sospirò. «È questo. Dev'essere questo.»

«Perfetto,» disse Emmy.

Martha giunse le mani davanti all'ampio petto e sorrise allegramente. «Le dona. È il migliore di tutti.»

Verna amava quell'abito blu-verde che le ricadeva delicatamente fino alle ginocchia. Con quelle maniche corte e la scollatura bassa che rivelava un po' del seno, si adattava perfettamente alle sue forme. La donna aveva un bel corpo, si teneva in forma e non mangiava troppo.

Emmy la incitò a mostrare la sua mercanzia.

«Che dirà Buddy?» si chiese Verna, girandosi di qua e di là di fronte a uno specchio trilaterale.

«Chi se ne è importa? Non è il tuo guardiano,» rispose semplicemente la nuora.

«Non vorrei metterlo in imbarazzo.»

«Tu hai la tua vita da vivere. Sei una donna, prima di tutto. Buddy imparerà ad accettarlo.»

Verna sorrise al suo riflesso, il colore del vestito faceva brillare il blu dei suoi occhi.

«Ora, vediamo,» disse Emmy, sedendosi sul divanetto e prendendo carta e penna. «Ci servono biancheria nuova, scarpe nuove, calze, una manicure e, soprattutto, un nuovo taglio di capelli!» Alzò lo sguardo su di lei e sorrise, vedendo la sua espressione stupefatta.

«Vuoi farmi un cambio di stile completo?» chiese Verna.

«È ora di iniziare a fare sul serio, Verna. Sei una donna attraente, smettila di nasconderlo.»

«Hai ragione.» Verna continuò ad ammirare il suo nuovo vestito.

«È una creazione di Madame Jeanne, molto raffinata. Le va a pennello,» la informò Martha.

Verna guardò il prezzo sull'etichetta: costava quasi trecento dollari. *E allora? È bellissimo, ed è ora che mi prenda cura di me stessa.* «Lo prendiamo, Martha. Qual è la prossima fermata, Emmy?»

«Dici sul serio?»

«È tempo di trovare la nuova me.»

VERNA PASSEGGIAVA AVANTI e indietro per il soggiorno, nervosa come una ragazza al suo primo appuntamento. Controllò l'ora per la decima volta ed esaminò il suo riflesso nello specchio per la ventesima. Il nuovo taglio e la tinta bionda la facevano sembrare più giovane di dieci anni, le ciocche le ricadevano corte attorno al viso, tagliate secondo l'angolazione perfetta per dare più volume ai suoi capelli. Chic e alla moda, era così che si sarebbe descritta.

«Al si starà rivoltando nella tomba. Cos'hanno fatto alla sua cara, vecchia, affidabile Verna?» rifletté ad alta voce.

L'avevano resa più affascinante, ecco cosa le avevano fatto. Fece una piroetta per ammirare i suoi nuovi sandali neri di vernice con i tacchi alti e cercò di non cadere. *Merda! Spero di non ammazzarmi, con addosso questi cosi.*

Applicò il mascara, il blush e il rossetto. Non aveva mai amato perdere tempo con il trucco e si era rifiutata di lasciare che Emmy le mettesse le ciglia finte e un sacco di eyeliner e ombretto.

«Sono troppo vecchia per quella roba, sembrerei una prostituta attempata,» le aveva detto. Emmy era scoppiata a ridere e si era fatta da parte. Il trucco leggero metteva in risalto i lineamenti del suo viso e Verna si sentì carina, anzi bella, per la prima volta dopo anni. Abbassò lo sguardo sullo smalto rosa scuro che le ricopriva le unghie. *Quanto durerà? Un giorno, forse? Domani devo fare le faccende di casa.*

Fece un balzo, quando il campanello trillò. *Hank è qui. Cosa dirà quando mi vedrà? Quando ci siamo conosciuti, avevo i capelli grigi, e ora sono biondo scuro.* Il cuore iniziò a batterle più rapido e sentì lo stomaco contrarsi per il nervosismo. Esitò davanti all'ingresso, fece un respiro profondo ed espirò.

Aprì la porta con tanta energia che la fece sbattere contro il muro alla sua destra. Hank rimase immobile sulla soglia, senza parole, e lasciò vagare lo sguardo dalle unghie dei piedi colorate di rosa fino alla cima della sua testa. Socchiuse la bocca in un'espressione incredula. Verna lo squadrò: si era pettinato i capelli e rasato il viso. Aveva un buon profumo, le ricordava un popolare dopobarba. Indossava una camicia bianca, pantaloni color kaki, una giacca sportiva blu marino e una cravatta verde Kelly a righe. *Elegante, molto elegante. Ha un bell'aspetto.*

«Wow! Ehi, dov'è Verna Carruthers?» esordì.

Verna scoppiò a ridere. «Entra,» lo invitò.

L'uomo entrò nell'atrio, la prese tra le braccia e la baciò, prendendola totalmente di sorpresa.

«Per cos'era, quello?» La donna fece un passo indietro.

«Mi piace togliermi subito di torno quella faccenda imbarazzante del bacio della buonanotte. Sei favolosa, fantastica. Prima eri bella, ma adesso, wow. Tutto quello che posso dire è wow.» Lo sguardo di Hank si soffermò per un momento di troppo sul suo petto.

Verna si torse le dita nervosamente, imbarazzata all'idea di mostrare il suo corpo a un uomo che era praticamente uno sconosciuto. *È il padre di Griff, non può essere tanto male.* I ricordi delle storie dei giorni da single di Griff le annebbiarono la mente.

«Sei pronta, bella signorina?» le chiese Hank.

Verna annuì, raccolse il suo maglione dal bracciolo del divano e lo seguì fino alla sua macchina.

«Questa carretta così sciccosa non è mia, è di Griff. La mia è dal meccanico, è un po' agli sgoccioli,» chiarì Hank.

«Anche la mia, devo comprarne una nuova.»

«Devo farlo anch'io. Dovremmo andare a sceglierle insieme.» Hank le aprì la portiera e si mise al volante.

«Sai cosa fanno tutti questi pulsanti, bottoni e aggeggi vari?» gli chiese Verna.

«No, e non mi importa. Tutto quello che mi serve sapere è dove sono la leva del cambio, i tergicristalli e i fanali e come chiudere le portiere.»

Verna ridacchiò. «Proprio come me.»

Guidarono in silenzio fino allo Sweet Magnolia, il ristorante di lusso preferito dei giocatori dei Kings. Il maître diede loro il tavolo preferito di Griff, sulla terrazza e con una bella vista del mulino ad acqua. La tovaglia era rosa, c'era una candela accesa e un dolce profumo di fiori estivi le arrivò alle narici.

«È tutto bellissimo,» disse Verna, quando Hank le scostò la sedia.

«Voglio solo il meglio,» replicò lui.

Visto che ha accettato un lavoro da assistente allenatore per i Kings, immagino che non sia ricco. Spero che si possa permettere tutto questo.

«Grazie.»

I due discussero delle specialità della casa e dei piatti regolari. Verna rimase sconvolta dai prezzi sul menù e cercò disperatamente qualcosa di meno caro da ordinare.

«Un'insalata?» Hank sembrava incredulo.

«Con gamberetti e avocado. Sembra gustosa,» confermò la donna.

«Niente bistecca? Una bella bistecca alta con i funghi? È il piatto preferito di Griff.»

«Devo mantenere la linea. Una bistecca mi farebbe ingrassare di almeno due chili.»

«Due chili nei punti giusti possono essere molto attraenti.»

Verna sorrise, divertita. «In qualche modo, i chili in più non sembrano mai finire nei punti giusti, solo in quelli sbagliati.»

Hank rise. «Come vuoi, ma spero che non siano i prezzi a dettare i tuoi ordini.»

Imbarazzata perché il suo accompagnatore aveva intuito le ragioni della sua scelta, Verna esaminò di nuovo il menù. C'era una coscia d'agnello con patatine, salsa alla menta e fagiolini verdi che l'aveva già tentata prima.

«Per favore, non essere timida. Posso permettermi tutto questo. Ho fatto molti soldi, vendendo la mia casa.»

La donna si sentì subito sollevata. «Okay, allora prendo l'agnello.»

Hank le strinse le dita tra le sue. «Apprezzo la tua parsimonia, ma le belle donne dovrebbero essere trattate come regine.»

«Dimmi di tua moglie, della tua vita in Indiana,» cambiò argomento Verna.

«Non c'è molto da dire. Rita è morta cinque anni fa, per colpa di un guidatore ubriaco,» rispose l'allenatore.

«Oh, mi dispiace tanto!» Verna gli prese la mano tra le sue.

«È stato difficile per me, ma anche Griff e sua sorella Kathy hanno sofferto.»

«Perché non ti sei più sposato?»

«Non ho mai più trovato una donna come Rita.»

Verna ed Hank ordinarono una bottiglia di vino e la bevvero insieme. L'agnello era delizioso, tutto era stato cucinato alla perfezione. Hank mangiò la sua bistecca con gusto, interrompendosi ogni tanto per farle qualche domanda o per rispondere alle sue. La serata volò, Verna era così presa dai racconti di Hank che non si accorse nemmeno che erano già le nove.

Come dolce, ordinarono entrambi dei sorbetti, Hank al cocco e Verna alla fragola, e li condivisero insieme.

Verna non riusciva a distogliere lo sguardo dagli occhi di un azzurro luminoso di Hank. *Proprio come quelli di suo figlio. Capisco perché Lauren si è innamorata di Griff.* «Hai sempre vissuto da solo, da quando Rita è morta?» gli chiese.

«Tranne per i mesi in cui Griff è venuto da me per riprendersi dall'infortunio, sì.»

«Com'è non avere nessun altro in casa?»

«Terribile!»

«Anche per me! Avevo pensato di prendermi un gatto, ma non sarebbe stata la stessa cosa.»

Hank rise. «Esatto. Ti fanno molte coccole, ma non il tipo di coccole che voglio io.»

Verna capì cosa intendeva e sentì le guance tingersi di rosa. L'uomo ridacchiò, vedendo la sua reazione. *È passato così tanto tempo dall'ultima volta che sono stata a letto con un uomo. Posso ancora farlo?*

Hank pagò il conto e poi tornarono alla macchina.

«Vuoi venire dentro a prendere un caffè?» chiese Verna, ma non era sicura se voleva che Hank le dicesse di sì o di no.

«Mi piacerebbe molto,» rispose lui.

La donna deglutì a vuoto e si concentrò per impedire alla sua mano di tremare mentre apriva la porta.

Alla fine, Hank le tolse la chiave di mano. «Se avermi in casa tua ti fa sentire tanto nervosa, me ne vado. Lo capisco,» disse.

«Ti prego, non andartene.» Verna gli strinse le dita attorno al braccio. «Non volevo dirtelo, ma questo è il mio primo appuntamento da quando Al è morto.»

Hank alzò le sopracciglia. «Il tuo primo appuntamento!» ripeté, incredulo.

Verna annuì, doppiamente imbarazzata perché sembrava una cosa così stupida, come se fosse una vergine.

«Non preoccuparti, Verna, non ti salterò addosso, nulla del genere. Però, mi piacerebbe continuare a parlare con te e slacciarmi questa maledetta cravatta.» L'uomo rise.

Verna pensava che nulla potesse metterla a suo agio in quella situazione, ma Hank ci riuscì. Rise con lui e aprì la porta, poi i due andarono dritti in cucina, dove l'allenatore la aiutò a preparare il caffè. Presero le tazze e andarono in soggiorno, dove Verna si tolse le scarpe con i tacchi alti e Hank si slacciò la cravatta.

«Penso che dovrò farmi un'operazione ai piedi, dopo aver indossato queste scarpe,» sospirò la donna.

«Le torture a cui le donne si sottopongono per essere alla moda.» Hank schioccò la lingua in segno di disapprovazione.

Verna indicò la sua cravatta con un cenno della testa. «E gli uomini, invece?»

«Touché. Odio le cravatte.»

«Allora, la prossima volta che ceniamo insieme, dovremmo farlo qui. Così, potrai venire in pantaloncini e maglietta. Che te ne pare?» *Merda! Gli ho appena chiesto di uscire? Che diavolo sto facendo?*

«Accetto la proposta. Quando?» chiese Hank.

Le labbra di Verna si incurvarono in un lieve sorriso. «Quando andrebbe bene, per te?»

«Sono un fermo sostenitore degli appuntamenti di sabato sera. E poi, così esco di casa e lascio un po' di privacy ai ragazzi.»

«Hai in programma di rimanere in città?»

«Mi cercherò una casa non appena nascerà il nuovo bambino.»

«Dev'essere eccitante, avere un secondo nipotino,» commentò Verna.

«Tu stai per avere il primo,» le fece notare Hank.

«Quasi non riesco a crederci. Non avrei mai pensato che Buddy volesse dei figli, lui stesso è un tale bambinone.»

Hank posò la tazza e le si sedette più vicino, poi la prese tra le braccia e la baciò. All'inizio, Verna si irrigidì, ma poi si rilassò, mentre lui le accarezzava la schiena. Quando Hank le passò la lingua sulle labbra, le aprì. Quel bacio fu così elettrizzante che sentì i capezzoli inturgidirsi contro il petto dell'uomo e un calore nella pancia.

Quando si separarono, quasi le girava la testa. Il desiderio, rimasto a lungo sopito, iniziò a scorrerle nelle vene.

Hank le diede un bacio sul naso e poi lanciò un'occhiata al suo orologio. «Si sta facendo tardi,» la informò.

Non andartene, la situazione ha appena iniziato a scaldarsi. «Devi proprio andare via?» gli chiese Verna.

Lui le rivolse un sorriso sensuale. «Mi spiacerebbe mancarti di rispetto e, se rimanessi di più, non sono sicuro che riuscirei a evitarlo. Questo è solo il primo appuntamento, non voglio metterti fretta. Possiamo andare a cena insieme di nuovo sabato prossimo?»

«Lasciami controllare il calendario.» Verna si alzò in piedi e andò in cucina. Quando si girò, si trovò davanti Hank, che catturò ancora una volta la sua bocca con la sua. La donna gli passò le braccia attorno al collo e premette insieme i loro corpi. Bramava il suo tocco, ma alla fine vinse la paura.

Hank indietreggiò e Verna sospirò.

«Sei una donna molto sexy, Verna Carruthers.»

Verna si riprese un po', si lisciò la gonna e abbassò lo sguardo sul pavimento. «Sabato prossimo va bene per me.»

Erano così vicini che poté godersi il profumo del dopobarba dell'uomo, per quanto leggero, misto all'odore di una camicia stirata di fresco e, ovviamente, a quello unico di Hank Montgomery.

«A che ora?» domandò Hank.

«Alle sei?»

«Perfetto. Allora, ci vediamo.» L'allenatore si voltò e fece per andarsene.

Verna lo seguì fino alla porta. «Grazie per la meravigliosa cena e per la bellissima serata,» disse.

Lui le fece il baciamano. «Grazie a te. Spero che ce ne saranno molte altre.»

Poi, se ne andò. Il ruggito della macchina sportiva di Griff le rimbombò nelle orecchie, il cuore iniziò a batterle forte e si sentì ribollire il sangue. *È come se avessi di nuovo diciannove anni. Beh, magari trenta.* Verna lavò i piatti e si spogliò. Decise di rinunciare alla sua solita camicia da notte e dormire nuda.

L'idea di avere una relazione sessuale in età così avanzata la spaventava, confondeva e intrigava. Lo voleva veramente? *Perché no? Cos'ho da perdere? Non devo certo preoccuparmi di rimanere incinta.* Non riuscì a scacciare il sorriso dalle sue labbra e si addormentò felice, pregustando una deliziosa storia con un uomo attraente.

La mattina seguente, si svegliò di soprassalto, sentendo qualcuno che bussava forte alla porta d'ingresso. Si infilò rapidamente una vestaglia e raggiunse l'atrio a piedi nudi. Era Buddy.

«Hank Montgomery è qui? Se è qui, lo faccio a pezzi. Sei andata a letto con lui?»

Il ricevitore si fece strada con irruenza in casa di sua madre e lei si fece da parte per lasciarlo passare, sconvolta.

DEVON PASSEGGIAVA SU e giù per il soggiorno. «È tua amica, dovresti sapere dov'è andata.»

«Non ne ho idea.»

«Pensa, Sam!»

«Smettila di urlarmi contro! È tutta colpa tua, quindi scoprilo da solo.» Samantha si alzò da tavola.

Devon la prese per il braccio. «Ti prego, Sam. Andiamo, aiutami. Non risponde alle mie chiamate e ai miei messaggi. Per favore, ti sto supplicando.»

«Lascerai in pace Sly per un po'?» gli chiese sua sorella.

Il cornerback esitò. «Okay, affare fatto. Per una settimana.»

«Chiama i tuoi amici alla stazione di polizia. Probabilmente, possono rintracciare il suo cellulare.»

«Non posso farlo. Sai dove lavorava prima?»

«Ho il numero proprio qui. Chiamali, magari sanno qualcosa.»

«Forse è tornata lì. Dove altro potrebbe andare?» rifletté Devon.

«È probabile, Dev.»

«Sono arrivato a questa idea tutto da solo. Quindi, non lascerò in pace Bull.»

«Per essere un uomo, a volte ti comporti veramente come una stronzetta,» disse Samantha, poi uscì di casa, sbattendosi la porta alle spalle.

Perché doveva farlo proprio prima del ritiro? Non posso andarmene per tre settimane. Devon prese il telefono e chiamò il Centro per Anziani Alton a Boston. «Salve, una certa Allison Gregory lavora da voi?»

«Certo, gliela passo.»

«Oops, no, grazie. Stanno suonando alla porta. Vi dovrò richiamare.» Il cornerback terminò la chiamata.

Mi attaccherebbe in faccia e basta, e poi, potrebbe scappare via. Devo andare lì, affrontarla e dirle la verità su quel che è successo quindici anni fa. È ora che lo faccia.

Devon si cambiò e andò allo stadio per assistere alla convocazione per il ritiro. Il Coach Bass iniziò a fare la paternale ai giocatori, mostrò loro un filmato del Super Bowl e mise in evidenza gli errori che avevano commesso. Il cornerback fece una smorfia, aspettando di vedere l'azione di gioco che aveva rovinato. I suoi compagni di squadra rimasero in silenzio, quando videro quelle immagini. Infine, Devon vide il momento in cui l'avevano trascinato fuori dal campo, verso la fine della partita.

Le mie azioni sono state le peggiori, ho perso la partita. Si concentrò più attentamente sul video e guardò gli ultimi minuti di gioco che si era perso mentre era negli spogliatoi a farsi medicare la caviglia.

Eccola lì, chiara come il sole: una penalità per falsa partenza per i Kings. The Kid aveva rotto la formazione, facendo perdere cinque iarde alla squadra e segnando l'esito della partita. *Non sono stato io. È stato lui, The Kid! Wow!* Si sentì travolgere da un'ondata di sollievo.

«Spero davvero che non abbiate cercato un capro espiatorio in questo filmato. Non c'è un'unica persona responsabile per il fatto che abbiamo perso la partita. Abbiamo perso tutti, l'intera squadra. La nostra difesa non ha saputo tenere la palla, gli attaccanti non connettevano e abbiamo preso decisamente troppe penalità. Siamo tutti sulla stessa barca, quindi lavoreremo sodo durante il ritiro. Quest'anno, l'ho esteso a tre settimane. Non lamentatevi, è perché abbiamo perso. Perso! È inaccettabile. Siamo troppo bravi per perdere. Una cosa su cui dobbiamo lavorare è ridurre il numero delle penalità, ne abbiamo prese il doppio dei Sidewinders e questo ha giocato un ruolo importante nel modo in cui abbiamo perso. Allora, datevi una svegliata, uscite da qui e mettetevi al lavoro. La prima partita di quest'anno sarà contro i Sidewinders. Voglio farli a brandelli!» disse il Coach.

I giocatori esultarono.

Non è il momento migliore per chiedere al Coach un po' di tempo libero per dare la caccia a Stormy. Maledizione! Perché ha dovuto fare così? «Coach, posso parlarle?» chiese Devon.

«Certo, Dev. Andiamo nel mio ufficio.»

Devon spiegò brevemente perché doveva andare in Illinois. Tutta quella storia lo metteva in imbarazzo, perché forse era responsabile di quel che era successo, almeno un po'. Comunque, trovare qualcuno a cui dare la colpa non gli sarebbe stato di nessun aiuto, in quel momento. Il suo compito era rimettere tutto a posto, riparare agli errori commessi e riportare Stormy dov'era giusto che stesse, ovvero con lui. Non avrebbe ottenuto nulla supplicando e pregando, perché Stormy poteva essere veramente dura. Solo sapere la verità su quel che era successo al ballo avrebbe potuto farle cambiare opinione su di lui. Devon credeva che sarebbe tornata da lui, se avesse saputo cos'era successo davvero.

«Vediamo come te la cavi nelle prime due settimane. Se giocherai bene, *maledettamente bene,* potrai saltare l'ultima settimana,» gli concesse il Coach Bass.

«Grazie, Coach.»

«Ora che sono sposato, mi è venuto un debole per le storie d'amore, ma non dirlo ai ragazzi. E non dire loro nemmeno che potresti saltare l'ultima settimana del ritiro, perché se lo sapessero, vorrebbero saltarla tutti. Fatti controllare la caviglia da Hank e dal dottore, poi vedremo cosa sai fare.»

«Grazie, Coach, non la deluderò,» disse Devon.

La discussione tra i due uomini venne interrotta dal rumore di qualcuno che bussava alla porta. Sulla soglia c'era Jo Parker, anche detta la signora Coach. Devon la salutò con un cenno del capo e si diresse verso gli spogliatoi. Il dottore gli fece una radiografia, Hank gli esaminò la caviglia ed entrambi conclusero che era pronto per cominciare.

Il cornerback si mise i vestiti che indossava per gli allenamenti e fece cinque giri di corsa attorno al campo, poi si mise in formazione con i suoi compagni di squadra e aspettò le istruzioni del Coordinatore della Difesa e dell'allenatore che si occupava della parte della difesa che copriva la parte posteriore del campo. I due uomini assegnarono a lui e agli altri difensori una serie di esercizi da fare. A fine giornata, Devon era esausto. Quando tornò a casa, si sedette a tavola e cenò con Samantha, ma gli mancavano il cibo di Stormy, la sua parlantina vivace e il suo interesse per lo sport che praticava. La sua vita non era più la stessa, senza di lei.

«Allora, cos'hai scoperto oggi? L'hai trovata?» gli chiese Sam.

«È tornata a Boston, alla casa di riposo, come pensavi tu.» Devon mangiò un boccone della bistecca che aveva grigliato.

«L'hai chiamata?»

«Perché perdere tempo a farlo? Mi avrebbe attaccato in faccia, e forse dopo sarebbe scappata via, perché avrebbe capito che so dov'è.»

«Che farai?»

«Andrò a Boston. Il Coach mi ha detto che, se giocherò bene durante le prime due settimane del ritiro, potrebbe farmi saltare l'ultima settimana. Quel maledetto posto è in aperta campagna, quindi non posso prendere un volo diretto. Dovrò prendere un volo per Champaign, in Illinois, ma mi costerà una vera fortuna e durerà quattro ore. Poi, dovrò prendere in affitto una macchina e guidare per altre due ore. Che gran rottura di palle. Gliene canterò quattro, a Stormy, per avermi costretto a inseguirla nel mezzo del nulla,» spiegò Devon.

«È tutta colpa tua. Avresti dovuto dirle qualsiasi cosa morissi dalla voglia di dirle, prima che se ne andasse,» lo rimproverò Samantha.

«Non pensavo di doverlo fare per forza.»

«A quanto pare, ti sbagliavi.»

«Non rigirare il coltello nella piaga. Sto pagando per i miei errori, e li sto pagando cari. Odio il fatto che Stormy non sia qui,» ammise Devon.

«Ti manca solo la sua cucina?»

«Mi manca lei. Mi manca tutto di lei.»

«Ti sta bene.»

«La tua comprensione nei miei confronti è veramente commovente.» Devon finì di mangiare e spinse via il piatto. «Vado a farmi un bagno e poi a letto,» annunciò, alzandosi.

Sam lo fermò con una mano. «Ehi, mi dispiace, non volevo essere cattiva. So che stai male. Va' a Boston e riportala indietro. Voi due state bene insieme.»

«Credevo che l'avesse capito anche lei.»

«Forse no.»

«Non le ho mai nemmeno detto che la amo,» si rimproverò Devon.

«Perché no?» gli chiese sua sorella.

Il cornerback alzò le spalle. «Non mi era mai sembrato necessario farlo. Credevo che lo sapesse già.»

«Nessun uomo o donna lo sa e basta, devi dirlo per forza.»

«Rimetterò tutto a posto.» Devon esitò sulla soglia della porta.

«Spero che ci riuscirai.»

«Grazie.»

Sam si alzò in piedi e lo abbracciò. «Sai che faccio il tifo per te.»

«Sapevo che l'avresti fatto, quando avessi smesso di essere incazzata con me.»

Capitolo Quindici

Devon andò allo stadio di buon'ora, fece un controllo con il dottore e Hank ed entrò in campo. Fece qualche giro di corsa, poi andò nella stanza dei pesi.

La testa di Buddy Carruthers fece capolino dalla porta. «Forza, Drake, muovi il culo ed esci. Montgomery, Mahoney e io ti aiuteremo ad allenarti.»

«Che vuoi dire?» chiese Devon, stupito.

Buddy abbassò la voce e lo condusse in un angolo per parlare liberamente. «Bull ci ha detto tutto. Potrai finire prima il ritiro... se sarai in forma. Quindi, dobbiamo assicurarci che tu passi l'ispezione. Muovi il culo ed esci, Griff sta già facendo riscaldamento.»

«Grazie.» Il cornerback si diresse verso la porta.

«Sta' zitto. Allenati e basta, e fallo bene. Scommetto che non riesci a bloccarmi,» disse Buddy, un bagliore scherzoso negli occhi.

«Va' a farti fottere, Carruthers. Posso bloccare l'intera maledetta squadra dei Sidewinders.»

«Provalo, coglione.»

Devon spintonò giocosamente la spalla del suo amico e lo oltrepassò.

«Te la farò pagare per questo!» gridò Buddy.

Drake si mise a correre, con il ricevitore alle calcagna. Entrarono in campo e l'Allenatore della Difesa alzò una mano per fermarli.

«Okay, furboni, muovete il culo. Montgomery! Sei pronto?»

L'allenatore fischiò e Buddy partì a tutta velocità. Devon lo seguì, le gambe che volavano come se avesse le ali ai piedi. Certo di essere tanto rapido da non toccare nemmeno il terreno, si avvicinò sempre di più a Carruthers, ma dal nulla apparve Trunk Mahoney, che si gettò all'inseguimento del cornerback. Dev si guardò alle spalle per un istante, quando la palla venne lanciata in aria.

Buddy mirò subito al bersaglio e corse a intercettare il passaggio, ma Devon ingranò la quarta e corse verso il suo amico, veloce come un fulmine. Il ricevitore spiccò un balzo e tentò di afferrare la palla e Devon lo imitò. Si alzarono da terra nello stesso momento, ma Buddy riuscì a battere il cornerback.

«Merda,» sputò Devon.

«Andiamo, coglione. Riprovaci.»

Griff tirò passaggio dopo passaggio. Buddy era uno dei migliori giocatori della squadra e Devon, che stava perdendo la loro sfida, si sentiva frustrato. Provò un'altra volta, spingendo di più con le gambe, e lo fece cadere a terra.

«Ehi, stronzo! Penalità per aver interferito con un passaggio e per violenza ingiustificata. Hai appena perso quindici iarde,» lo rimproverò il suo amico.

«Scusa, Buddy.»

«Non ti scusare. Limitati a eseguire bene le tue mosse.»

Griff gridò: «Ancora!»

Stavolta, Devon raggiunse Buddy e saltò appena un secondo prima di lui. Afferrò la palla a mezz'aria, lasciando Carruthers con un pugno di mosche.

Buddy gli diede una pacca sulla schiena. «Vai così, Drake. Era ora. Facciamolo di nuovo.»

Quando Devon iniziò a ingranare, riuscì a bloccare Buddy azione dopo azione, finché il ricevitore non perse la calma.

«Basta, basta. Hai capito come fare. Sono felice che tu sia uno dei Kings,» gli disse.

Il cornerback ghignò. «Grazie, testa di cazzo.»

Buddy alzò lo sguardo su di lui e scoppiò a ridere.

L'allenamento continuò fino alle quattro, quando i muscoli delle gambe di Devon cominciarono a urlargli contro. Il cornerback si diresse verso lo spogliatoio, voleva farsi un bagno ghiacciato. Alternò bagni caldi a bagni freddi per mezzora, poi si rivestì e tornò a casa.

Ancora una volta, si ritrovò davanti un pasto comune, invece di uno di quelli di Stormy, salutari e capaci di ispirarlo a dare il meglio. Dovunque si girasse, trovava segni dell'assenza della sua donna. Il suo cibo, il modo in cui sistemava i cuscini sul divano, le sue cianfrusaglie che erano scomparse da sopra il camino... insieme alle fotografie che li ritraevano tutti tre insieme da bambini.

Devon raddoppiò i suoi sforzi durante il ritiro, doveva sistemare le cose e riportare indietro Stormy il prima possibile. *Tornerà?* Era l'unico interrogativo che non voleva affrontare, ma continuava a riaffacciarsi nella sua mente. Non aveva una risposta, ma sapeva che doveva andare da lei e provare a convincerla con tutte le sue forze. E poi, c'era anche la sua arma segreta... la verità.

Le due settimane gli sembrarono trascinarsi all'infinito, ma alla fine arrivò il giorno in cui il Coach Bass avrebbe valutato i giocatori e deciso chi doveva rimanere e chi poteva andare a casa. Devon aveva il cuore che batteva a mille e un nodo allo stomaco, quando si trovò faccia a faccia con la tavola apparecchiata per la colazione.

Sua sorella gli mise davanti un piatto di uova e salsiccia, ma lui lo spinse via.

«Devi mangiare,» gli ricordò Sam.

«Non posso.»

«Ma devi farlo. Questo è quello che ti avrebbe servito Stormy, contiene un sacco di proteine. Oggi devi farli tutti neri.»

Devon incrociò lo sguardo di Sam e realizzò che quello che stava dicendo era vero. Prese la forchetta e si costrinse a ingoiare il primo boccone. Dopo quello, mangiare divenne più facile, e alla fine divorò tutto quello che aveva nel piatto e trangugiò un bicchiere di succo di frutta.

Samantha gli diede un bacio sulla guancia per augurargli buona fortuna.

Devon pregò di essere esaminato per primo, ma così non fu. Spostò il peso da un piede all'altro e incrociò le braccia sul petto e poi le sciolse di nuovo per il nervosismo, mentre osservava i suoi compagni esibirsi davanti al coach. Lui venne chiamato per quinto.

«Drake!»

Il cornerback fece un passo in avanti. Il Coach scelse una riserva come ricevitore da affiancargli. *Ha deciso di andarci piano con me?*

«Non farti venire strane idee. Calhoun ha bisogno di fare un po' d'esercizio, ma poi dovrai affrontare anche Brennan,» lo avvertì il Coach Bass.

Ora che aveva ottenuto la sua risposta, Devon si posizionò sulla linea dello scrimmage e aspettò il fischio d'inizio. Bloccò Marcus Calhoun con facilità per tre volte di seguito.

Dopodiché, venne il turno di Harley Brennan. «Ehi, Drake, ho sentito dire che sei il re dei blocchi,» scherzò l'altro giocatore.

«Stai per scoprire se è davvero così.»

Dopo il fischio d'inizio, Devon usò tutte le sue energie per contrastare le azioni di Harley. Ci riuscì per il rotto della cuffia, ma alla fine modificò la traiettoria della palla, spingendola fuori dalla portata del suo avversario. Il Coach Bass fischiò di nuovo.

«Abbiamo finito,» annunciò. «Fuori da qui, Drake. Torna tra una settimana.»

Devon fece un ampio sorriso. «Sissignore, Coach.»

Mentre si dirigeva verso gli spogliatoi, scrisse un messaggino a sua sorella. Non si era mai lavato e vestito tanto velocemente come quel giorno. Quando arrivò a casa, Samantha lo stava aspettando davanti alla porta.

«Non rilassarti troppo. Il tuo volo parte tra due ore da Hartford. Ecco la tua borsa,» gli disse Sam, poi udì il suono di un clacson e alzò lo sguardo. «Ecco la limousine. Buona fortuna.»

Devon la abbracciò. «Grazie, Sam. Sei la migliore.»

«Lo so. Non tornare a casa senza Stormy.»

In un lampo, il rapido cornerback se ne andò da casa e chiuse la portiera della limousine che lo avrebbe portato all'aeroporto.

STORMY ASSICURÒ BRODIE al sedile e si mise al volante. Accese il motore e la sua auto emise un rumore simile a un rantolo.

«Non so quanto durerà, Brodie. Potremmo dover camminare fino in centro,» rifletté ad alta voce.

In tutta risposta, il carlino starnutì.

Era una calda giornata di fine giugno. *Il ritiro è già cominciato. Mi chiedo come stia andando Devon. Ha raggiunto il suo obiettivo, io non gli servo più.*

Stormy sospirò e aprì la portiera. Brodie sorrise, quando sentì l'aria fresca della pensione. La nutrizionista andava dritta in ufficio quasi tutte le mattine, ma quel giorno decise di fare il giro delle sale comuni insieme al suo cane, prima di tutto.

Quel carlino era l'animale più socievole che avesse mai visto. Quando arrivavano alla pensione, per prima cosa cercava di trascinarla verso la sala dove i residenti passavano le ore diurne. Quella mattina, Stormy cedette. Brodie adorava vedere gli anziani, andava a far visita a ciascuno di loro e aspettava che gli facessero le coccole. Alcuni di loro gli davano qualcosa da mangiare e, visto che l'animale ormai sapeva quali dei residenti gli avrebbero offerto un boccone, di solito li visitava per primi.

Il piccolo carlino si spostava da un divano all'altro, fermandosi a salutare ogni inquilino. Faceva anche il giro di quelli sulla sedia a rotelle, non saltava mai nessuno. La stanza fresca con le pareti blu e il pavimento in linoleum bianco e nero si scaldava grazie ai sorrisi degli anziani che erano diventati amici di Brodie.

Stormy osservava attentamente le interazioni tra il cagnolino e i residenti, ma lo allontanava da chiunque non gradisse la sua compagnia.

Alcuni di loro soffrivano di depressione, ma quando lo vedevano si rallegravano, lo chiamavano, lo accarezzavano e addirittura gli parlavano. Lui rispondeva abbaiando, leccandoli o starnutendo, scatenando le loro risa.

Brodie era diventato la mascotte del centro e il suo volontario più popolare. Dopo circa quindici minuti, il cane si stancò e tornò da lei. Stormy gli riempì di nuovo la ciotola d'acqua, la mise vicino al lettino accanto alla sua scrivana e si girò verso il computer.

Nonostante si fosse tenuta in contatto con Samantha per email, il loro rapporto era diventato molto teso per via della sua partenza. Sam l'aveva pregata di tornare, poi si era arrabbiata. Avevano ripreso a comunicare dopo una settimana di silenzio. Sam si rifiutava di rivelarle le ultime novità su Devon e, benché questo la facesse sentire frustrata, alla fine Stormy aveva accettato che aveva rinunciato al diritto di tenerlo d'occhio.

Bill entrò nel suo ufficio. «Buongiorno,» la salutò.

«Ciao,» replicò Stormy.

L'uomo si avvicinò di più. «Mi chiedevo se ti piacerebbe andare a una fiera dell'artigianato a Midland.»

«Midland? Non è un po' lontano, per un'uscita pomeridiana?»

«Giusto.» Bill abbassò lo sguardo sul pavimento. «Pensavo che avremmo potuto passarci tutto il weekend.»

Stormy capì subito cosa voleva veramente. *Andare a letto con Bill? Non credo proprio. Devon mi ha rovinata per gli altri uomini.* «Non mi piace lasciare Brodie da solo. Si sta ancora abituando alla perdita della sua vecchia casa e diventa ansioso quando non ci sono. Si intristisce perfino quando vado a fare la spesa all'alimentari.»

«Il cane, giusto. Perché non lo lasci qui? Sono sicuro che un paio dei residenti sarebbero felici di badare a lui.»

«È il mio cane, Bill. Quindi, grazie, ma no, grazie.»

Bill sospirò. «Non capisco cosa ti è successo. Una volta eravamo più uniti.»

«Una volta, ma adesso la situazione è questa. Non sono interessata, mi dispiace,» ribatté Stormy.

«C'è qualcun altro?» chiese Bill.

«C'era.»

«Capisco.»

«Non possiamo essere amici?» chiese Stormy.

«Ahi, ecco il bacio della morte. Quando una ragazza ti dice così, sei finito. Non devi darmi una botta in testa, ho capito. Non ti infastidirò più,» disse il direttore, e se ne andò.

Stormy sospirò. Non aveva intenzione di ferirlo, ma rifiutare i suoi inviti ogni settimana non faceva bene nemmeno a lui.

Il suo interfono ronzò. Era la receptionist.

«C'è qualcuno che vuole vederti, ma non vuole dirmi come si chiama.»

Stormy sentì il cuore battere due volte più rapidamente. *Edgy!* «È alto? Un uomo alto con i capelli biondo sporco?» Non riusciva a respirare.

«Uh? È bellissimo, ha i capelli castani e gli occhi azzurri,» sussurrò l'altra donna.

Devon? «Okay, vengo a prenderlo.» Sentì le guance scaldarsi per l'eccitazione. *Non può essere, è in ritiro e questo posto è troppo lontano. Cosa ci fa qui?*

Quando entrò nell'area reception, Stormy vide la schiena di un uomo, un corpo snello che aveva un'aria famigliare. Il suo cuore mancò un battito. *È Dev.* La donna si schiarì la gola e lui si girò e le rivolse un sorriso pieno di calore. Il dolore si mischiò alla nostalgia, Stormy avrebbe voluto correre da lui ma si trattenne. «Devon? Che ci fai qui?» gli chiese.

«È così che si saluta un uomo che si fatto tutta questa strada solo per vederti?» Devon le si avvicinò.

Le si mozzò il fiato, quando il cornerback la strinse tra le braccia e si chinò su di lei per darle un bacio sulla guancia. *Allontanati, allontanati.*

Ma Stormy non lo fece, sedotta dal suo profumo sensuale e dalle sue braccia forti. Liberarsi dal suo abbraccio era fuori questione. «È bello rivederti,» mormorò con voce tremante.

«È fantastico. Sei bellissima. Possiamo andare a parlare in un posto un po' più privato?» le chiese Devon.

«Il mio ufficio?» propose Stormy.

«Puoi uscire per qualche minuto?» chiarì il cornerback.

«Per andare dove?»

«Sto in un motel...»

«Dovrei venire con te in un motel?» ripeté Stormy, esterrefatta.

«Stormy, vivevamo insieme,» le ricordò Devon in un sussurro.

«Casa mia. Possiamo andare lì,» ribatté la donna.

«Possiamo andare dovunque vuoi.»

Bill uscì dal suo ufficio e quando li vide si bloccò, rimanendo a bocca aperta. «Devon Drake? Il cornerback dei Connecticut Kings?» domandò, esterrefatto.

«Piacere di conoscerti,» rispose semplicemente Dev, tendendogli la mano.

Il direttore guardò Stormy, poi di nuovo l'altro uomo. «Ora capisco. È lui, giusto?» chiese.

Stormy annuì. «Vorrei prendermi il resto della giornata libero, Bill. Va bene?»

«Non posso impedirtelo.»

«Grazie.»

Devon si diresse verso la porta.

«Aspetta, c'è qualcun altro,» lo fermò Stormy.

Il cornerback alzò le sopracciglia.

«Vedrai. Torno subito.» La nutrizionista corse in ufficio e mise il guinzaglio a Brodie. Il carlino trotterellò fuori dalla stanza, si bloccò, annusò l'odore di Devon e abbaiò.

«Ehi, lui chi è?» domandò il cornerback.

«Brodie, l'ho adottato. Siamo una squadra.»

Devon si accucciò e tese una mano. Il carlino la annusò, scodinzolò e gli leccò il viso. L'atleta gli fece un grattino dietro le orecchie. «È davvero carino,» commentò.

«È anche intelligente,» aggiunse Stormy.

«Andiamo,» disse Dev, togliendole di mano il guinzaglio e aprendole la porta.

Stormy assicurò Brodie al sedile della sua macchina. «Seguimi,» ordinò al cornerback.

Guidare fino al suo appartamento le diede il tempo di riflettere. Stormy non poteva negare che il fatto che Devon fosse venuto fino a Boston fosse un buon segno. *Non è qui per dirmi che non mi vuole vedere mai più.* Sentì un brivido lungo la schiena, mentre pensava alle possibili alternative.

Aprì la porta d'ingresso e lasciò che fosse il cornerback a entrare per primo e guardarsi attorno. *Questo posto è una vera discarica.* Stormy tolse l'imbracatura al suo cane. «È solo una sistemazione temporanea. Quando avrò un aumento, mi troverò un appartamento più carino.» Quelle parole le sfuggirono dalla bocca senza che potesse impedirlo.

Devon le si avvicinò, le posò le mani sulle braccia e la attirò a sé, poi le sfregò il naso sul collo e le sussurrò all'orecchio: «Conosco un posto piuttosto carino dove potresti vivere.»

Stormy spinse contro il suo petto e arretrò. «Mi stai chiedendo di tornare indietro?»

«Certo che ti sto chiedendo di tornare indietro. Sono innamorato di te e, da quando te ne sei andata, la mia vita è un vero casino.»

La donna sentì il cuore che le batteva a mille. «Sul serio?»

«Come se non sapessi che mi sono sentito mancare la terra sotto i piedi, quando sei partita. Sei scomparsa così, di punto in bianco, e io sono impazzito,» rispose il cornerback.

«Impazzito?» ripeté Stormy, stupita.

«Sai cosa intendo. Io ti amo, Stormy, e non voglio vivere senza di te. Ti prego, torna indietro.»

«Mi ami?»

«Sai che è così.»

«Alle ragazze piace sentirselo dire, ogni tanto,» disse Stormy, sarcastica.

«Mi dispiace. Hai ragione, ma pensavo che lo sapessi,» replicò Devon.

La donna scosse la testa, la gola stretta dalla commozione.

Devon le sfregò le braccia per scaldargliele. «Ogni mattina, io mi sveglio e tu non ci sei, torno a casa dagli allenamenti e tu non ci sei. Ogni giorno, spero che tu abbia cambiato idea e sia tornata da me, ma tu non lo fai, non l'hai mai fatto. Tutto questo mi sta facendo impazzire,» confessò.

«Perché non sei in ritiro?» gli chiese Stormy.

«Non cambiare argomento.»

La nutrizionista incrociò le braccia e spostò il peso da un piede all'altro.

«Okay, okay. Ho chiesto di finire una settimana prima, così da poter venire qui e convincerti a tornare indietro. Il Coach mi ha fatto davvero lavorare sodo, prima di lasciarmi andare. Questo basta per provarti i miei sentimenti?»

«Aiuta un po'.»

Devon controllò il suo orologio. «Posso offrirti il pranzo?» propose.

«Certo,» rispose Stormy.

Andarono a mangiare al diner preferito della donna e il cornerback la tenne per mano mentre aspettavano il cibo.

«Gli hamburger al gorgonzola che fanno qui non sono buoni quanto quelli del The Savage Beast, ma li ordino comunque perché mi ricordano Monroe,» spiegò Stormy.

«Monroe o me?» domandò Devon.

«Entrambi, immagino.»

«Almeno pensi a me, qualche volta.» Il cornerback le sfregò il pollice sul palmo, mandandole un brivido lungo la schiena.

Penso sempre a te.

Quando arrivarono i loro ordini, mangiarono in silenzio, ma i loro occhi continuarono a fissarsi.

Quando finirono, Devon pagò il conto. «Possiamo tornare a casa tua?» domandò.

Sì, sì, sì. «Perché?» chiese Stormy.

L'atleta ridacchiò. «Così possiamo parlare in un posto con un po' più di privacy, e magari tu potresti anche fare i bagagli.»

«Non contarci. Andiamo.»

La coppia salì sulla macchina che Devon aveva preso in affitto e tornò all'appartamento. Brodie corse in circolo, poi saltò loro addosso e cercò di leccare loro il viso.

«Ho tentato di farlo smettere, ma non ha funzionato,» si scusò Stormy.

«Per me va bene, è una cosa piuttosto carina,» ribatté Devon.

«Nemmeno io lo trovo fastidioso, ma alcune persone sì.»

«Io no. Spero che lo porterai con te a Monroe.»

«Chi ti dice che tornerò?»

Dev sospirò. «Siediti qui.»

Stormy si unì a lui sul piccolo divano.

«Ti ricordi quando eravamo bambini? Quando eravamo molto piccoli, intendo,» cominciò il cornerback.

Lei annuì.

«Credo che tu avessi cinque anni, e io sette, forse. Tu facevi le torte di fango per me, ricordi?» continuò Devon.

«Chi potrebbe mai dimenticarlo?» Stormy ridacchiò.

«Dicevi che tu eri la moglie e io il marito.»

«E tu mi lasciavi fare.»

«Già. Facciamolo di nuovo,» propose Devon.

«Cosa? Le torte di fango?»

«No, no, non mi sto spiegando bene. Diventiamo di nuovo marito e moglie, ma per davvero.»

Stormy spalancò gli occhi. «Mi stai facendo la proposta?»

«Sì. Qual è la tua risposta?» chiese Devon.

«Non cerchi solo qualcuno che si prenda cura di te?» chiese la donna, incerta.

«Quante volte devo dirti che ti amo?» Devon le accarezzò la guancia e si chinò per baciarla.

Stormy schiuse le labbra per lui e Devon prese possesso della sua bocca. Lei gli gettò le braccia attorno al collo e lui scese con la mano fino a toccarle il seno, gemette quando strinse la carne morbida tra le dita e fece scivolare l'altra mano sotto il retro della sua camicetta.

Stormy lo voleva, il desiderio aveva scatenato un incendio dentro di lei. Prima che potesse riflettere su quel che stavano facendo, Devon le sbottonò la camicetta e le slacciò il reggiseno. Le sue mani erano calde sulla sua pelle, ma la donna voleva di più, così gli strattonò la maglietta, alzandogliela fino alle spalle. Devon se la tolse e la gettò via.

Due minuti più tardi, la coppia era nuda e si stava dirigendo verso il letto.

«È pieno di bozzi, non come il tuo,» si lamentò Stormy.

«Non m'importa,» ribatté Devon.

Il suo uomo la fece sdraiare sul materasso e le baciò il viso, poi il collo, poi i seni. Stormy gli passò le dita tra i capelli e poi gliele premette sui muscoli della schiena, sentire quant'era forte la eccitò e aumentò il calore tra le sue cosce.

Devon risalì con una mano lungo la sua coscia, fino ad arrivare alla sua apertura calda e bagnata. Stormy gemette, mentre lui la tormentava, premendo e tracciando cerchi sulla sua carne e accarezzandola. Devon si mise in ginocchio e lei lo strinse tra le dita, era come avere in mano una barra d'acciaio ricoperta di velluto.

«Oh, piccola, sei fai così...» iniziò lui, ma poi chiuse gli occhi e si bloccò, mentre Stormy continuava a muovere la mano su e giù.

«Cosa? Verrai?» gli chiese in tono malizioso.

«Assolutamente sì.» Dev le fece spostare la mano sulla sua guancia, poi le baciò il palmo. «Ti amo così tanto, piccola. Ti prego, credimi.»

«Fallo. Prendimi.»

Di nuovo, lui la toccò, penetrandola con un dito. «Sei pronta,» dichiarò.

Stormy alzò i fianchi, mentre il suo uomo aggiungeva un altro dito. Dopo un paio di forti spinte, era già sul punto di venire, ma Devon si fermò e le afferrò i fianchi. Si strofinò contro di lei per lubrificarsi l'erezione, poi la penetrò. Dopo una sola spinta, i muscoli di Stormy si contrassero e un potente orgasmo la travolse, mandandole brividi di piacere fino alle dita dei piedi.

«Oh, sì,» mormorò Devon, poi la baciò e iniziò a muoversi con più energia. «Mia, mia, tu sei mia,» farfugliò, e chiuse gli occhi mentre si spingeva con forza dentro di lei.

Stormy si aggrappò alle sue spalle forti, con il respiro affannoso e tutto il corpo che vibrava di piacere. Era sua, non poteva negarlo. Era sua fin da quando aveva cinque anni.

Sentì il calore montare dentro di lei una seconda volta. Devon continuava a muoversi senza sosta, era incredibile come riusciva a mantenere il controllo.

«Ti amo, ti amo. Dammi tutto, piccola,» mormorò.

La tensione crebbe dentro di lei come un tornado, avvitandosi su se stessa e salendo sempre di più, fino a esplodere. Devon si lasciò andare nello stesso momento ed entrambi gridarono, quando crollò sopra di lei, tendendo le mani in avanti per non schiacciarla.

Stormy gli prese il viso tra le mani e gli baciò le guance. Le era mancato fare l'amore con lui e, non appena l'aveva toccata, aveva capito che si sarebbero ritrovati sul suo letto scomodo. Devon si scostò e andò in bagno. La donna si sdraiò, annodò le dita dietro la testa e sospirò.

Quando tornò, Devon la prese tra le braccia e lei si rannicchiò nella sua stretta e gli appoggiò la guancia contro il petto caldo e umido. Il suo odore la rassicurò. Per un attimo, fu come essere di nuovo a casa sua, nel letto del suo uomo, pronta per andare a dormire.

Devon le scostò i capelli dalla fronte e vi posò un bacio.

«Ti amo anch'io,» ammise Stormy.

«Lo so,» replicò semplicemente lui.

«Davvero?»

«È ovvio.»

«Maledizione! E io che pensavo di essere così brava a comportarmi con nonchalance.»

«Questa è una delle cose che amo di te. Non ti sforzi di fare la disinvolta.»

«Non l'ho mai fatto, né mai lo farò.»

Devon si girò verso di lei. «Prima di fare qualsiasi altra cosa, c'è qualcosa che devo dirti.»

La felicità nel cuore di Stormy svanì come nebbia al sole d'agosto. Sentì un nodo allo stomaco.

Capitolo Sedici

Cosa?» chiese Stormy.

«Non trarre conclusioni affrettate,» cercò di rassicurarla Devon. *Comportati da uomo, coglione.*

«Okay.»

«Ascoltami e basta.» *Diglielo, non fare il codardo.*

«Ho detto okay.» Stormy si rigirò il lenzuolo tra le mani e si tirò seduta.

«Riguarda il ballo.» Devon fece un respiro profondo.

«Dobbiamo proprio parlarne?»

«Mi avevi promesso che mi avresti ascoltato.»

Stormy borbottò qualcosa e aggrottò la fronte, ma concentrò tutta la sua attenzione su di lui.

«Avevo quindici anni, allora. Ti ricordi di Tommy Hennings?» iniziò Devon.

La donna annuì.

«Era il mio migliore amico. Tra gli amici maschi, intendo. Comunque, gli dissi che avevo una cotta per te.»

«Tu cosa?» Stormy si alzò di scatto.

«Avevi detto che mi avresti ascoltato. Ricordi?» la rimproverò il cornerback.

«Scusa,» mormorò lei.

«Dirglielo fu un errore, uno stupido errore. Dissi a Tommy che ti amavo e lui giurò che non lo avrebbe detto a nessuno.»

«Ma...»

«Puoi fare silenzio? Okay. Tommy chiese a Marybeth Johnson di venire con lui al ballo, ma lei rifiutò. Tommy era arrabbiato, veramente arrabbiato, e si sfogò su di me.»

«Cosa fece?»

«Ci sto arrivando. Disse ai ragazzi, quelli della mia compagnia, che ero innamorato di te, una ragazza di due anni più giovane. Loro mi presero in giro, così negai tutto.»

«Oh, mio Dio,» esclamò Stormy.

«Già. Non mi credettero e continuarono a prendermi di mira per due settimane. Dissero che eri praticamente una neonata e che mi piacevano le bambine, poi cominciarono a insultarmi in modo molto più pesante. Ero incredibilmente in imbarazzo e ruppi l'amicizia con Tommy. Poi, però, ci fu il ballo.»

Devon fece un respiro profondo.

«Ti videro e decisero di sottopormi a un test per capire se avevo veramente una cotta per te. In realtà, non era davvero una cotta. Ti ho amata per molto tempo, è solo che non me ne ero mai accorto, credo. Mi sbeffeggiarono, mi spintonarono, mi punzecchiarono e minacciarono. Dissero che avrebbero messo in giro la voce che eri andata a letto con tutti loro, se non ti avessi insultata.»

Stormy gli prese la mano nella sua.

«Non potevo lasciare che accadesse. Lo ammetto, mi comportai da codardo e lasciai che mi costringessero a fare quello che volevano. Ma sapevo che facevano sul serio. Ti avrebbero rovinata, solo perché si divertivano a essere cattivi.»

«Per questo mi hai fatta piangere?»

Devon annuì. «Immagino di essermi spinto più in là di quanto dovessi, ma volevo che mi credessero. Mi dissi che ti avrei spiegato tutto più tardi, ma tu non volevi parlare con me, smettesti perfino di frequentare casa nostra. Era Sam che doveva sempre venire da te.»

«Giusto.» Gli occhi di Stormy si riempirono di lacrime.

«Penserai che sia stupido dirtelo adesso. Insomma, a chi importa più? Chi se ne frega, quindici anni dopo?» si chiese il cornerback.

«E quindi?»

«Te lo dico perché voglio provarti che ti ho sempre amata e che non ho mai smesso di farlo. Anche se non ci siamo più visti per molto tempo, i miei sentimenti non sono mai cambiati.» Devon sospirò. *Ce l'ho fatta.*

Con le lacrime che le scorrevano sulle guance, Stormy gli chiese: «L'hai fatto per me?»

«Sì, ma mi sentivo malissimo perché vedevo che ti stavo facendo male. Mi convinsi che, se ti avessi detto la verità, sarebbe tornato tutto a posto. Provai per due anni a rimanere da solo con te per qualche minuto, ma tu non mi guardavi nemmeno. Poi andai al college e fu troppo tardi.»

«Non avevo idea che stessi cercando di parlarmi, avevo paura che volessi dirmi altre cose cattive. Piansi per tre ore, dopo il ballo.»

Devon sentì un lampo di dolore. «Immagino di aver preso la decisione sbagliata.»

«Capisco perché hai fatto quello che hai fatto,» gli assicurò Stormy.

«E io capisco perché pensavi che me la volessi prendere ancora con te,» replicò il cornerback.

«Anch'io ti ho sempre amato.» La sua donna arrossì. «Non avrei mai pensato di dirtelo, ma una volta sognavo di sposarmi con te, con indosso un enorme vestito bianco con uno strascico lunghissimo. Avevo solo tredici anni, ma avevo già grandi progetti.»

Devon le si avvicinò di più e si accoccolò contro di lei. «Fa' avverare quel sogno, allora. Sposami.»

«Non ami Jackie?»

«No, non l'ho mai amata. Jackie pensa solo a Jackie. Capisco che deve essere così, per avere successo come attrice e roba del genere, ma non fa per me. Tu sei quella che fa per me, tu mi capisci. Posso darti una mano, se deciderai di fare le torte di fango migliori di sempre?»

Stormy rise e Devon la prese tra le braccia, la fece sdraiare di nuovo sul letto e la baciò fino a farle mancare il respiro.

«Allora, mi sposerai?» le chiese dopo, quando si scostò per riprendere fiato.

«Come posso rifiutare un uomo che vuole sposarmi per le mie torte di fango?» scherzò lei.

«Non puoi. Dillo, di' che mi sposerai.»

«Ti sposerò, Devon Drake.»

«Ah, sì. Grazie per aver fatto avverare il mio sogno.»

STORMY NON RIUSCIVA a smettere di sorridere.

«Quanto ti ci vorrà per rescindere il contratto d'affitto e licenziarti?» le chiese Devon.

«Sono una lavoratrice interinale, non un'impiegata. Posso andarmene quando voglio,» gli rispose.

Il cornerback buttò una busta sul tavolo. «Dentro c'è un biglietto aereo aperto. Torna a casa appena puoi, fatti spedire la tua roba e molla quel macinino.»

«E Brodie?»

«Portalo con te. Abbiamo già stretto un legame, e poi io adoro i cani. Non ne abbiamo mai potuto avere uno, quando ero piccolo, perché c'erano troppi ragazzi in casa.»

«È stato così anche per noi!»

Devon prese il libretto degli assegni e scrisse qualcosa. «Qui ci sono duemila dollari. Paga il tuo padrone di casa, se devi, e rescindi il contratto. Voglio che torni il prima possibile.»

«Quando devi tornare?» gli chiese Stormy.

«La prima partita della stagione è tra tre settimane. Puoi tornare entro quel giorno?»

«Penso di sì. Contro chi giocate?»

«Contro i Sidewinders. Non vedo l'ora.»

«Li batterete, questa volta.»

«Certo che sì.»

«E il matrimonio?» volle sapere Stormy.

«Puoi aspettare fino a dopo la fine della stagione? Poi, lo celebreremo dovunque tu voglia, in qualsiasi momento tu voglia, in qualsiasi modo tu voglia. È tutto tuo, io pagherò solo il conto,» rispose Devon.

La donna gli si gettò tra le braccia. «Non posso credere che stia succedendo sul serio,» sussurrò, stringendolo più forte a sé.

«Nemmeno io,» disse il cornerback.

«Sei felice?» gli chiese.

«Scherzi? Ho provato a dimenticarti, ma non ci sono mai riuscito. Mi sembrava così naturale, quando eravamo ragazzini. Sai, crescere e sposarti, intendo.» Devon le pettinò i capelli con le dita.

«Io provavo lo stesso.»

«Pensavamo a queste cose quando non sapevamo ancora nulla sul sesso.» Il cornerback fece una risatina maliziosa.

Stormy gli tirò uno schiaffetto leggero.

«Insomma, quando hai nove anni, sai che le persone sposate dormono nello stesso letto, ma non sai cosa ci fanno dentro. Ora che lo so e che sto con te... ehi, questo rende solo l'idea ancora più allettante, tesoro,» chiarì lui.

Stormy ridacchiò. «Sei così divertente.»

Fecero l'amore un'altra volta, poi andarono a fare un giro in città.

«Ci sono gioiellerie in questo posto?»

«Ci devono essere.»

«Eccone una, a due isolati da qui.»

Stormy prese Devon per mano.

«Rendiamo la cosa ufficiale,» le disse lui, tenendole aperta la porta.

Rimasero in attesa mentre il gioielliere sistemava un diamante da cinque carati su una striscia d'oro. Devon si mise l'anello in tasca e poi andarono a cena. Quella sera, Devon si trasferì dalla sua stanza di motel nell'appartamento della sua fidanzata.

Prima di andare a letto, Devon si inginocchiò e le fece la proposta. «So che alle ragazze questo genere di cose piace un po' formale.»

Stormy fece un ampio sorriso e lo osservò compiere tutti i passaggi richiesti. Acconsentì a sposarlo, poi si baciarono e lui le mise lo splendido anello di diamanti al dito. Infine, fecero l'amore per tre volte. Quando la sua sveglia suonò, alle sette, la donna si sentiva esausta.

Premette un bottone per zittire l'apparecchio e tornò a dormire. Devon non si svegliò, nonostante tutto il rumore e il fatto che Brodie si era messo ad abbaiare. Stormy si svegliò di nuovo alle nove e chiamò in ufficio per dire che sarebbe arrivata tardi.

«Questo letto puzza,» si lamentò Devon, tirandosi seduto.

«Lo so, non vedo l'ora di lasciarmelo indietro. Il tuo è fantastico,» concordò lei.

«Con te dentro, sarà ancora meglio.»

Stormy portò Brodie a passeggio, preparò la colazione e poi si costrinse a separarsi dal suo fidanzato e andare al lavoro. Voleva rimanere giusto il tempo necessario per informare il suo capo che voleva licenziarsi e raccogliere le sue cose. Brodie le trotterellò alle calcagna con aria orgogliosa. I residenti seduti nell'atrio la salutarono e chiamarono il cane, che fece il giro dei suoi amici, facendoli sorridere tutti con le sue attenzioni e molte leccatine.

Stormy odiava l'idea di portare via il carlino agli anziani, ma era troppo legata al suo cucciolo per non portarlo con sé nella sua nuova vita. Andò a bussare alla porta di Bill.

«Buongiorno,» la salutò lui, alzando lo sguardo da alcune carte.

«Ciao, Bill.»

Lo sguardo dell'uomo si soffermò sulla pietra che aveva al dito. «Vedo che hai aggiunto qualcosa di nuovo alla tua vita,» osservò.

«È proprio di questo che volevo parlarti. Me ne vado,» disse Stormy.

Bill sospirò. «Con il tipo del football?»

La donna annuì. «Ci sposiamo.»

«Capisco.»

«Spero che tu riesca a comprendere. Devon e io siamo cresciuti insieme.»

«Ti auguro buona fortuna. Mi dispiace solo di non essere io quello giusto.»

«Tra di noi non c'è mai stato nulla di serio,» disse Stormy, spostando il peso da un piede all'altro.

«Parla per te.» Bill si chinò per accarezzare Brodie, seduto sul pavimento ad aspettare con aria vigile.

«Ho già programmato i menù per il mese prossimo. Sarebbe un problema, se oggi fosse il mio ultimo giorno di lavoro?» chiese la nutrizionista.

«Va' pure. Preferisco che tu faccia quello che vuoi, piuttosto che rimanere qui a sentirti in trappola. Troveremo qualcun altro,» rispose il direttore.

«Grazie.»

Bill si alzò, girò attorno alla scrivania e le diede un abbraccio.

«Sei un uomo fantastico, Bill. Spero che trovi la donna giusta,» gli augurò Stormy.

«Pensavo di averlo già fatto.»

La donna scosse la testa e sorrise.

«Boston è un po' piccola,» rifletté amaramente Bill.

«Mi hai trovata qui. Troverai qualcun altro.»

Il suo capo la accompagnò alla porta. Stormy disse addio allo staff e ai residenti e Brodie fece lo stesso, impiegando però più tempo di lei.

Quando tornò nel suo piccolo appartamento, Devon aveva già portato dentro la sua valigia e stava prenotando un volo al telefono. Stormy aprì i cassetti e raccolse le sue cose sul letto.

«Devo tornare oggi per continuare ad allenarmi. Vorrei poterti aspettare. Fammi sapere quale volo prendi e ci vedremo all'aeroporto,» le disse il cornerback.

«Va bene. Ora inizio a fare le valigie,» replicò Stormy.

«Posso darti una mano? Dimmi cosa fare.»

«Perché non porti Brodie a fare una passeggiata?»

«Okay.» Devon mise il guinzaglio al carlino, afferrò una busta di plastica e si diresse verso la porta.

Stormy sentì un brivido d'eccitazione correrle lungo la schiena. Quel giorno, avrebbe cominciato una nuova vita, una vita che non avrebbe mai pensato di poter avere, e non riuscì a smettere di sorridere nemmeno per un attimo, mentre metteva via i suoi pochi averi.

A casa, sto andando a casa.

Ammirò l'anello che portava al dito.

VERNA CARRUTHERS SI pettinò i capelli per la quinta volta nel corso di un'ora. Il pollo fritto stava cuocendo nel forno e l'insalata era pronta. La tavola era già apparecchiata e Hank Montgomery sarebbe arrivato a momenti.

Che c'è che non va in me? Non ho sedici anni, questo non è il mio primo appuntamento. Qualsiasi cosa dicesse a se stessa, però, era sempre in preda al nervosismo e le tremavano le mani. Quando il campanello suonò, le cadde di mano il pettine. Lisciò il semplice vestito blu con i bottoni che metteva in risalto l'azzurro dei suoi occhi e si diresse verso la porta.

Hank aveva un aspetto fantastico. Indossava una maglietta a maniche corte a quadratini bianchi e blu, un paio di jeans blu scuro stretti sui fianchi e un cravattino texano che gli dava un'aria un po' da film Western. Si era pettinato i capelli e rasato il viso e aveva un profumo divino. Teneva in mano un bellissimo bouquet di rose gialle. «Qui c'è qualcosa che ha un profumo delizioso,» disse a mo' di saluto.

«Pollo fritto,» lo informò la donna, spostandosi di lato per lasciarlo passare.

«Il mio piatto preferito! Come facevi a saperlo?» Hank le porse i fiori.

«Sono bellissimi,» lo ringraziò Verna.

«Lo sei anche tu,» replicò l'allenatore, poi le sfiorò per un istante le labbra con le sue.

Hank la seguì di fuori in veranda, era una sera d'estate calda ma non afosa. Verna prese delle birre da un contenitore pieno di ghiaccio e ne offrì una al suo ospite, che stappò due bottiglie e gliene porse una.

«È un po' quello che fa Paul Henreid con una sigaretta per Bette Davies, in quel vecchio film. Non mi ricordo il titolo. Tu l'hai visto?» le chiese Hank.

«So di che scena stai parlando.» Verna si portò la bottiglia alle labbra.

«Di questi tempi, sembra che io abbia un po' di problemi a ricordare i nomi. E tu?»

«Mi vergogno ad ammetterlo, ma a volte succede anche a me.»

«Non c'è nulla di cui vergognarsi. A me capita spesso, ormai.»

«*Perdutamente Tua!*» si ricordò all'improvviso Verna.

«Proprio quello, Verna. Brava!»

La donna mise del cheddar su un cracker e lo offrì a Hank. «Bette Davis era la mia attrice preferita. Chi è la tua?»

«Barbara Stanwyck, era bellissima e anche un'ottima attrice,» rispose Hank.

«Mi ero scordata di lei. Era veramente brava, aveva recitato in un sacco di film di Preston Sturges.»

L'uomo rise. «È bello uscire con una donna che sa chi era Preston Sturges. Le donne più giovani pensano che sia un tipo di pesce.»

Anche Verna scoppiò a ridere. «Ci credo!»

Bevvero entrambi un sorso di birra, poi Verna andò in cucina e Hank la seguì.

«Stiamo uscendo insieme, Hank? Non vorrei che pensassi che sto prendendo tutto questo troppo sul serio o qualcosa del genere, ma è una cosa così nuova, per me,» chiese la donna.

«Se lo vuoi, allora sì, stiamo uscendo insieme. Rilassati e ti verrà tutto naturalmente, come andare in bicicletta ma molto meglio,» rispose Hank.

Verna inarcò un sopracciglio.

«Frequentare qualcuno è diverso, adesso. Non ti devi preoccupare né del tuo orologio biologico, né di usare le precauzioni.»

Verna irrigidì la schiena. «Non sono una scambista, se è questo che intendi,» chiarì.

L'allenatore le si avvicinò da dietro e le posò le mani sulle spalle. «Ho detto qualcosa di sbagliato?»

Sorpresa, la donna si lasciò scappare la verità: «Non sono sicura di essere pronta per venire a letto con te e avere quel tipo di... di... cosa. Una storia senza impegni.»

«Non preoccuparti, Verna. Possiamo andarci piano, se è questo che vuoi. Certo, sono attratto da te, ma posso aspettare. Sei più di una semplice sveltina, per me.»

Verna si girò verso Hank. «Lo sono davvero? Come puoi averlo capito così in fretta?»

L'uomo ridacchiò. «Non hai molta esperienza con gli appuntamenti. So cosa c'è là fuori, e tu sei unica.»

«Io?» *È il genere di frasi che gli uomini dicono quando ci provano con una donna?*

«Tu.»

Verna si sentì arrossire. «Perché?»

«Sei bella, intelligente e indipendente e conosci il football. Non sbadiglierai quando ti descriverò una formazione o ti parlerò dei ragazzi in squadra, non ti arrabbierai se cambierò canale per vedere la partita. E non ti offenderai né te ne andrai via, se ne vorrò guardare due di seguito, giusto?» elencò Hank.

«Io guardo sempre la partita. Devo informarmi su quello che succede nel campo in cui lavora Buddy,» confermò la donna.

«Ecco cosa intendevo. Adoro il fatto che tu sia così. Condividere la cosa che amo di più con te è fantastico, non mi era mai successo prima.»

Verna guardò Hank dritto negli occhi e capì che stava dicendo la verità. «Il mais è pronto,» mormorò.

«Posso fare qualcosa?» le chiese Hank.

«Portalo in veranda,» gli rispose lei, porgendogli delle presine e poi un vassoio carico di pollo.

«Ha un aspetto fantastico,» si complimentò lui, prima di uscire.

Dopodiché, Hank portò fuori l'insalata e Verna il mais. Verna fissò le spalle larghe dell'uomo che le camminava davanti, lo immaginò a petto nudo e venne scossa da un brivido. L'immagine di loro due accoccolati sul divano a guardare una partita le attraversò la mente, seguita subito da un'altra in cui si svegliavano insieme, nudi nel suo letto. Sentì il calore montare dentro di sé.

Verna Carruthers, vecchia sporcacciona! Eppure, quelle visioni non ne volevano sapere di scomparire. Al era stato un ottimo amante, la loro vita sessuale era stata molto soddisfacente. Si chiese che aspetto avesse il petto di Hank. Aveva un sacco di peli o solo un po'? Era un amante gentile o brusco? Rabbrividì, mentre quei pensieri si rincorrevano nella sua testa. Abbassò lo sguardo, quando l'uomo si voltò verso di lei, come se potesse leggerle la mente attraverso gli occhi. *Riprenditi, ragazza.*

Mentre mangiavano, chiacchierarono riguardo alla squadra. Hank le raccontò di come Griff fosse diventato una star del football e Verna condivise con lui alcuni aneddoti sui tempi in cui Buddy giocava al college e sul suo matrimonio con Emmy.

Hank mangiò di gusto e le fece i complimenti per la sua cucina, mentre svuotava il suo piatto. Verna si sentì soddisfatta di aver preparato un pasto così eccezionale. Quando Al era vivo e Buddy più giovane, le piaceva preparare la cena per loro. Aveva fatto fatica ad abituarsi a vivere da sola. Ormai non cucinava più molto, viveva di cibi surgelati e panini, ma era compiaciuta di avere ancora talento.

Per arrivare al cuore di un uomo, bisogna passare per lo stomaco? O magari per l'inguine? Trattenne un sorriso, a quel pensiero segreto. Nonostante la sua timidezza, Verna Carruthers stava reagendo in modo chiaro al fascino di Hank Montgomery. Era ovvio che gli piaceva, ma sarebbe stata lei a prendere il controllo della situazione e avrebbe impedito alle cose di procedere troppo in fretta. Credeva che alla fine si sarebbe sentita abbastanza a suo agio da andare a letto con lui, e il suo corpo venne scosso da un brivido a quel pensiero.

Tutto, nel frequentare Hank Montgomery, stava avendo un buon effetto su Verna Carruthers. Era pronta a fare il passo successivo nella sua vita e avrebbe provato ad avere una relazione con lui. Non aveva badato ai capricci che suo figlio Buddy aveva fatto all'idea di lei che usciva con Hank. *Questa è la mia vita e lui se ne farà una ragione.* Un dubbio, però, la tormentava, in un angolo della sua mente. *Se ne farà* veramente *una ragione, giusto?*

DEVON IMBOCCÒ L'AUTOSTRADA e si diresse verso l'Aeroporto Internazionale Bradley a Windsor Locks, a nord di Hartford. Mancava ancora un'ora all'arrivo del volo di Stormy, così si rilassò e impostò la velocità di crociera a chilometri all'ora.

L'arrivo della sua fidanzata appena tre giorni prima della prima partita della stagione era un vero dono del cielo. Senza di lei, il cornerback aveva mangiato i cibi sbagliati, aveva saltato gli allenamenti e si lasciato andare. Stare semplicemente insieme a Stormy gli dava la carica necessaria per prendersi cura di se stesso e fare esercizio.

Un sorriso gli increspò le labbra, mentre ascoltava la sua canzone preferita alla radio e pensava a come sarebbe stato averla di nuovo nella sua vita e nel suo letto. *Stasera, sarà di nuovo con me.* Sentì l'energia scorrergli nelle vene. Con Stormy al suo fianco, avrebbe fatto a pezzi i Sidewinders, non aveva dubbi.

Recentemente, Samantha aveva smesso di parlare di Bullhorn. Devon era sollevato di vedere che la sua curiosità nei confronti dell'attaccante era svanita. Quand'erano più giovani, c'erano state delle volte in cui aveva considerato il compito di tenere sua sorella costantemente al sicuro come un peso. Una volta cresciuto, però, Sam aveva iniziato a prendersi cura di lui a sua volta e lo aveva presentato alle sue amiche, fornendogli una lista infinita di donne single da frequentare.

Quando Devon aveva deciso di trasferirsi in Connecticut, sua sorella aveva rinunciato a un lavoro che odiava per venire a vivere da lui e occuparsi della sua casa. Samantha era diventata una giovane donna responsabile. Lei gli lavava i panni, gli puliva la casa e cucinava per lui, e lui in cambio le forniva un posto dove vivere e le aveva anche comprato un'auto. I loro genitori erano morti e i loro fratelli maggiori vivevano in Oregon, e così loro due erano diventati dipendenti l'una dall'altro. Quando Sam aveva trovato lavoro, Devon aveva assunto una governante.

Negli anni, Devon aveva tenuto d'occhio tutti i ragazzi di Sam, perlopiù da lontano, ma non li conosceva prima che sua sorella iniziasse a frequentarli, così si era fatto gli affari suoi. Bullhorn Brodsky, però, era un noto sciupafemmine e si vantava sempre delle sue conquiste negli spogliatoi, attirando l'ammirazione di alcuni dei loro compagni di squadra e lo sdegno di altri.

L'ultima cosa che Devon non voleva per sua sorella era che diventasse un'altra tacca sulla testiera del letto di Brodsky, quindi aveva deciso che l'avrebbe salvata dalle grinfie di quell'energumeno. Da quando Sam aveva rinunciato a quello spaccone, lui aveva finalmente potuto rilassarsi e ricominciare a farsi gli affari suoi, felice della sua vita e delle sue donne.

Mentre camminava lungo il marciapiede davanti all'aeroporto, controllò di nuovo l'ora. Il rumore famigliare di un cane che abbaiava attirò la sua attenzione, così si girò e vide Stormy e Brodie che uscivano dalla porta. La sua donna aveva un ampio sorriso stampato sulle labbra. Il carlino corse verso Devon, gli saltò sulla gamba e cercò di leccargli il viso. Lui si chinò per permetterglielo, poi abbracciò Stormy.

La sua pelle morbida e calda premette contro la sua. Dev la baciò, le prese i bagagli e poi la condusse insieme al cane fino alla macchina.

«Vedo che Brodie è arrivato sano e salvo,» disse.

«Non gli piace molto viaggiare. È stato molto nervoso per tutto il volo, ma ce l'abbia fatta,» spiegò Stormy.

«Ecco. Questo segna la fine dei tuoi giorni da viaggiatrice, a meno che tu non voglia fare un viaggio su strada con me.»

Devon non era certo di come sarebbe stata accolta la sua battuta e lanciò un'occhiata a Stormy per controllare la sua reazione, ma fu sollevato quando la vide sorridere e annuire. Si sentì travolgere da un senso di pace che non aveva mai provato prima e, mentre usciva dal parcheggio, sospirò. *La mia vita inizia per davvero adesso.*

«Andiamo all'alimentari,» propose.

«E Brodie?» chiese Stormy.

«Baderò io a lui, mentre tu fai la spesa.»

«Ti manca la mia cucina?»

«Assolutamente.»

«Okay. Quanto pesi?» si informò la nutrizionista.

La coppia si mise a discutere di pasti e menù.

«Sam ha rinunciato a Brodsky,» annunciò Devon, con un sorriso sulle labbra.

«Nei sei sicuro?» domandò Stormy.

«Ha smesso di parlare di lui.»

«Non lo prenderei come un segno che non le interessa più. Potrebbe essere l'opposto.»

«Pensi che lo stia frequentando senza dirmelo?»

«È possibile, decisamente. Io lo farei, se fossi in lei.»

«Faresti tutto di nascosto?» si stupì Devon.

«Visto che fai tanto il difficile, non le hai lasciato altra scelta,» rispose semplicemente Stormy.

«Maledizione.»

«Ti amo, Dev, ma a volte ti comporti da maniaco del controllo.»

Devon ammutolì e spostò lo sguardo sulla strada, concentrandosi sulla guida. *La sto spingendo tra le sue braccia? Sarà colpa mia, se quel perdigiorno le spezzerà il cuore?*

«Sam mi ha detto che è molto gentile e premuroso,» disse Stormy.

«Come il lupo in Cappuccetto Rosso. È pronto a saltare addosso alla sua preda,» ribatté il cornerback.

«Spero di no. Forse ti sbagli su di lui.»

«Se sentissi quello che dice negli spogliatoi, capiresti.»

Stormy si girò per guardarlo in viso. «E tu cosa dici negli spogliatoi?»

«Io non parlo delle mie conquiste,» dichiarò Devon.

Brodie abbaiò.

Capitolo Diciassette

Il giorno della partita dei Kings contro i Sidewinders, Devon arrivò presto allo stadio.

Il bus che aveva portato lì la squadra avversaria dall'aeroporto era fermo nel parcheggio. Il cornerback fu il primo a entrare nello spogliatoio, dove si inginocchiò e pregò in silenzio, poi si strappò di dosso la maglietta e si infilò l'uniforme.

Quindici minuti più tardi, la maggior parte dei giocatori della sua squadra erano già arrivati.

«Quei bastardi pensano che vinceranno di nuovo, ma si sbagliano,» dichiarò Trunk Mahoney.

«Si sbagliano di grosso,» gli fece eco Griff Montgomery.

Lawson The Kid Breaker sembrava nervoso.

«Niente penalità, giusto, Kid?» si raccomandò Bullhorn, dandogli uno schiaffo scherzoso sulla schiena.

Buddy Carruthers entrò nello spogliatoio con un'espressione cupa e tempestosa e si diresse verso Griff. «Se tuo padre tocca mia madre anche solo con un dito, io gli stacco il braccio, cazzo,» minacciò.

«Di che diavolo stai parlando?» domandò il quarterback.

«Oh? Non lo sai? Tuo padre ronza attorno a mia madre, le sta addosso come un maledetto avvoltoio. Digli di starle alla larga.»

«Non so cosa faccia mio padre, non deve venire a fare rapporto a me. E poi, la prossima settimana si trasferisce nella sua nuova casa.»

«Merda! Sul serio? Maledizione! Di certo, la porterà lì. Te lo giuro, Griff, io lo faccio a pezzi, se prova a farle qualcosa,» sbottò Buddy.

«Calma, Buddy. Non è colpa di Griff se suo padre ronza attorno a tua madre,» intervenne Devon.

«È meglio che dica a suo padre di andare a scopare da qualche altra parte,» ribatté il ricevitore.

«Cosa ti fa pensare che vadano a letto insieme?» gli chiese Griff, prendendo le scarpette dall'armadietto.

«Oh, di certo tuo padre *non* va a letto con lei. Mia madre non è una puttana.»

«Forse mio padre le piace. Penso che a lui lei piaccia, ma non mi ha detto molto. A me va bene così, non voglio sapere nulla.»

Buddy piantò un dito contro il petto del suo amico. «Mia madre non va a letto con lui. Non ci va adesso e non ci andrà mai, ed è meglio che tu glielo dica. Digli di trovarsi un'altra donna che apra le gambe per lui.»

«Tua madre è una donna adulta, Buddy. Può dirglielo da sola,» ribatté Griff.

«Ragazzi, potete tenere i vostri affari privati fuori dagli spogliatoi e dal campo? Per favore? Forza, Buddy, vestiti. Abbiamo una partita da vincere. Seppellite l'ascia di guerra e concentratevi,» li interruppe Devon.

Buddy borbottò qualcosa e spalancò il suo armadietto.

Il Coach Bass radunò la squadra. «L'altra volta ci hanno fregati, ma adesso giochiamo meglio. Possiamo farcela, possiamo batterli. Niente penalità, va bene? Corri più che puoi, Drake, okay? Blocca gli avversari meglio che puoi, va bene, Brodsky? Mahoney? Abbiamo lavorato sodo e oggi otterremo la nostra ricompensa. Non arriveranno nemmeno ai playoff, li annienteremo. Giusto?»

I giocatori esultarono.

Venti minuti più tardi, corsero in campo, mandando in delirio i fan locali. Stavolta, Griff vinse il lancio della monetina e i Kings diedero il calcio d'inizio. La difesa entrò in campo e Devon affiancò Mahoney e Tuffer Demson, un altro linebacker difensore. Anderson Boyer, il quarterback dei Sidewinders, gli fece un cenno con la testa, e così anche Norville Lucas. I suoi ex compagni di squadra non si erano montati la testa dopo il Super Bowl e Devon gliene era grato.

Scommetto che West ci darà problemi. Ma Devon avrebbe dovuto aspettare di entrare in gioco, per scoprire qualcosa su Jeremiah West.

Dopo il kick-off, i Sidewinders si spinsero fino alla loro linea delle venti iarde grazie a un touch down, poi le due squadre si rimisero in formazione. In campo c'era anche Donovan Willis e Devon, determinato a dimostrarsi il cornerback migliore della partita, capì che doveva tenere d'occhio entrambi gli avversari. Appena la palla venne lanciata, gettò uno sguardo alle sue spalle e corse verso il fondo del campo. Come previsto, anche se il corpo di Boyer sembrava girato verso Lucas, il suo elmetto era rivolto in direzione di Willis, dall'altro lato del campo.

Devon accelerò e corse a perdifiato verso Donovan. Quando lo raggiunse, vide la palla che si dirigeva verso di loro. Il cornerback spiccò un salto e, quando fu a mezzaria, si spinse verso Willis e allungò le braccia. Riuscì a sfiorare il pallone solo con un dito, ma fu abbastanza per modificare la sua traiettoria e spingerlo fuori dalla portata del ricevitore. I due giocatori caddero bruscamente a terra e la palla rimbalzò per terra e rotolò fuoricampo.

I tifosi dei Kings si esibirono in un enorme applauso. Devon notò che il Coach Bass stava ballando accanto alla panchina e sorrise. *Sarà una partita interessante.* I Kings erano carichi d'energie. Trunk Mahoney atterrò uno dei giocatori dei Sidewinders, impedendogli di eseguire un first down.

Buddy Carruthers entrò in campo per effettuare un punt e venne raggiunto da Caleb Turner, che sostituiva Marquel Johnson, ancora sulla lista dei giocatori infortunati. La palla venne scagliata con un lancio lungo, ma il ricevitore era completamente concentrato sull'obiettivo.

Buddy afferrò la palla sulla linea delle diciotto iarde. Jeremiah West, alla sua sinistra, si precipitò verso di lui, così il ricevitore riprese a correre e girò a destra. Proprio quando West stava per atterrarlo, Bullhorn

Brodsky comparve dal nulla, correndo a tutta velocità, e si scontrò con il difensore avversario. Entrambi caddero al suolo, liberando un passaggio per Carruthers, che ne approfittò subito.

Buddy si avvicinò rapidamente a bordocampo, aggiungendo altre venticinque iarde alle quarantatré che avevano già guadagnato. Harley Brennan e Griff Montgomery corsero in campo, Nate Maguire si scagliò contro Brodsky e Devon prese a passeggiare su e giù per il nervosismo, mentre Mac Jenkins eseguiva uno snap. *Buddy riuscirà a condividere il campo con Brennan?*

Bullhorn afferrò una bottiglietta d'acqua e si unì a lui.

«Hai giocato bene,» si complimentò Devon.

«Grazie,» replicò l'attaccante.

«Questo però non significa che puoi farti mia sorella.»

Il Coach guardò verso di loro e lanciò un'occhiataccia al cornerback.

«Questa decisione spetta a lei, non a te, Drake.» Bullhorn spostò lo sguardo sul campo e tornò a seguire la partita.

Devon spostò il peso da un piede all'altro e osservò Jeremiah West tentare ancora e ancora di atterrare Griff. Il Coach Bass aveva assegnato a Maguire il compito di bloccare il giocatore avversario, e anche se era un'impresa impossibile, il linebacker riuscì a distrarlo abbastanza a lungo perché il quarterback potesse sbarazzarsi della palla.

West subì una penalità per essere andato addosso al quarterback dopo che lui aveva già passato la palla, visto che, evidentemente, non riusciva a trattenere l'entusiasmo all'idea di causare un infortunio a Montgomery. Una penalità di quindici iarde spedì i Kings quasi nell'area del field goal.

Devon lanciò un'occhiata al coach, che si stava mordicchiando un'unghia. *Sono felice di non dover giocare in questo tempo.*

Come se gli avesse letto nella mente, Bull disse: «È solo il terzo down. Ne ha ancora un altro, prima di decidere se vuole far entrare Anthony per il field goal o no.»

«Lo so,» replicò il cornerback in tono stizzito.

I giocatori si posizionarono a bordocampo in silenzio e osservarono Griff che effettuava un hand off per passare la palla a Brennan. Brennan riuscì con difficoltà a oltrepassare la linea della difesa avversaria e partì a tutta velocità, ma poi West lo raggiunse. Harley cadde a terra con violenza, ma i Kings erano nella zona rossa, abbastanza vicini per segnare, e il field goal era quasi assicurato.

Robbie Anthony entrò in campo e Brennan gli sfiorò la spalla con la sua in segno di saluto. Il Coach chiamò Drake e gli fece dare un'occhiata da Hank Montgomery.

«Se quel maledetto mostro di West elimina Brennan...» iniziò Devon.

«Già. Quel maledetto porco, quello stronzo. Gliela faremo pagare,» lo interruppe Bullhorn.

Il kick-off andò a buon fine e i Connecticut Kings avanzarono sul campo, ormai erano tre a zero. Bull e Devon entrarono in campo. La palla rimase sospesa in aria e ricadde vicino alla linea delle venti iarde, dove Norville Lucas la afferrò, terminando così l'azione di gioco.

Drake tenne d'occhio Anderson Boyer, ma l'altro non gli fece capire di nuovo le sue intenzioni, così il cornerback dovette cercare di indovinare chi avrebbe ricevuto la palla. Come pensava, Boyer passò più spesso a Lucas che a Willis, ma ebbe comunque delle difficoltà ad anticipare le sue mosse. Lucas riuscì a ingannarlo per tre volte e Devon digrignò i denti. Durante il quarto down, il cornerback venne eliminato da un attaccante avversario e Norville riuscì a segnare. Con quel punto extra, il punteggio salì a sette a tre in favore dei Sidewinders.

Devon si tolse l'elmetto e si maledisse.

«Non preoccuparti. La prossima volta, gliela faremo pagare,» lo rassicurò Mahoney mentre uscivano dal campo.

Il cornerback afferrò una bottiglietta d'acqua, affiancò Trunk e guardò la partita insieme a lui. Il Coach Bass fece entrare Bullhorn Brodsky, che eliminò un attaccante più debole.

«Quello stronzo non vede l'ora di azzoppare Griff,» si preoccupò Devon.

«Bull gliela farà vedere.»

Come avevano predetto, quando Jeremiah West si lanciò contro Griff, Bullhorn lo seguì, preceduto da Nate Maguire. West riuscì a liberarsi di Nate, ma Bull attaccò il bestione dall'altro lato e riuscì a eliminarlo. Entrambi caddero pesantemente a terra, ma nessuna squadra subì una penalità. Il quarterback riuscì a effettuare un bel passaggio verso Harley Brennan, che conquistò quindici iarde.

West si alzò in piedi, urlando e indicando con un dito Brodsky, che assunse un'aria innocente e tenne chiuso il becco. I Sidewinders si riunirono attorno al loro compagno per calmarlo e trascinarlo via prima che l'arbitro segnalasse un fallo tecnico e assegnasse una penalità alla squadra.

Dopodiché, la palla passò a Buddy, che aggirò la difesa avversaria, affiancato da Brodsky. Nate Maguire venne aggredito da West, che evidentemente non riusciva a controllare la rabbia. Fortunatamente, l'attaccante dei Kings non riportò lesioni gravi. Buddy guadagnò dieci iarde e il fallo di West, accusato di violenza ingiustificata, ne fece ottenere altre dieci alla squadra, che si posizionò nella zona rossa.

Il Coach Bass fece segno che era ora di provare la nuova finta. Griff eseguì uno snap, Brodsky e Maguire marcarono insieme Jeremiah West e Harley Brennan partì a tutta velocità e corse verso il lato sinistro del campo. Anche Buddy corse verso sinistra, ma non si allontanò troppo da Griff.

Proprio quando Brodsky e Maguire capirono di non poter più trattenere West, il quarterback fece un passaggio laterale, lanciando verso il ricevitore. Buddy fece qualche passo indietro e poi scagliò la palla verso Brennan, che era libero perché la difesa dei Sidewinders si era concentrata su Carruthers, visto che era lui ad avere in mano il pallone. Il passaggio venne completato correttamente e, con West occupato con Griff e gli altri difensori che avanzavano verso Buddy, Harley si ritrovò completamente smarcato. Il nuovo ricevitore iniziò a correre, con l'obiettivo di effettuare un touch-down. Carruthers venne spinto a terra, ma non si fece male. I Kings segnarono il loro touch-down e Robbie Anthony trotterellò lungo il campo per andare a guadagnarsi un punto extra. Adesso il punteggio era di dieci a sette per i Kings.

«Tutto quello che dobbiamo fare è impedire loro di segnare. Tocca alla difesa, adesso,» disse il Coach Bass, poi guardò dritto verso Devon e aggiunse: «Tu elimina Lucas, Drake. L'hai già fatto una volta, fallo di nuovo.»

La vergogna che il cornerback provava si trasformò in determinazione. I suoi compagni di squadra gli diedero delle pacche sulla schiena per incoraggiarlo, esultarono con il grido di battaglia dei Kings e tornarono in campo.

I Kings ricevettero la palla all'inizio della seconda metà della partita e marciarono ancora una volta lungo il campo, fino alla zona rossa, ma riuscirono a realizzare solo un field goal. Il punteggio era di tredici a sette e ai Sidewinders servivano solo un touch-down e un punto extra per vincere la partita. Tutti si sentivano sotto pressione.

Il Coach chiamò Devon a sé. «Passeranno la palla a Lucas ogni volta che ne avranno l'occasione, lui è il loro miglior ricevitore. Lascia che sia Mahoney a occuparsi di Willis, non è molto veloce.»

Il cornerback annuì e corse di nuovo in campo. Subito dopo lo snap, vide Boyer fare una finta a sinistra e scattò a destra, tenendo d'occhio Lucas, che gli stava proprio di fronte. Costrinse le sue gambe a correre più veloce e loro reagirono in modo ottimo, quell'esplosione di velocità lo portò spalla a spalla con Norville Lucas. Lanciò un'occhiata alle sue spalle e vide Boyer esitare e guardare prima Lucas e poi Willis.

Devon lanciò una rapida occhiata alla sua sinistra e notò che Mahoney stava marcando Willis. Nemmeno due secondi dopo, vide la palla dirigersi verso di lui. Lucas si lanciò a mezzaria per prenderla, ma il cornerback dei Kings fu più rapido. Spiccò un salto, stese le braccia ed entrò in contatto con il pallone per primo.

Allungò una mano e le sue dita sfiorarono il cuoio scivoloso. Strinse la mano attorno all'estremità appuntita, facendo rimbalzare la palla e spostandola. Con un rapido colpo, riuscì a modificare la sua traiettoria, facendola precipitare a terra e atterrare ai piedi di un difensore dei Kings. Il giocatore si gettò sul pallone e l'azione di gioco venne dichiarata conclusa, risultando un passaggio incompleto.

I fan dei Kings esultarono a tutto volume. Devon sorrise e incrociò lo sguardo di Stormy. Trunk gli diede uno schiaffo amichevole sulla schiena e poi la squadra si rimise in formazione. Stavolta, Anderson Boyer passò la palla a Willis, ma Trunk era già in posizione e atterrò il runner. I Sidewinders guadagnarono comunque tre iarde.

Era ormai il quarto down. Il punt venne ricevuto sulla linea delle quaranta iarde dei Kings, poi gli attaccanti scesero in campo. La difesa dei Sidewinders si mise in posizione e bloccò quella dei Kings prima che arrivasse nella zona rossa. Robbie Anthony eseguì un punt.

Il possesso della palla passò da una squadra all'altra senza che nessuno segnasse per il resto del terzo e metà del quarto quarto della partita. Willis intercettò il kick dei Kings e lo rispedì sulla loro linea delle quarantacinque iarde. Devon iniziò a sudare freddo. *Si stanno avvicinando troppo.*

Trunk si sporse verso di lui e gli disse: «Punteranno su Lucas. Ci scommetto.»

Drake annuì. *Ha ragione, hanno bisogno di Norville, adesso. Mancano solo due minuti alla fine, è ora di passare alle armi pesanti.*

Le squadre si rimisero in formazione. Boyer fece una finta a destra, verso Willis, e Devon trattenne il fiato. *E se ci sbagliassimo?*

Trunk lo affiancò correndo. «A sinistra!» esclamò.

Il cornerback annuì e scartò a sinistra. Come previsto, Norville Lucas corse verso la linea del goal. Devon usò tutte le energie che gli rimanevano per raggiungerlo, di fronte a lui c'era Trunk. Quando la palla si alzò in volo verso Lucas, Mahoney corse verso il ricevitore. Quel bestione aveva le braccia molto lunghe e le stese per toccare la palla. Lucas si sforzò di raggiungerlo, ma Trunk rimase comunque da solo con il pallone per un momento, piegò le dita e spinse la palla dietro di sé.

Drake corse all'indietro, pregando di non perdere l'equilibrio, e la palla finì dritta tra le sue braccia. Mahoney atterrò in piedi, Lucas rimbalzò contro di lui e cadde all'indietro.

Devon si girò di scatto e iniziò a correre, seguito subito da Trunk, il cui compito adesso era proteggerlo dagli avversari. Il cornerback spinse via un attaccante con il braccio e si contorse per rimanere fuori dalla sua portata. Un altro giocatore puntò verso di lui e venne bloccato da Mahoney. Devon trovò l'energia per un altro scatto, ma le sue gambe gridarono di dolore, mentre si spingeva oltre qualsiasi record di velocità fosse mai riuscito a raggiungere. I Sidewinders gli stavano alle calcagna. Trunk si fermò per spintonare via uno di loro e Devon si ritrovò a doversela cavare da solo.

Si spinse in avanti con tutta la forza che aveva e si lanciò verso la linea del goal. Con un giocatore dei Sidewinders a soli pochi centimetri di distanza da lui, corse a perdifiato nella end zone. Venne buttato a terra, ma non prima di oltrepassare la linea del goal e segnare. Cadde e picchiò forte la spalla contro il terreno, poi un avversario molto pesante atterrò sopra di lui. Sentì un lampo di dolore, quando il gomito dell'altro uomo lo colpì alla vita. Chiuse gli occhi e gemette.

Il dolore diminuì rapidamente e Devon immaginò di avere solo un livido e di non essersi ferito in modo grave. Il boato che sentiva nelle orecchie veniva dal pubblico.

Prima che potesse rialzarsi, Trunk si chinò su di lui. «Stai bene, ragazzino?» gli chiese.

«Sì,» rantolò il cornerback.

Il suo compagno di squadra lo prese per mano e lo tirò in piedi. Devon sbatte le palpebre e osservò attentamente gli spalti. I fan dei Kings si erano alzati in piedi e stavano facendo il tifo tanto rumorosamente che non riuscì nemmeno a sentire il fischio che dichiarò l'azione di gioco conclusa. Si girò verso il tabellone segnapunti, ed ecco il punteggio:

diciannove punti per i Kings, sette per i Sidewinders. Il cornerback lanciò il pallone all'arbitro e si diresse verso bordocampo.

Il Coach Bass prese a saltellare su e giù e abbracciò Hank Montgomery. I compagni di squadra di Devon si scontrarono petto contro petto con lui per la gioia, poi gli diedero pacche sulle spalle e fecero urtare i loro elmetti. Robbie Anthony stava per entrare in campo per cercare di segnare un punto extra.

«Sei pronto per tornare in gioco?» gli chiese.

Devon annuì, anche se le gambe gli sembravano fatte di gomma e gli faceva male tutto il corpo. Il kick-off andò a buon fine e il cornerback tornò in campo insieme a Trunk.

«Quando avremo finito qui, ti sfido a una corsa verso il bagno ghiacciato,» scherzò l'imponente difensore.

Devon rise. Con l'aiuto di Caleb Turner e della difesa, i Kings riuscirono a impedire ai Sidewinders di segnare un touch-down, anche se la squadra di St. Louis riuscì comunque a effettuare un field goal.

Quando suonò il fischio finale, i Kings avevano segnato venti punti e i Sidewinders dieci. I loro compagni lasciarono che fossero Devon e Trunk a farsi il bagno ghiacciato per primi, e dieci minuti più tardi i due se ne fecero un altro bollente.

STORMY ASPETTÒ FUORI dagli spogliatoi insieme alle mogli e alle fidanzate dei giocatori, era la prima volta che le altre donne la accettavano tra di loro. Tutte ammirarono il suo anello e le augurarono buona fortuna, ma Emmy e Lauren sembravano particolarmente eccitate. La nutrizionista cercò la sua amica, ma Samantha se n'era già andata.

Quando Devon uscì, la abbracciò strettamente e le fece fare una piroetta.

«Sei un eroe,» gli disse Stormy con ammirazione.

«Mi fa male,» disse semplicemente il suo fidanzato.

La donna spalancò gli occhi. «Cosa?»

«Tutto. Andiamo a casa.»

Quando tornarono a casa, Stormy gli preparò uno snack ad alto contenuto proteico con formaggio e frutta per aiutarlo a reidratarsi. Devon prese dell'ibuprofene e si stese sul divano e lei gli massaggiò la schiena e le spalle, ma quando gli toccò la vita, lo vide fare una smorfia.

«Ti fa male qui?» gli chiese, premendo con delicatezza.

«Ahi! Sì, proprio lì.»

«Scusa. Vuoi del ghiaccio?»

«Ho fatto un bagno ghiacciato e uno bollente nello spogliatoio. Sto morendo di fame, passiamo subito alla bistecca.»

Devon si infilò un paio di calzoncini, si diresse verso la griglia e appoggiò due fette di carne su un vassoio. Per non doversi occupare di quel compito, Stormy l'aveva convinto che cucinare alla griglia era un lavoro da uomini. La donna preparò un'insalata e delle pannocchie arrostite.

Quando il cibo fu pronto, i due si sedettero in cucina.

«Dov'è Samantha?» chiese Devon.

«Non lo so, se n'è andata dallo stadio prima che riuscissi a raggiungerla,» rispose Stormy.

«Probabilmente è uscita con Brodsky. Quell'uomo è così viscido.»

«Oggi ha fatto un ottimo lavoro.»

«È meglio per lui che non la tocchi nemmeno con un dito,» si intestardì il cornerback.

«Devon, Samantha è una donna adulta. Non puoi impedirle di andare a letto con nessuno.»

«Posso sempre provarci.»

«Perché proprio Bull? Perché lo odi tanto?» Stormy morse la sua pannocchia.

«Parla dell'andare a letto con le donne come altri uomini parlano del mangiare noccioline. È un donnaiolo e sta solo usando Sam.»

«Non è possibile che si stia innamorando di lei?»

«No.» Dev tagliò un pezzetto di bistecca.

«Sam è una bella donna,» gli fece notare Stormy.

«È proprio questo il problema.»

«Ed è abbastanza sveglia per riconoscere un ipocrita.»

«Alcuni uomini sono molto bravi a fingere.»

«Come Bull?»

«Come Bull.» Devon mangiò un po' di granturco.

Stormy infilzò la lattuga con la forchetta. «Non puoi proteggerla per sempre,» tentò ancora.

«Posso tentare. Siamo sempre stati da soli, prendermi cura di lei è una mia responsabilità.»

«No, prendersi cura di se stessa è una sua responsabilità.»

La coppia continuò a mangiare in silenzio. La porta d'ingresso si aprì e richiuse e Sam corse su per le scale, evitando di fermarsi a parlare con loro.

Quando sua sorella scese di nuovo al piano di sotto, Devon si alzò da tavola e le chiese: «Dove stai andando?»

«Non sei mio padre,» rispose semplicemente Samantha.

«Dimmelo.»

«Non devo farlo per forza.»

Il cornerback si parò davanti alla donna, bloccandole la strada. «Io non mi muovo da qui,» dichiarò.

«Spostati, Dev.»

Devon incrociò le braccia e scosse la testa. Samantha tentò di spingerlo via e riuscì quasi a buttarlo a terra.

«Esci con Brodsky?» Il cornerback corrugò le sopracciglia.

«Che te ne frega?»

«Esci con lui?»

«Forse.»

Devon prese Samantha per le braccia e la scrollò delicatamente. «Dimmelo,» ripeté.

«Okay, okay. Sì, esco con lui. Bull mi piace e continuerò a vederlo finché vorrò,» ammise Sam.

«Ti ho già avvertita riguardo a quel tizio.»

«Ma ti sbagli, non sai di cosa parli. Non è lo stesso uomo che vedi negli spogliatoi.»

«Oh, davvero? È quello che vuole farti credere lui. Che cazzate ti sta raccontando? Che è un orfano o qualcosa del genere?»

«Beh...» iniziò Sam.

«Non lo è, ha sei fratelli e sorelle. Vedi?» la interruppe Devon.

«È proprio quello che mi ha detto lui. Parla molto della sua famiglia.»

«E allora?»

«Non mi sta mentendo. Sto molto attenta, sul serio. Ci stiamo andando piano,» dichiarò Sam.

«È quello che dice lui, e poi, *bam!* Ti salta addosso ed è troppo tardi.»

«Non succederà.»

«Ne sei così sicura, ma non lo conosci. Io so come sono fatti gli uomini, e Brodsky è uno dei peggiori,» disse Devon.

«Questo è quello che dici tu, ma scoprirò la verità da sola. Quindi, spostati, Devon. Questa è la mia vita, non la tua.»

«Samantha!»

«Sta' zitto,» ordinò Sam a suo fratello, oltrepassandolo. Corse via e si sbatté la porta alle spalle.

Devon tornò a tavola e ci sbatté sopra il pugno, facendo sobbalzare sia i piatti che Stormy. La donna gli posò una mano sul braccio.

«È così maledettamente testarda!» esclamò il cornerback.

«Devi calmarti. Anche se farà uno sbaglio, lasciaglielo fare. È quello l'unico modo per imparare qualcosa,» ribatté la nutrizionista.

«Tu hai imparato qualcosa da Edgy?»

Stormy si ritrasse come se il suo fidanzato le avesse tirato uno schiaffo.

Devon si sporse verso di lei e le prese la mano nella sua. «Mi dispiace, è che Sam mi sta facendo impazzire,» si scusò.

«Goditi la tua vittoria e lascia che Sam viva la sua vita.»

«Non è così semplice.»

«Provaci. Vieni di sopra, ho un'idea per celebrare la vittoria.» Stormy lanciò un'occhiata carica di passione al suo uomo.

«Oh? Ma davvero?»

«Davvero. Oggi ho comprato una nuova camicia da notte, pensavo che ti sarebbe piaciuto vedermela addosso.»

«Certo che mi piacerebbe. Ma mi piacerebbe anche vederla per terra.» Devon si alzò e la prese per mano.

Epilogo

Stormy si svegliò di buon'ora e si stiracchiò, stando ben attenta a non svegliare Devon. Alla fine, si erano addormentati verso le undici. La resistenza che il suo fidanzato aveva dimostrato dopo una partita così intensa l'aveva sorpresa, aveva ancora un sorriso soddisfatto stampato sul viso.

La donna si infilò una vestaglia di cotone rosa e scese le scale a piedi nudi. Dopo il litigio tra Sam e Devon, era ansiosa di convincere i due fratelli a ricominciare a parlarsi. Diede un'occhiata nella camera di Samantha, ma la sua amica non c'era. Incrociò le dita e sperò che fosse seduta a tavola. L'assenza dell'aroma del caffè appena fatto le fece dubitare che fosse in cucina, ma decise di controllare comunque.

Come previsto, la stanza era vuota. Stormy fece il caffè e aprì il frigo, ma prima che potesse prendere il bacon e le uova, due grandi mani la afferrarono per la vita e un paio di labbra le premette lievi baci sul collo.

La donna si appoggiò contro il forte petto alle sue spalle e sospirò. «Sei già sveglio e sull'attenti.»

«In più di un modo,» scherzò Devon.

Stormy ridacchiò. «Vuoi farlo qui in cucina? Sul tavolo?»

«Sarebbe davvero poco igienico. Pensavo di farlo sul bancone, invece.»

La nutrizionista scoppiò a ridere. «Pensi a una cosa sola.»

«Dov'è Sam?» domandò all'improvviso Devon.

Stormy alzò le spalle e cercò di riportare di nuovo l'attenzione del suo uomo sul fatto che stavano per fare l'amore, ma lui si scostò.

Devon aggrottò le sopracciglia. «Non ha dormito qui ieri notte, giusto?»

«Non sembra che l'abbia fatto, ma non salterei a conclusioni affrettate.»

«Che vuoi dire?»

«Forse è andata al lavoro presto.».

«Se fosse vero, ci sarebbe una caraffa di caffè già fatto.»

Stormy non trovò nulla da ribattere. «Sono sicura che sta bene.»

«Io no, invece. Potrebbe aver avuto un incidente ed essere finita all'ospedale,» ipotizzò Devon.

«Ne dubito, guida bene.»

«Ma non è l'unica persona per strada.»

Stormy rovistò nel frigo finché non trovò gli ingredienti per cucinare un'omelette al formaggio.

«So a cosa stai pensando,» disse Devon.

Quando il caffè bollì, il cornerback ne versò due tazze, a cui aggiunse latte e zucchero, e gliene porse una.

«Ora sai leggere nel pensiero?» scherzò Stormy, mettendo la padella sul fornello.

«Stai pensando che deve aver passato la notte con Brodsky.»

«Forse.»

«Che altra spiegazione potrebbe esserci?»

«Siediti, fa' colazione e non perdere la calma,» disse Stormy in tono rassicurante.

Dev si mise a discutere con lei, ma si avvicinò comunque alla sua sedia. Poi, si fermò di colpo e fissò qualcosa. Stormy si girò verso di lui per capire perché si fosse bloccato a metà di una frase e lo vide raccogliere una busta posata sulla sedia.

«Che dice?» gli chiese, mentre rompeva le uova.

Devon alzò le spalle, aprì la busta e lesse il suo contenuto ad alta voce.

Caro Dev,

Mi sono trasferita in un appartamento in città. Spero che non ti arrabbierai, ma questo è l'unico modo in cui posso vivere la mia vita. So che mi vuoi bene, ma il tuo affetto e il modo in cui ti preoccupi sempre per me mi stanno soffocando. Non voglio che il nostro rapporto finisca con noi che ci urliamo e gridiamo contro costantemente. Ti darò il mio indirizzo tra una settimana o due, dopo che mi sarò ambientata. L'appartamento è bello, ma piccolo, rispetto alla tua casa. Ha le dimensioni perfette per me. Ti ringrazio perché mi vuoi bene. Ti voglio bene anch'io.

Sam

«Oh, merda,» sbottò Devon, appallottolando la lettera.

Fine

Sull'Autrice

Jean Joachim è un'autrice di best seller romance i cui libri sono in cima alla classifica Amazon Top 100 dal 2012. Scrive prevalentemente romanzi contemporanei, inclusi sport romance e romance suspense.

The Renovated Heart ha vinto il premio Miglior Romanzo dell'Anno del Love Romances Cafè, *Lovers & Liars* è stato tra i finalisti del RomCon nel 2013, e *The Marriage List* è arrivato al terzo posto ex aequo nella classifica Miglior Romance Contemporaneo del Gulf Coast RWA. Nel 2014, *To Love or Not to Love* ha conquistato il secondo posto ex aequo nel concorso Reader's Choice del New England Chapter of Romance Writers of America. Jean Joachim è stata scelta come Autrice dell'Anno dal ramo locale della RWA di New York City nel 2012.

Sposata e madre di due figli, Jean vive a New York City. La mattina presto, la si può trovare al computer a scrivere con una tazza di tè, il carlino che ha salvato, Homer, al suo fianco, e la sua scorta segreta di liquirizia.

Jean ha pubblicato più di trenta libri, novelle e racconti brevi.

Altri Libri Italiani